集英社オレンジ文庫

王女の遺言 2

ガーランド王国秘話

久賀理世

Contents

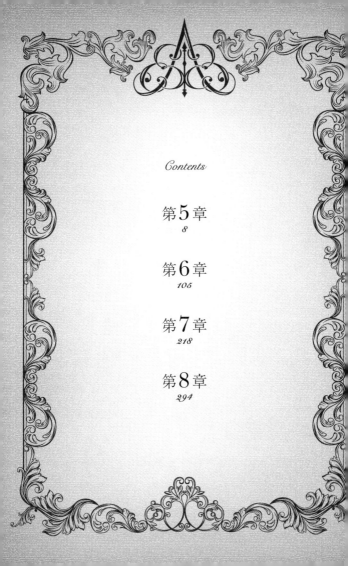

Characters

アレクシア

ガーランド王国の王女。17歳。
国王エルドレッドと、王妃メリルローズの娘。
大国ローレンシアの王太子との政略結婚が決まっている。
その婚姻によって、アレクシアはガーランドの
王位継承権を放棄することになる。

ディアナ

《白鳥座》の役者。グレンスター公から極秘の依頼を受け、
「アレクシア王女」の身代わりを務めることになる。
ディアナの顔立ち、体つきは、アレクシアとそっくりであるらしい。

エリアス
アレクシアの異母弟。
産褥で母を亡くしており、姉のアレクシアを誰よりも慕っている。
聡明ではあるが、病がち。
男子優先長子相続のため、王太子としての教育を受けている。
ガイウス
アレクシアの護衛官。25歳。
名門アンドルーズ侯爵家の嫡男で、
かつての戦役《せんえき》でめざましい武勲をあげた軍人。
アレクシアに君主としての資質をみている。
ウィラード
アレクシアの異母兄。
庶子ではあるが、宮廷で養育された。
非常に有能で、父王の右腕として政務を助けているが、王位継承権はない。
グレンスター公
グレンスター公爵家当主。
今は亡き王妃メリルローズの弟で、
アレクシアの叔父にあたる。
アシュレイ
グレンスター公の嫡男。
アレクシアにとっては従兄《いとこ》。
アレクシアの身代わりとなった
ディアナの世話役をしている。

イラスト／ねぎしきょうこ

王女の遺言 2

The Princess and The Pauper

ガーランド王国秘話

第5章

1

人生は死にぞこないの連続だ。

ディアナの記憶は、辺境の修道院での日々から始まる。

物心ついたときには、すでに似たような境遇の孤児たちと暮らしていた。

この世に生まれ落ちてほどなく、貧《まず》しい小作人《こさくにん》の父母は流行《はや》り病《やまい》で死んだという。

つまり乳飲み子《ちのご》にして二親をなくしたディアナは、そこであっさり命を落としていてもおかしくはなかったのだ。

しかしながら神の慈悲か気まぐれか、ディアナは生き永らえた。

やがてディアナが七歳をむかえたある夜のこと、修道院が盗賊《とうぞく》に襲《き》われた。

必死で抵抗する修道女たちも、逃げ惑う子どもたちも、容赦《ようしゃ》なく斬り伏せられ、納屋《なや》や菜園にまで火がかけられた。

煙に巻かれたディアナは、手をつないでいたはずの親友ともはぐれ、火のまわった聖堂でついに賊のひとりに追いつめられた。

「こんなところに隠れていたか」

あざけるような、それでいてどこか憐《あわ》れむような声は、忘れられない。

「呪うのならば、この世に生まれてきたことを呪うがいい」

無情に告げた賊の剣が、ぎらりと焔《ほのお》を照りかえす。

ディアナがたまらず目をつむったまさにそのとき、めりめりと天の裂ける音がして、賊はディアナもろとも、燃え落ちた梁《はり》の下敷きになった。

皮肉にもその屈強な身体《からだ》が楯《たて》となり、ディアナは瓦礫《がれき》の山からなんとか這《は》いだすことができたのだった。

にもかかわらず、命を拾ったという安堵《あんど》はどこにもなかった。

無惨にも頭が割れ、あきらかに絶命しているはずの男が、死にぎわの執念でもってよみがえり、仕留めそこねた子どもを追いかけてくるのではないか。

そんな恐怖にとらわれて、ごうごうと燃えさかる修道院を飛びだした。

一度だけ足をとめてふりむいたその光景は、禍々《まがまが》しくも美しかった。けれどディアナはまばゆい光に背を向け、姿を隠してくれる暗闇《くらやみ》を求めて走り続けた。

身を寄せる先など、あるはずもない。鄙《ひな》びた修道院はディアナにとって、慣れ親しんだかけがえのない我が家だったのだ。

それでもディアナは夢中で逃げて、逃げて、やがてたどりついた町で、雨をしのぐために道端の荷馬車によじのぼるなり、気絶するように眠りこんだ。

血まみれの男が追いかけてくる悪夢にうなされ、次に気がついたときには、馬車はすでに見知らぬ道をかけていた。

ディアナはできるかぎり修道院から遠ざかりたい一心で、町から町へとひたすら荷馬車を乗り換えていった。ときには荷台に積まれた生の野菜をかじり、ときには籠《かご》の鶏《にわとり》を腕にだきしめて暖を取りながら。

荷の主に叩きだされることもあったが、たいていはうまく逃げおおせた。

しかし浅い眠りとともにおとずれる悪夢だけは、いつまでも消えてくれなかった。

どこをどう走ったのか、いつしかディアナは王都ランドールまで流れついていた。

それまでの町とは比べものにならない、あまりの喧噪《けんそう》に圧倒されて街路にたたずんでいると、ふいにみすぼらしい身なりの少年少女に取りかこまれた。

長旅で汚れ、死にかけの野良猫のように弱りきっていたディアナは、彼らの縄張りでお恵みをかすめとろうとしている掟破《おきて》りとみなされたのだ。

それがのちに家族も同然となる《奇跡の小路》の仲間との出会いだった。

恐怖と衰弱《すいじゃく》で気を失ったディアナは、彼らの塒《ねぐら》に担《かつ》ぎこまれ、寝床と食餌《しょくじ》を与えられてしだいに体力を回復していった。

そうしてようやく人心地ついたとき、ふとおぼえたのが、自分は死にぞこなったのかもしれないという実感だった。

あの優しい子も、あの意地の悪い子も、厳格な修道女も、親切な庭師も、きっとみんな死んでしまった。

それなのにどうして自分だけが生きているのか。

どうしてあんなに必死になって逃げようとしたのか。

おとなしく死を受け容れないことに、どれほどの意味があるのか。

血まみれの賊に追われる悪夢はくりかえしよみがえり、鋭い釘《くぎ》のような問いかけは深く胸に打ちこまれたまま、長らくディアナをさいなんできた。

のちにランドールが厳しい寒さに見舞われ、仲間たちがばたばたと命を落としていった冬も、春のおとずれとともにディアナの胸を吹き抜けたのは、また死にぞこなったという冷えた感慨だった。

けれどディアナは決して、みずから死を選ぼうとはしなかった。

むしろ無造作に雑草を摘《つ》みとるかのような死の定めになど、負けてなるものかという闘志がふつふつとこみあげてくるほどだった。

だから所詮《しょせん》は、自分はたしかに生き残るべき者だったという陶酔《とうすい》に、憐れみと懺悔《ざんげ》の紗《しゃ》をまとわせて、殊勝さを演じているだけなのかもしれない。

それでも――。

舞台にあがり、この世には存在しない架空の誰かの人生をくりかえしくりかえし生きていると、ディアナはふしぎと、心のどこかが満たされてゆくような心地になるのだ。

ディアナを追いかける悪夢の男。

その姿はいつからか、幼いディアナのものにすり替わっていた。

かつて危うく死をまぬがれた、過去のディアナの亡霊が、当時の姿で追いすがってくるのである。

ときには無心に、ときには責めたてるように、裾《すそ》をつかむちいさな手をふりほどくことができず、焦って悲鳴をあげたところで目が覚める。

けれど昨晩の亡霊は、現在のディアナを鏡に映したような姿をしていた。

その変化はいったいなにを意味するのか。まさかあれはディアナではなく、生死不明の王女アレクシアだったのではないか……。

いずれにしろ不吉このうえない夢だった。このところはめっきりご無沙汰《ぶさた》していたというのに、おかげで寝覚めの気分はひどいものである。

　ふんわりした羽毛枕に頬《ほお》を押しつけ、ディアナはこぼす。

「きっとあいつのせいね」

　デュランダル王家のウィラード。

　王族でありながら、王位継承権をもたない男。

　異母妹アレクシアの死を、ひそかに望んでいたかもしれない男。

　ディアナに血のつながった家族はいないが、あんな恐ろしげな兄ならいないほうがはるかにましだ。

「あの子はそんなふうには考えなかったのかしら」

　脳裡《のうり》に残るアレクシアのおもかげから、異母兄に対する心情を推し量ることはできそうになかった。

　やがて遠慮がちに扉が叩かれた。

　ヴァーノン夫人がいつものように、朝の身支度の手伝いにやってきたのだろう。

　身支度といっても、寝巻きを新しいものに替え、顔を洗い、髪を梳《と》かしてもらうくらいだが、それでもあれこれと世話を焼かれるのは、庶民のディアナにとってありがたくもいたたまれないひとときである。身のまわりのことは自分ですると初日に申しでたのだが、どうかお気になさらずとおだやかにかわされてしまった。

ほどなく寝台の天蓋《てんがい》越しに呼びかけられる。

「お目覚めですか？」

「あ……はい。おはようございます」

おもわずかしこまると、紗の向こうから夫人が顔をのぞかせた。

「昨日は突然のことで、さぞ驚かれたでしょう。よくお休みになれました？」

「おかげさまで、なんとか」

「それはよろしいこと」

ヴァーノン夫人はほほえみ、しずしずと洗面の準備にかかった。

聞けば彼女自身も子爵家の生まれで、伯爵家の子息に嫁いだ身であるという。

当然ながら、世話をするよりもされる身分なのだが、王妃メリルローズ付きの女官《にょかん》として宮廷にもあがっていたので、侍女のような仕事も慣れたものらしい。

「そういえば若さまから、本日はディアナさまを城内の庭までお連れするつもりだとうかがいました。朝餉《あさげ》がすみましたら、さっそくお召しものをご用意しましょうね。流行遅れにはなりますが、メリルローズさまがこちらにお住まいでいらした時期のものが残っているはずですから」

「え？　メリルローズさまって、まさか先の王妃さまのことですか？」

「もちろんですとも」

「そ、そんな大切なもの、とても着られません！　あたしは粗忽者《そこつもの》なので、きっと汚したり破ったりしてしまいますから」

　ディアナはけんめいに辞退するが、

「まあ、そんなこと。気にいたしませんわ」

　夫人はほがらかに笑うばかりだ。

　そちらさまが気にせずとも、こちらは気が気でないというのに。

「メリルローズさまの御髪《おぐし》に映える衣裳《いしょう》がそろっているはずですから、ディアナさまにもよくお似あいになることでしょう。ご療養にふさわしく、あまり身体を締めつけないものをみつくろいますから、いくつか試してお決めになられるとよろしいわ」

「……どうぞお手柔らかに」

　いつになく張りきるヴァーノン夫人は、ひょっとしたらディアナを透かしてアレクシア王女の成長した姿を思い描いているのだろうか。

　メリルローズ妃の信を得た乳姉妹《ちきょうだい》として、幼いアレクシアとも身近に接していたという彼女は、だからこそアシュレイと同じように、もったいないほどの礼を尽くしてくれるのかもしれない。

　アレクシアの子ども時代について、あとでヴァーノン夫人にたずねてみようか。

　そんなことを考えつつ、寝台から降りようとしたときである。

澄《す》んだ朝の静謐《せいひつ》が、にわかに打ち破られた。

廊下の先から、乱れた足音が近づいてくる。

「誰かしら?」

片足を宙に浮かせたまま、ディアナは動きをとめた。

男の足音だ。

歩幅の広い、おそらくは長身の、身のこなしに隙《すき》のない若い男。

みるまに迫りくるその足取りは、だがひどく余裕のないものだった。

アシュレイの風雅さも、グレンスター公の重厚さも、ウィラードの冷酷さもない。

まるで視《み》えない糸に腕をからめとられて、かけつけずにはいられないような。

あたかも恋《こ》い——焦《こ》がれるような足音だ。

ヴァーノン夫人も違和感をおぼえたのか、

「なにか火急の知らせでしょうか」

かすかに眉をひそめる。ディアナははっとした。

「宮廷からの使者が、またやってきたなんてことは……」

「まさか」

だがまったくありえないことではない。不安げな沈黙がそう告げていた。

「ここはわたくしに任せて」

うながされるままに、ディアナはあたふたと寝台にもぐりこんだ。ウィラードを相手になんとか王女の代役をはたし、肩の荷をおろしたばかりだというのに、こうもたて続けにいきなりの来訪者にうろたえるはめになるとは。

ため息もこらえて聴き耳をたてていると、足音の主は扉にたどりつくなり、ひとことの断りもなく室内にかけこんできた。

「姫さま──」

「お控えなさい」

すかさずヴァーノン夫人が叱責《しっせき》を飛ばす。

「取り次ぎもなしに、近づくことを許される部屋ではありませんよ」

毅然《きぜん》とした態度に、招かれざる侵入者はようやく足をとめた。

「これは……失礼をいたしました」

我にかえったように非礼を詫《わ》びる。

「アレクシア王女殿下がこちらでお休みとうかがい、一刻も早くお目にかかりたかったものですから」

よどみない弁解を裏づけるように、青年は息をきらせている。かすれた声音《こわね》と、ふいに波打つ浅い呼吸は、ひどい疼痛《とうつう》をこらえているようでもあった。

「あなた……」

夫人のつぶやきに、なぜか狼狽《ろうばい》の色がにじむ。

「あなたさまは、たしかアンドルーズ侯爵家の……」

「ガイウスです。王女殿下付きの護衛官として、こたびのローレンシア行きにも名を連ねておりました」

ディアナは息をとめた。

アレクシア王女の護衛官。ということは、海賊《かいぞく》の襲撃でアレクシアとともに海に転落したとされる、あの若き将校がやってきたというのだろうか？

たったひとりで？　アレクシアに会うために？

では正真正銘《しょうしんしょうめい》のアレクシア王女はいまどこに？

あまりの急展開に、まったく頭が追いつかない。

ディアナは手で胸を押さえるが、動悸《どうき》は激しくなるばかりだ。

ヴァーノン夫人もまた、状況を計りかねているのだろう。言葉を選ぶように、

「もちろん存じあげておりますわ。ご無事でいらしたのですね。あの……ラグレスにはおひとりで？」

「ええ。からくも打ちあげられた海岸近くの港で、王女殿下がこちらに滞在されているとの情報を得まして、遅ればせながらかけつけました。さっそくですが、殿下にお目通りを願えますか？」

「それは……」

　ヴァーノン夫人がくちごもる。

　たしかにガイウスの気迫は、ここにいるのが身代わりの娘だと告げるのをためらわずにいられないほど、切実なものだった。それにグレンスター公の判断を仰がないまま真相を明かすのも、きっと避けたいところだろう。

「ほんの数分、お目にかかるだけでもかまいません」

「ですがまだお目覚めではありませんから」

「ではお姿を拝見するだけでも」

「姫君の寝室ですよ。殿方はどうぞご遠慮ください」

　あえての非難をこめて、ヴァーノン夫人は要求をしりぞける。

　だがガイウスはひるまず、代わりにこれみよがしな嘆息《たんそく》が届いた。

　ざらついた声音に焦慮《しょうりょ》と自嘲《じちょう》をまとわせて、

「わたしはアレクシア王女殿下専属の護衛官です。いついかなるときも、その身の安全を確保するのがわたしの責務ですから。――どうかお許しを」

「お、お待ちくださいませ！」

　ガイウスはまっすぐに寝台をめざしてくる。

　追いすがる訴えも、もはや意に介していなかった。

ディアナはとっさに目をつむり、呼吸をととのえる。

こうなっては昨日と同じように、深い眠りについているふりをするしかなかった。乱れた髪が、しどけなく額《ひたい》から頬にかかったままだが、しかたがない。

やがてそよと紗がゆらぎ、かすかな風がディアナの頬をなでた。

「姫さま？」

それは驚くほどやわらかな呼びかけだった。

「……まったく。突然ゆくえをくらませるのも、ほどほどにしてくださらないと」

くだけた口調で、なじるようにささやく。

泣き笑いのようなその声は、わずかにふるえていた。

言葉にならない直感が、ディアナの鳩尾《みぞおち》にじわりと熱を孕《はら》ませる。

この男……まさかアレクシア王女のことを……。

するとガイウスはくずおれるように、寝台のかたわらに膝《ひざ》をついた。そばにいるべき主《あるじ》の姿をようやく確認して、力が抜けたのかもしれない。

そのまま枕許《もと》まで膝をにじらせたのか、ふいに彼の息遣いが迫った。

ためらうような衣擦《きぬず》れ。朝の陽《ひ》をさえぎる影。おずおずとさしのべられた指先は、だが頬にふれるかふれないかという距離にとどまり、決して肌まで届くことはなかった。

それでもぬくもりを感じとろうとしてか、息を殺したまましばらくかざされていた片手が、やがて額に垂れた髪をゆるやかになでおろす。全霊をかけていとおしむように。

その手がふと動きをとめた。不穏な静けさが、満ち潮のごとく耳朶《じだ》に忍びこむ。あきらかに、なにかを訝《いぶか》しんでいる沈黙だった。

やにわに身を乗りだしたガイウスは、

「これはいったい……」

ディアナの額の髪をかきあげたとたんに、指先をこわばらせた。

武官として剣を握り続けてきたためか、硬い指先から伝わってくるのは、激しい動揺と混乱と、いまにもほとばしりそうな憤怒《ふんぬ》の予兆だ。

「どういうことです」

ガイウスは斬りつけるように問うた。

「この娘は偽者です。王女殿下ではありえない」

一片の迷いもない、熱した刃《やいば》のような告発が、鋭くディアナをつらぬく。

「そんな……偽者だなんてご冗談を」

「言い逃れは結構。証拠ならある」

「証拠？」

「額の古傷ですよ。幾年も消えずにいた傷痕《きずあと》が、ものの数日でなくなるはずがない。あるかなきかのものですから、知る者はほとんどいないでしょうがね」

そのかすかな古傷を、自分は知っている。どこか昏《くら》い誇らしさが声音の奥にひそんでいるのを、ディアナの耳はたしかにとらえた。

「説明を願えますか」

ガイウスの足音が寝台から遠ざかる。

「それともそこの娘にたずねたほうが早いでしょうか？」

ぎくりと身をすくめるディアナに向かって、ガイウスは肩越しに声を張りあげた。

「聴いていたな？　小芝居はそろそろ終わりにしてもらおうか」

ディアナは観念して両のまぶたを開く。空寝でやりすごすのももはや限界のようだ。

それでもみずから正体をさらす踏んぎりをつけられずにいると、ふいにかすかなうねりをあげてなにかが宙をきり、陶器の激しく砕け散る音が響きわたった。

ディアナは息をとめ、ヴァーノン夫人が悲鳴をあげる。

続いて踵《きびす》をかえしたガイウスが、つかつかとこちらに近づいてくる。そして一瞬たりとも歩みをゆるめないまま寝台に膝を乗りあげると、ディアナの喉許《のど》にひやりとするものをあてがった。いましがた調達したらしい、花瓶《かびん》の破片だった。

熱を孕んだ紺青《こんじょう》の瞳に射抜かれ、ディアナは指先ひとつ動かすことができない。

悔いに喘《あえ》ぐような、追いつめられたまなざしから、目を逸《そ》らすことができない。

ディアナはひたすら浅い呼吸をくりかえした。

尖《とが》った破片の先から、ぽたりと水滴がしたたり落ちる。

「いいか。わたしは女子どもが相手でも容赦はしない。さっさと吐いたほうがおまえの身のためだ。あくまでだんまりを決めこむつもりなら――」

鋭い破片が、じわりと喉に沈みこんだ。

「――話す！　話すから！」

ディアナは渾身《こんしん》の力をふりしぼって叫んだ。

「そうよ。あたしはただの身代わり役。グレンスター公に頼まれて、王女さまのふりをしてただけよ！」

「では姫さまはどこにおられる」

「そんなの知らない。知るわけない」

「だがラグレスの港では、民にお姿をみせられたと」

「それはあたしが演じてみせたのよ」

「おまえが？」

あからさまに疑われたことで、生来の負けん気がたちまち頭をもたげた。

「あ、あたしはこれでも舞台役者なの。海に落ちた王女さまがみつかったらこっそり入れ替われるように、命をとりとめたことを印象づけておくのがあたしの務めよ。宮廷からの使者だって、ちゃんと騙《だま》してのけたんだから」

「使者にはどなたが?」

「ウィラードとかいう、王女のお異母兄《にい》さんよ」

「殿下が直々《じきじき》にだと?」

問いかえす声がいっそう剣呑《けんのん》さを増した。

「いったいどういうことだ……」

ガイウスは宙を睨《にら》み、花瓶の破片を握りこむ。

やがて鋭い破片が肌を裂き、伝い落ちる真紅の滴《しずく》が敷布を染めてゆくさまを、ディアナは息を殺してみつめていることしかできなかった。

2

人生は死にぞこないの連続だ。

アレクシアの日常は、死と隣りあわせだった。

戦《いくさ》の前線に赴《おもむ》いた兵士のように、いつでもどこでも命の危険にさらされていたわけではない。それでもただひとりのガーランド王女の身のまわりには、いかなるときも淡い殺意の吐息がたちこめているようだった。

さまざまな利害をめぐり、アレクシアの死を望む者は数知れず。ひそかにさしむけられた刺客に、命を絶たれかけたことは幾度もある。

菓子に毒を混ぜて。

狩りの事故にみせかけて。

あるいは堂々と刃をふりかざされて。

いずれの機会も危うく死はまぬがれたものの、アレクシアにとって忘れようにも忘れられない経験だった。

だからアレクシアは、思い描いてみずにはいられない。

おのれの死の、そのまた先に続いていたかもしれない、いくつもの未来の光景を。

宮廷の勢力図はがらりと動き、ローレンシア王太子との婚姻《こんいん》も、当然ながら他国の姫と結ばれていただろう。アレクシアがいずれの死を迎えていても、その影響は計り知れないはずだった。

いったいどの結末が、より多くの人々にとって望ましい未来に続いていたのか。

そんな想像をくりかえすにつれ、死んでいたかもしれない過去の自分は、アレクシアのなかでしだいに存在感を増していった。

七歳のアレクシアも、十四歳のアレクシアも、それぞれに短い人生をまっとうしてこの世を去っていて、奇跡のように生き永らえている現在の自分のほうこそ、魂《たましい》の欠け落ちた脱け殻《がら》にすぎないのではないか。

そんな感覚にとらわれて、かつてガイウスに洩《も》らしたことがある。

幾度も死線をくぐり抜けてきた兵士が、生還したはずの自分をあたかも死者の夢であるかのように感じることはないのだろうか。すると「戦のさなかにそんな考えにとらわれていたら、それこそあっというまにあの世行きですよ」と一笑に付された。

心の機微というもののわからない男である。

それとも拗《す》ねてそんなふりをしてみせただけだろうか？

なにしろガイウスはときにその手を血で汚し、命がけでアレクシアを守り抜いてきたというのに、当のアレクシアから生の実感が乏《とぼ》しいかのごとくほのめかされては、守りがいがないにもほどがあるだろう。アレクシアはガイウスの執念によって、王女として生かされているも同然なのだ。

光のアレクシアに、影のガイウス。

はからずもそう謳《うた》われたように、護《まも》り手のガイウスをなくしたアレクシアは、糸の断たれた吊《つ》り人形のように、王女らしいふるまいをとりつくろうことすらできない。

影をもたない人間が、もはや亡霊でしかないように。

アレクシアが放りこまれたのは、窓のない小部屋だった。

外の光はいっさい射しこまず、二日めまではかろうじて鐘の音を数えていたが、じきに意識は暗がりに溶け崩れ、もはやくずおれた身を動かすことはおろか、まぶたをあげることすらできない。

《黒百合《くろゆり》の館》に連れ戻されたアレクシアは、ルサージュ伯爵夫人にくりかえし打擲《ちょうちゃく》された。屈辱《くつじょく》と憤激のあまり、顔をどす黒く染めた女将《おかみ》は、三人の娘が向かった先をなんとか吐かせようとしたが、アレクシアは頑《がん》として白状しなかったのだ。

　やがてもはや手遅れと断念したのか、仕置き部屋と呼ばれる独房にぶちこまれた。館で問題をおこした娘は懲《こ》らしめとして、しばらくのあいだ飲まず食わずでここに閉じこめられる習いなのだという。

　監禁部屋に移されたのちも、ときおり様子をうかがいにくるドニエ夫人から、気散じのように手ひどく鞭《むち》をふるわれた。打ち据《す》えられるのは布越しなので、無惨に素肌が破れることまではない。それでも鞭がひゅうと勢いよく宙を裂くたびに、次に襲いかかる痛みを予期して無様に身はすくんだ。

　これがガーランド国王の娘の姿なのか。不甲斐《ふがい》なさに涙もでない。

　一鞭ごとに抉《えぐ》られた魂がじくじくと膿《う》み、腐《くさ》り崩れてゆくかのようだ。

　それでもかろうじてアレクシアを支えていたのは、シャノンたちが無事に逃げおおせたという確信だった。もしもすでに三人を捕らえていたら、女将は嬉々《きき》として伝えてくるだろう。こちらの心を挫《くじ》くのに、それがもっとも効果的だと知っているはずだからだ。

「ふ……」

誰を笑うともなく、アレクシアは息を洩らした。

渇ききった喉では、笑い声をあげることすらままならない。

ふたたび遠ざかる意識を、つなぎとめる気力もなしに去りゆくままにまかせていると、やがてはるかかなたから声の断片が降ってきた。

……………またずいぶん手加減なくやられて……こんなありさまで今夜までに……なんて無茶を押しつけるのも、休み休みに…………。

呆《あき》れたような、けだるげな声には憶《おぼ》えがあった。

アレクシアは力をふり絞り、まぶたをこじあける。

「リ……リア……ヌ？」

「あら。まだ生きてたの」

からかいまじりに顔をのぞきこんでくるのは、やはり館で一番の売れっ妓《こ》のリリアーヌだった。彼女は木の椀《わん》をアレクシアの口許にあてがい、

「水よ。飲んで」

そっとかたむけた。

冷えた水がくちびるを割り、からからの舌にふれて痛みに似た刺激をもたらす。けれどそれはほどなく甘露《かんろ》のように口内をうるおし、粘膜を癒《い》やしてえもいわれぬ心地好《よ》さをもたらした。

アレクシアは必死で首を持ちあげ、椀にすがりついた。

「ん……く……けほっ！」

「ほらほら、おちついて。ゆっくりでいいから」

咳《せ》きこんだアレクシアの背を、リリアーヌがさする。

おもいがけず親身な、いたわりの感じられるしぐさだった。

アレクシアは片腕を支えに、なんとか半身を壁にもたせかけた。

こくりこくりと水が喉をすべり降りるごとに、澱《よど》みきった思念もまた押し流されて、頭の奥まで澄み渡っていく。

またたくまに飲み干し、目をつむって息をととのえていると、

「死にぞこなった気分はいかがかしら？」

皮肉な問いに胸をつかれた。

リリアーヌがわざわざここまでやってきて、弱ったアレクシアに手をさしのべるようなまねをするのは、もちろん女将の指示があってのことだろう。

にもかかわらず、アレクシアは憎むべき敵の情けにためらいなくすがったのだ。

だがいまさら、すでに鍍金《めっき》の剝がれた王女の体裁にしがみつくことに、どれほどの意味があるだろう。

アレクシアは言った。

「悪くない」

　とたんにリリアーヌは噴きだした。

「やっぱりあんたって、とんだ食わせ者だわ。どれほど強気な娘も、これを経験させられるとたいていは懲りて、しばらくおとなしくなるものなんだけどね」

　リリアーヌはおもむろに声をひそめると、

「ねえ。脱走の計画は、あんたの考えたことなのよね？　うちの女の子たちみんな、あれからあんたの噂《うわさ》で持ちきりよ。あの女将をまんまと出し抜いてみせたなんて、たいしたものじゃない。いい気味だってみんなして喜んでるわ」

　ふっくらと熟《う》れたくちびるをひきあげた。

　意外な反応にとまどいながらも、アレクシアはさぐりにかかる。

「彼女はわたしをどうするつもりなのだろうか」

「あんたみたいに性質《たち》の悪い娘を、うちで使ってやる気はないそうよ。ま、あれだけ派手に面子《めんつ》を潰《つぶ》されたんだから、当然ね」

　リリアーヌが肩をすくめる。

「かといって、反抗的な娘なんてどこの店だって欲しがらない。なまじ悪知恵のはたらくところが、なおさら厄介《やっかい》だしね。あんたみたいのがひとりいると、それだけで女の子たちをまとめにくくなるのよ。わかるでしょ？」

「それなら……」

「もちろんお得意さまに売りつけてやるのよ。お客のなかには、使いまわしじゃない娘をお好みの紳士もいてね。そういう相手に話をもちかけて、使い勝手のいい愛人として斡旋《あっせん》してやるわけ」

リリアーヌはアレクシアの顎《あご》に指をかけ、くいと持ちあげた。

「そうねえ……あんたには女将もかなりの高値を期待するはずだから、そこらの小金持ちには声もかけてないでしょう。相手にするのは大商人か上級貴族。つまりどんなご主人さまに身請《みう》けされることになっても、おとなしくお望みに従ってさえいれば、当分は贅沢《ぜいたく》な暮らしができるだろうってこと」

「……おとなしくしなければ？」

「それならそれで、かわいがってもらえるかもね。気位の高いご令嬢を、じっくり自分好みに躾《しつ》けてやる甲斐があるって」

平然とおぞましいことを告げられて、アレクシアは頬をこわばらせる。

「なんにしろ肝心なのは、買い手に飽《あ》きられないようにすることよ。そのためには自分を安売りしないのもひとつの手ね。ご主人さまに飽きて捨てられたら、道端で客をひくなんて悲惨なことになりかねないんだから」

リリアーヌは真顔で語り、片手をさしのべる。

「そういうことだから、さっそく準備を始めるわよ」

勢いよく腕をひかれ、アレクシアはよろめきながら腰をあげた。

「準備とは？」

「あんたをお客に売りこむために、夜までに大急ぎで磨きあげろって女将から言いつけられたのよ」

「夜まで？　まさか今夜のことなのか？」

「決まってるじゃないの」

ルサージュ伯爵夫人が「とっておきの娘が入荷した」と声をかけた選《よ》りすぐりの上客のひとりから、今宵《こよい》《黒百合の館》をたずねるという連絡があったのだという。

「ほら。もたもたしないで、まずは裏庭で水浴びよ。それから丹念に湯浴《ゆあ》みをして、全身に香油を揉《も》みこんで、そのみっともない髪をなんとか格好がつくように結いあげて……ああもう、忙しいったらないわ！」

リリアーヌにせっつかれ、アレクシアはなかばひきずられながら訴えた。

「お願いだ。そのまえに伯爵夫人と話をさせてほしい」

「身請け先に条件でもつけるつもり？　無駄ね。そんな泣きごとに、女将が耳を貸すわけないもの」

「そうではない。わたしの家の者を相手に、身の代を要求したほうが得になると伝えたいんだ。どのような高額でも、わたしのためなら支払いを惜しまないはずだから」

女将を説得して、なんとかガイウスの生家アンドルーズと連絡をつけたかった。

宮廷の中枢《ちゅうすう》にいるガイウスの父親なら、王女アレクシアがいまだ行方知れずということも把握しているだろう。詳しい状況までは明かせなくとも、アレクシアという名の親族の娘が誘拐されて、助けを求めているとほのめかすことさえできれば、王女のからんだ案件だと察してすぐに動いてくれるはずだ。

「大金を巻きあげるせっかくの機会を、みすみす逃す手はないだろう？」

「その手には乗らないわよ」

リリアーヌは足をとめ、ふりむいた。

「あんたがこの店の名も場所も知らないうちなら、それも通用したかもね。だけどいまとなっては、あんたを親許に帰すわけにはいかない。たとえ受け渡しがうまくいって、大金をせしめたところで、こっちは誘拐犯の名乗りをあげてるも同然だもの。それほどの大金をぽんと投げだせる家なら、あんたを取り戻したあとは容赦なく店を潰しにかかってくるでしょうよ」

「そんなことは」

「しないなんて口約束を信じるほど甘くはないわ」

おもわず立ちすくむアレクシアに、リリアーヌが追い討ちをかける。

「憶えておきなさい。あんたは他の娘を逃がすために、自分が助かる唯一の機会を捨てたのよ。情けは身を滅ぼす。それがこの世界の掟なの」

いいかげんに悪あがきはよすことね。

リリアーヌの吐き捨てたひとことが、葬送の鐘のごとく幾度も脳裡にこだまする。

アレクシアは耳をふさぐこともできずに、歯を喰《く》いしばって耐えるしかなかった。

◆3◆

アレクシア王女は生きて海岸までたどりついていた。

それは喜ばしい知らせのはずだったが、一同の顔は晴れやかさとはほど遠かった。

ディアナの寝室にはグレンスター父子《おやこ》をはじめ、家令や侍医など身代わりの秘密を知る面々が勢ぞろいしていた。

朗報をもたらしたガイウスも、ひときわ厳しい面持《おもも》ちで同席している。

ディアナはひとり寝台から、所在なく膝をかかえてなりゆきをうかがっていた。

「つまりこういうことか」

おたがいに状況を伝え終えたあと、苦く長い沈黙をついに破ったのは、グレンスター公のほうだった。

「ウィンドロー近郊の海岸で、護衛官のそなたが目を離した隙に、王女殿下は何者かに拉《ら》致《ち》された可能性が高いと」

「――っ！」

ガイウスのまなざしが、一瞬にして激情に染まる。

だがすぐさま憤《いきどお》りを捻《ね》じ伏せるように、

「……申し開きのしようもありません」

顔をうつむけ、きつくくちびるを結んだ。

よりにもよって専属の武官がそばについていながらなぜ……とガイウスの落ち度をあてこすりたくなるのも、たしかに理解はできる。

なにしろ彼がアレクシアをこの城まで送り届けてさえいれば、すべてはうまく収まっていたはずなのだ。ディアナはひそかに王女と入れ替わり、グレンスターの体面もなんとか保たれたまま、宮廷からの次なる沙汰に備えることができただろう。

だがそもそもガイウスが命がけでアレクシアを救いだしていなければ、ふたりが生きて海岸までたどりつくこともなかったのだ。

アシュレイも同じように感じたのか、すかさずとりなした。

「父上。いまはすぎたことをあげつらうときではありません。むしろ我々は彼に感謝しなくては。幸いにも手がかりは残されているのですから、すぐにも手を打つべきではありませんか？」

「……そうだな」

グレンスター公は唸《うな》りつつも、なんとか怒りの矛先《ほこさき》を収めたようだ。磨きこまれた円卓の天板に、こつこつと指先を打ちつけながら、

「まずはウィンドローの港を洗って、人身売買の拠点を突きとめるところからか。あくまで内密にすませたいが、各地に手勢を送りこむには表向きの理由が必要だな」

「このラグレスが、密売の経由地にされている疑いがあるというのは？」

「うむ。それしかあるまい」

渋い表情でうなずき、家令のメイナードに目を向ける。

「船の用意は」

「いかようにも」

「ではさっそく選《え》り抜きの私兵をそろえ、今夜にも発《た》たせよう」

するとガイウスが壁際から声をあげた。

「わたしも同行いたします」

「いや。この先は我々に任せてもらおう。そなたにはこの城に留まってもらいたい」

「そんな！　なぜです？」

ガイウスにとっては、信じがたい指示だったのだろう。とんでもないとばかりに、抗議

の意をあらわにする。

「このラグレス城に王女が滞在しているというのに、護衛官のそなたが長らくそばを離れては不自然だ」

「ですがここにいるのは、ただの身代わり役にすぎません！」

ガイウスがにわかに声を荒らげ、ディアナは息を呑《の》む。

「だからこそだ」

グレンスター公もまた語気を強めて、

「いま我々が考えねばならないのは、王女殿下の生命とともに名誉をも守りきることだ。そのためにも代役の存在を疑われるようなふるまいは、極力避けなければならない。だがアンドルーズ家の英雄ガイウスともなれば、その面相を知る者は巷《ちまた》にもそれなりにいることだろう。そなたとしてもおのれの忠心が仇《あだ》となり、長年の主を窮地《きゅうち》に追いこむような結果となっては、さぞかし不本意であろう？」

「ですが――」

「もしも王女殿下が悪党に拉致されていたなどという事実が明るみになれば、いったいどれほどの無体を強《し》いられたものかと、下種《げす》な勘繰《かんぐ》りによってその名誉は地の底まで墜《お》ちるだろう。そうなれば彼女の人生はおしまいだ。もはやローレンシアの王太子に嫁ぐどころではあるまい」

ガイウスは苦しげに目許をゆがめる。

深い宵空の瞳には、激しい葛藤《かっとう》がうずまいているようだった。

まさにその苦境から王女を救いだすことこそが、護衛官としての自分の務めだと考えているように。あるいはそんな使命感を越えた、ごく私的な衝動に従わずにはいられないかのように。

くちごもるガイウスに、グレンスター公はなおも説得の言葉をかさねる。

「一刻も早く王女殿下をお救いしたいのは、我々とて同じこと。幸いにもこちらは有能な私兵を多く擁《よう》している。いにしえよりガーランドの要衝《ようしょう》を預かり、数々の外敵を排してきたグレンスターの名に懸けて、かならずや殿下の行方をつきとめてみせよう。ここは我々の力を信じてはもらえまいか？」

「……承知いたしました」

長い逡巡《しゅんじゅん》のはてに、ガイウスは同意した。軍籍に身をおく者として、その主張を軽視するわけにはいかなかったのかもしれない。

「では夜襲以降の状況について、あらためて仔細《しさい》ご報告いたします」

「ああ。そうしてもらおうか」

グレンスター公はわずかに息をつき、ガイウスをねぎらった。

「そなたの怪我《けが》の治療は、当家の侍医にあたらせよう。知らせを待つあいだ、この城で存分に骨を休めるといい」

「……感謝いたします」

いまだ残る不服の念を押し殺すように、ガイウスは頭をさげた。

もはや一刻の猶予《ゆうよ》もないとばかりに、グレンスター公は身をひるがえす。

すかさずそれを追ったガイウスは、結局ただの一度たりともディアナには目を向けないまま、部屋をあとにしたのだった。


どうやらガイウスは、背にひどい怪我を負っているらしかった。

とてもではないがあのように平然と動きまわれる状態ではなく、傷をあらためたシェリダン医師はすぐさま絶対安静を申しつけたという。

「それでも大切な王女さまのために、ラグレスまで馳《は》せ参じたってわけね……」

そんな独り言が、心ならずもふてくされているようで、ディアナは顔をしかめた。

ひとり残された広い部屋で、ぽすんと寝台に身を投げだし、手足をかかえて猫のように丸くなる。城の庭を案内してくれるというアシュレイとの約束は、ウィンドローに手勢を送る準備に追われて、あっさり取りやめになってしまった。

「ま……それくらいかまわないけど」

ようやくアレクシア生存の報がもたらされたのもつかのま、その身がふたたび危機にさらされているかもしれないともわかったのだ。残された手がかりを逃すまいと、必死になるのも当然だ。ただの身代わりにすぎない娘になど、かまってはいられないだろう。

ただの身代わり。

なんのためらいもなく、ガイウスがそう声高に言い放ったとき、ディアナは鳩尾を殴りつけられたかのように、息ができなくなった。

それはひどく必死で、悲痛ですらある訴えだった。

だからこそよけいに、指をつきつけて断罪されたように感じたのだ。

おまえなんて、そばについて護る価値などこれっぽっちもない、つまらない娘だと。

「まるであたしが悪者みたいじゃないの」

王女の名を騙《かた》る不届き者というわけでもないのに、代役であることを責められるなんて理不尽だ。

なんだかおもしろくない……と感じてしまうことこそが、知らず知らず胸の裡《うち》に芽生えていた驕《おご》りなのだろうか。王女とそっくりの姿をしているからといって、同じ扱いを受けなければ不公平だなんて考えるほど愚《おろ》かではないつもりでいたが、まさかこんな釈然としない気分を味わうことになるとは。

ディアナはひとつ吐息をこぼし、横たえた身を反転させる。

　すると視線の先――長椅子《いす》の背にかけられた衣裳が目にとまった。

「そういえば」

　ガイウスが城までたずさえてきたという、鮮やかな真紅の外衣《ガウン》だった。

　襲撃当夜のアレクシアが身につけていたもので、ふたりが身を隠した海岸の漁師小屋に残されていたのだという。

　優雅な薔薇《ばら》文様が縫い取られた衣裳は、このたびのローレンシア行きにあたってあらたに誂《あつら》えた品で、グレンスター公としてもガイウスの報告を信じないわけにはいかなかったようだ。

　ディアナは寝台から足をおろした。そろそろと長椅子に近づき、ずしりとした天鵞絨《ビロード》を手にとる。海水に浸かった布地は若干《じゃっかん》ごわついていたが、それでも金糸のきらめく刺繡《ししゅう》の美しさは損なわれていなかった。

　蔓《つる》薔薇のなめらかな曲線を、指先でそっとなぞる。そして誘われるように、幅広の袖《そで》に腕をとおした。

「素敵……」

　やはり寸法はディアナにぴったりだった。

　身体を回転させると、折りかえした袖がふわりと広がる。

　王族としての風格と、しなやかな優美さをみごとに兼ねそなえた意匠《いしょう》だった。

アレクシアはどんな心持ちで、この贅を尽くした衣裳を身にまとっていたのだろう。誰からも敬《うやま》われ、あたりまえのように護られてきた、この国でもっとも高貴な生まれの娘は。

ゆらめく裾を目で追いながら、とりとめのない想いに耽《ふけ》っていたときだった。

「なにをしている」

剣呑な声を投げつけられて、ディアナは飛びあがった。

ぎょっとしてふりかえると、

「あ、あなた——」

扉を背にしたガイウスが、こちらに胡乱《うろん》なまなざしを向けていた。

足音ひとつしなかったのに、いったいいつのまに？

動揺のあまり言葉をかえせずにいると、

「それは王女殿下のお召しものだ」

愛想のかけらもなくガイウスが告げた。

たちまち顔が熱くなり、

「わ、わかってるわ。ちょっと借りてみただけよ」

ディアナはいたたまれずに、あたふたと背を向ける。

うしろめたさがこみあげるとともに、かすかな反発が胸の裏をひりつかせた。

つい弁解じみてしまったが、そうあからさまに咎《とが》めだてされるほどのことだろうか？　とはいえそれをガイウスに主張してのける度胸まではなく、ディアナはそそくさと脱いだ衣裳を長椅子にかけた。

「あなたこそ、こんなところでなにしてるの？」

身がまえるように片腕をだきつつ、ガイウスに向きなおる。

「傷が治るまでは、むやみにうろついたりしないほうがいいんじゃないの？　ひどい怪我をしてるそうじゃない」

「たいしたことはない」

冷淡な口調から、それがやせ我慢なのかどうか、読みとることはできなかった。

ガイウスは断りもなくつかつかと部屋をよこぎり、

「グレンスター家の侍医が、大袈裟《おおげさ》に騒ぎたてているだけだ。わたしが王女殿下の捜索を強行したりせぬよう、部屋に縛りつけておきたいという意図もあるんだろう」

すらりとした長身を窓辺に預けると、おもむろに腕を組んだ。

どういうわけか、すぐに立ち去るつもりはないらしい。

「だったらなおさら、おとなしくしておいたほうが」

下手に疑われそうな行動にでて、相手の警戒を招いたら、居心地が悪くなるばかりではないか。

「かまうものか。なにをしようと、はからずも身代わりの秘密を知ったわたしが、監視を解かれることはないだろうからな。それにわたしに与えられた部屋はこの隣だから、行き来したところで見咎められることもない」

ディアナは目を剝《む》いた。

「隣？　なんでよ？」

ガイウスはなにをいまさらという顔で、

「当然だろう。わたしは王女付きの護衛官だ。離れていては、いざというときに職務の果たしようがない」

「……むしろあなたに寝首をかかれそうなんだけど」

もそもそと洩らすと、ガイウスが眉を動かした。

「なんだって？」

「なんでもないです」

「長年お仕えした王女殿下に、このわたしが危害を加えるはずないだろう」

「………」

ちゃんと聴こえていたんじゃないの。

外見はいかにも清廉《せいれん》な騎士めいているくせに、なかなか陰険な性格をしている。

そちらが喧嘩《けんか》腰なら、こちらだって遠慮してやる義理はない。

ディアナはきっとまなじりを吊りあげた。

「どうかしら。さっきはなんのためらいもなく、ひどいまねしてくれたもの」

「本気で傷つけるつもりはなかった」

「ひと息に喉を切り裂きそうな勢いだったわ」

「欲しい情報も訊《き》きだせないうちに、いきなり殺したりはしない」

「な……だったらやっぱり、怪我くらいならさせてもかまわないつもりでいたんじゃない！」

「そういう意味ではない」

「いきなり花瓶を叩き割ったりして、ものすごく怖かったんだから！」

我慢ならずに責めたててやると、ガイウスはうるさそうに顔をそむけた。

「怪我をさせたくなかったから、あえて乱暴なふるまいをしてみせたんだ。長びかせずに吐かせるために」

「だから感謝しろっていうの？　あんなふうに、力ずくで脅しつけられたことを？」

そう言いかえすと、ガイウスは黙りこんだ。

やがて深々と息をつき、気まずそうに目を伏せる。

「……すまなかった。たしかにわたしは冷静さをなくしていた。おまえに対してああする以外の方法もあっただろうに、あまりの状況に怒りを収めることができなかった。おまえにではない。自分に対する怒りだ」

「あなたに？」

「そうだ」

うなずいたガイウスの目許が、悔しげにゆがむ。

「失態をとりつくろうために、グレンスターがどのような手を打ってくるか。おちついて考えてみれば、いくらでも予想がつきそうなものだというのに、巷に流布する情報に飛びついたわたしが愚かだった」

まさしくその企《たくら》みに加担した身としては、多少のうしろめたさをおぼえないでもない。いたたまれなさをごまかすように、ディアナは肩をすくめてみせた。

「立派な護衛艦から降りてきた王女さまが偽者かもしれないなんて、誰も疑ってかかりはしないでしょうからね」

「まったくだ。疑念をいだいたところで、真の姫さまを知らない者には判断のつきようがない。そのことを失念するべきではなかった」

ディアナは目をすがめた。

姫さま……ね。

おそらくアレクシアとふたりきりでいるときは、そのように親しみをこめて呼びかけていたのだろう。ガイウスは激しい後悔にひきずられて、いまもって冷静さをなくしているらしい。

「にもかかわらず王女さまの護衛官のあなたまで、偽者のあたしにまんまと騙されたものだから、そんな自分が許せないってわけね」

たちまちガイウスは気色《けしき》ばんだ。

「騙されてなどいない」

「すぐには見抜けなかったわ」

「だが違和感はあった」

「本当にそうかしら」

「どういう意味だ」

ガイウスは唸るようにこちらを睨みつけてくる。

そうやっていかにもむきになるところこそ、内心は忸怩《じくじ》たる思いで身悶《みもだ》えしている証拠ではないだろうか。

「そんなに似てるの？」

「まったく似ていない」

「嘘《うそ》ばっかり」

決めつけてやると、ガイウスは口の端をまげた。すかさず反駁《はんばく》しかけたところで、ふいに口をつぐむ。そして左右に首をふると、

「まったく……調子がくるう」

不毛なやりとりにうんざりしたように、天をあおいだ。

「たしかに顔の造作や身体つきはよく似ている。息を呑むほどにな。だからこそわたしには耐えがたいんだ。まるで姫さまの肉体が悪霊に乗っ取られて、好き勝手に操られているかのようで」

「悪霊ですって⁉」

ディアナは眉を跳ねあげた。

「おまえに非がないのは承知している」

それでもきんきんとわめく声が耳障《みみざわ》りでならないとでもいうように、ガイウスは指先でこめかみを押さえた。

なんという理不尽。

ディアナはむかむかした気分で、

「ご期待に添えず残念ですわ。あいにくと宮廷育ちではないものですから、お上品にはふるまえませんの」

渾身の嫌味をぶつけてやる。

だが相手はたちまち半眼になり、

「猿《さる》芝居はよせ。よけいに気が滅入る」

「──っ！」

げんなりした表情を隠そうともしないガイウスに、はらわたが煮えくりかえる。

いっそつかみかかって顔をかきむしってやりたいのを、ディアナはけんめいに深呼吸をくりかえしておちつかせた。この男と真正面からやりあっても、馬鹿《ばか》をみるのはこちらのほうだ。

「そんなにあたしが気に喰わないなら、わざわざなにしにきたのよ。用がないならとっとと自分の部屋に──」

「いや。用ならある」

即座にさえぎったガイウスの顔つきは、いつしか鋭く変化していた。

きりりと怜悧《れいり》なまなざしに、不覚にもどきりとさせられる。

「他の者の耳のないところで、おまえと話をしておきたかった」

ガイウスがおもむろに声をおとす。まるでディアナを相手に、危険な策謀をめぐらそうとでもしているかのように。

「あたしと？　どうして？」

釣られてディアナも声をひそめる。

「おまえはグレンスターの縁者ではないのだろう？」

「もちろんよ。あたしはただの雇われ役者だもの」

「だからこそだ」

「……どういうことよ」

ディアナのとまどいは深まるばかりだ。

「一族に属していないおまえには、グレンスターに忠誠を捧《ささ》げる必然もない。身代わりの秘密を知る者のなかで、手を組めそうなのはおまえだけだ」

ディアナははっとした。

「ま、まさか宮廷にあたしを連れていって、王女さまが行方不明でいることを証言させるつもり？」

考えてみれば、王女の生存を偽装するグレンスター家の工作に、臣下でもないガイウスが協力してやる義理はないのだ。むしろ王家直属の護衛官としては、すぐにも宮廷に出向いて現状を報告するべきだろう。

そしてグレンスターの裏切りを知らしめる生き証人として、ディアナ以上にふさわしい者はいない。この男が本気になりさえすれば、ディアナを連れてラグレス城から逃げだすことも、きっとたやすいはずだ。

ディアナはおもわず身をひいていた。

「騙されないわよ。密告なんてしたら、計画に加担したあたしもついでに縛り首になるに決まってるじゃない。それにあなたに脅されたからって、あたしは雇い主を売ったりしないわ。危ない橋を渡ってることくらい、承知してるんだから」

「おちつけ。おまえにそんなことをさせるつもりはない」

ガイウスはいきりたつディアナをなだめつつ、

「わたしとて、王女殿下の名誉を守りたいのは同じだ。結果としてグレンスターの保身の片棒を担ぐことになるのは不本意だが、すべてを暴露して糾弾《きゅうだん》するべきだと考えているわけではない。それに保身というなら、王女殿下を護りきれなかったわたしこそ、まっさきに責任を負わされることになるだろう」

至極冷静に語ってみせた。

ディアナはおずおずと、

「首を刎《は》ねられるの？」

「それですむかどうか」

ガイウスは肩をすくめた。

「役たたずは犬の餌《えさ》にでもしておけとでも陛下が命じたら、飢《う》えた猟犬どもに肉片ひとつ残さず喰らいつくされることになるだろうな」

冷めた口調に、ディアナはぞくりとする。そんな凄惨《せいさん》な処刑も、エルドレッド王の宮廷ではありえないことではないというのだろうか。

「いくらあなたでも、王女さまのためにそんなふうに死ぬのはご免なわけ？」

悟りきったようなガイウスの瞳が、一瞬でも揺らげばいい。

そんなつもりで煽《あお》ってみたが、彼の表情は動かなかった。

しばしの沈黙のあと、ガイウスはおちついた声で、

「いや。どのような処罰がくだされようと、そのときは甘んじて受けるつもりだ。だが死ぬのならこの手で王女殿下をお救いしてから……せめてご無事な姿をこの目で見届けてから死にたい」

「たしかに未練が残りすぎて、死んでからも化けてでそうだものね」

「ありえるな」

「…………」

からかうつもりが真顔でかえされては、こちらも呆れるしかない。

「でも、それならなんのために、あたしと手を組むなんてことになるわけ？」

ガイウスはしばしディアナをみつめ、深く息をついた。

「やはり気がついていないようだな」

「なによ」

憐れむようなまなざしを向けられて、じれったさの奥から不安がにじみだす。

「今日まで身代わり役を務めていて、おまえは一度たりとも考えてみたことはなかったのか？　もしもいくら待っても王女殿下が発見されず、いよいよその生還が絶望的となった

とき、グレンスターがいったいどのような動きにでるものか」

「それは……」

ディアナはとまどい、くちごもった。

「だって、そんな不吉なことばかり考えていてもしかたないもの。きっと生きているはずだって、信じていたわ」

「愚かだな」

「なんですって！」

ばさりと斬り捨てられ、ディアナは頬をひきつらせた。いちいち癇《かん》に障る男だ。

「そんなものはただ、不愉快な現実から目をそむけているだけだ。デュランダル王家の娘として、王女殿下の代わりにおまえがその亡骸《なきがら》を、王宮の霊廟《れいびょう》に納められることになるという未来からな」

「あたしの……亡骸？」

たじろぐディアナに、ガイウスは淡々《たんたん》と告げる。

「おまえが身代わりを務めているのは、王女殿下がこの地で静養なさっているようにとりつくろうためだろう？　だがもはやその必要がなくなったとき、次にグレンスターが欲するのは、殿下が衰弱から回復することなく儚《はかな》くなったという体裁だ」

濁《にご》りのない、整然とした語りが、じわじわとディアナを打ちのめしていく。

「王女殿下が他界したとなれば、遺体はすみやかに王都に移され、葬儀をあげなければならない。もしも海岸に打ちあげられた殿下の遺体が発見されて、その死が確認されたのだとしても、もちろん遺体はひそかに埋葬するしかない。理由はわかるな?」

「…………」

ディアナはうなずかないわけにはいかなかった。

荒波に揉まれた、傷だらけの遺体を使うことはできない。なぜなら王女は、このラグレス城でしばらく療養生活を送っていたはずだからだ。いまさら身代わりをたてていたなどと、みずからの罪を告白するようなまねができるわけもない。

ディアナはしどろもどろに訴える。

「でも、だけどグレンスター公ほどの力があれば、病気かなにかで死んだばかりの女の子の死体を調達してくることだって、その気になれば——」

「可能だろうな。だが誰よりも成り代わりに適した娘が目のまえにいるというのに、わざわざそのような労を費やす利点があるか?」

「利点だなんて」

ディアナはわなわなとくちびるをふるわせた。

「そんなものと、あたしの命を天秤《てんびん》にかけようっていうの?」

いかにも残酷な発想をしてみせたガイウスをこそ、非難せずにはいられない。

だが相手の反応は冷ややかだった。

「利点なら他にもある。ここでおまえの命を絶っておけば、いずれその口から身代わりの秘密が洩れる危険をも潰すことができる。殿下が生還されたとしても、それは同様だ」

「な、なによそれ。それならあたしはどっちにしろ、口封じに殺される運命だってことになるじゃない」

「それが貴族のやりかたというものだ」

ガイウスは無情に断定する。

「つまり王女殿下の療養生活を偽装するという計画の一端を担《にな》った時点で、おまえの首にはグレンスターの縄がかけられたも同然なんだ」

「そんな」

「グレンスター親子はもとより、秘密を知る家臣たちが、それを念頭においていないはずがない」

「そんなの嘘よ……」

ディアナはよろめき、長椅子の背にすがりついた。

アシュレイをはじめ、グレンスターの家臣の面々は、ただの代役にすぎないディアナにも身に余るほどの敬意をもって接してくれる。それはいずれ用済みとなって殺される憐れな娘に対する、うしろめたさゆえだとでもいうのだろうか？

「おまえを手なずけて、扱いやすくするためなら、甘い顔くらいしてみせるだろう」

「違う。違うわ。たとえグレンスター公がそのつもりでいても、きっとアシュレイはとりなしてくれる」

「アシュレイ？　ああ……なるほど。あの優男にまんまとほだされたか」

「そんなんじゃないったら！」

「おまえに貴族のなにがわかる」

小馬鹿にしたような声音に、ついに我慢ならなくなった。

「だったらどうすればよかったっていうのよ！」

ディアナは怒りをぶちまけた。

「あたしだって、こんなふうにみんなを欺《あざむ》くようなまねはしたくなかった。けど拒否する道なんて、始めからありはしなかったのよ。それにあたしさえ協力すれば、誰かが責任を負って殺されたりせずに、なにもかもうまく収まるかもしれないのに――それができるのはこのあたしだけかもしれないっていうのに、海にでも飛びこんで死んだほうがずっとましだったとでもいうの？」

呆気《あっけ》にとられたガイウスが、窓枠から身を浮かせる。

「わかった。わかったから、ともかくおちつけ。頼むから」

騒ぎ声が洩れるのを危惧《きぐ》してか、ガイウスが足早に近づいてくる。

だがその手があとわずかでディアナの腕をつかもうとしたとき、ガイウスははたと足をとめた。

ぎこちない沈黙に、ディアナはたちまち気勢をそがれる。

きっとガイウスは、アレクシア王女とよく似たこの器に遠慮なくふれることを、反射的にためらったのだ。

「殴りたいなら殴れば？」

「そんなことはしない」

「気が咎める？　でもいくらあなたのお姫さまとそっくりでも、あたしはただの身代わりだもの。乱暴に扱ったって、誰からも文句なんてでないわよ」

「……悪かった」

ガイウスはいたたまれないように目を伏せ、謝罪した。

「たしかに言葉がすぎたな。グレンスターの思惑についても、あくまでわたしの憶測でしかないことは認める。ただ悪気なく手のひらをかえすのが貴族というものだと、忠告しておきたかったんだ」

「その理屈だと、あなたも信用できないことになるけど」

そうかえしてやると、ガイウスは動きをとめた。

そしてわずかに顔をしかめると、

「――そうだな。それでいい」

どこか痛みをこらえるようにささやいた。

やりこめてやったという爽快感《そうかい》はなかった。代わりにたまらないもどかしさが、冷たい霧のように肺を満たしていった。

まさか自分は、この男の懇願を欲していたのだろうか。

身勝手なグレンスター家の者ではなく、アンドルーズ家のガイウスこそを信頼するべきだと、言葉をつくして説得してほしかったのだろうか。

わからない。ただいましがたガイウスに投げつけられた疑念が、ディアナの胸にさざなみをたて、ひどく心許ない気分にさせていた。

「だがこれだけは信じてほしい」

いつしかガイウスは、まっすぐにこちらをみつめていた。

「おまえが王女殿下の身代わりを演じているかぎり、わたしはおまえを全力で守るつもりでいる」

真摯《しんし》な瞳に射抜かれて、ディアナは息をつまらせる。

ガイウスにとっての自分はなんの価値もない、むしろそばにいるだけで腹だたしい存在のはずだ。

「……どうして？　たとえ代役でも、王女さまの身になにかあったなんて知れたら、護衛官の名が廃《すた》るから？」

「ああ。それにもしも王女殿下がいまのおまえの境遇を知れば、わたしがそうすることを望まれるはずだからだ」

「王女さまが？」

「直属の騎士として、この手でそのお命を守ることがかなわない以上、殿下の意志を優先するのがわたしの務めだ。たとえおまえがどれほど迷惑がろうとな」

守りたいのは、あくまで忠誠を尽くすアレクシアの望みでしかないのだと、ガイウスは臆面《おくめん》もなく伝えてのける。

ディアナはいささか毒気を抜かれながら、

「たしかにその理屈なら信じられそう」

「それはよかった」

若干の揶揄《やゆ》をこめたつもりが、こうもあっさり流されては、もはや声をあげて笑いだしたい気分だ。

「それにしても、ずいぶん自信があるみたいね。王女さまがなにを考えているか、あなたには手に取るようにわかるの？」

「さすがにそこまでは。だがこれでも長いつきあいになるからな」

ガイウスが片頬で笑う。端整な口許に刻まれた笑みは、どこか翳《かげ》を感じさせた。

ディアナは窓に視線を逃がし、ぽつりとこぼす。

「……そうね。たしかにあの子なら、そうしてもらいたがるかもしれない」

「あの子？」

けげんそうなガイウスをふりむき、

「あたし――あたしたちは、ずっとまえに一度だけめぐりあったことがあるの」

ふたりの奇跡的な邂逅《かいこう》について、かいつまんで語ってみせる。

聖堂をおとずれたアレクシアと、おたがいの姿に驚きあったこと。

ディアナの境遇を知ったアレクシアが、自身の外套《がいとう》と手袋を与え、勇気をだして自由をつかみとれるよう、背を押したこと。

やがてガイウスが呆然《ぼうぜん》とつぶやいた。

「そうか。あのときすれ違った子どもが……」

外套をかかえて聖堂から飛びだしていくディアナと、危うくぶつかりそうになった相手が、どうやら彼だったらしい。ディアナにとっても、それはおもいがけない真相だった。

あのときはただただ必死で、視界をよぎった青年に注意を払う余裕などなかったのだ。

「なるほど。おかげでようやく腑《ふ》に落ちた」

記憶の底に沈みこみ、おぼろに風化しかけた違和感を吐きだすように、ガイウスは長い長いため息をついた。

「なぜあのときの姫さまが、あれほどまでに打ちのめされた、いまにも泣きだしそうな顔をなさっていたのか。まさかそんな事情だったとはな」

「詳しく聞いていなかったの？」

「ああ。初耳だ」

「ふうん。あなたでも教えてもらえなかったんだ」

誰よりもそばにいた護衛官のくせに。

そんな含みをもたせてやると、ガイウスはむっとしたように口をもごつかせた。

「誰にだって、秘密にしておきたいことくらいある」

「あなたにもあるみたいね」

「なんのことだ」

「なんでもないわ」

「……なにをたくらんでいる？」

ガイウスが不審げに目をすがめる。

ディアナはにこりと笑いかえした。

「なんのことかしら？」

王女にも誰にも、決して知られてはならない想い。

それはガイウスにとって、弱みになりえるだろうか？

きっとなる。つまり切り札はこちらが持っているわけだ。

いざというときは、それを存分に利用してやらなければ。

まったく──わかりやすいにもほどがある。

他愛《たわい》なさすぎて、つまらないほどに。

4

「リリアーヌ」

アレクシアは意を決して呼びかけた。

「すまないが、なにか胸許を覆《おお》えるような薄布はないだろうか？」

「なによ。寒いの？」

アレクシアを鏡台のまえに座らせたリリアーヌはくちびるにピンを咥《くわ》え、ようやく肩に届くか届かないかというアレクシアの髪をなんとかまともに結いあげるべく、奮闘しているところである。

「いや……だがこんなに肌をあらわにするのは、なんだかその、おちつかなくて」

鏡に映るおのれの姿から、アレクシアはいたたまれずに目をそらす。

いま身につけているのは、この館に連れこまれてすぐに奪われたきりだった王女の衣裳だ。アレクシアを高く売りつけるために、いかにも高貴な出自をうかがわせる当初の姿を披露したほうが、より効果的だと考えたのだろう。

アレクシアにとっても、その判断はありがたいことだった。

贅を尽くした衣裳は、それを身にまとう者の権威を保証する。

ひとたび身を飾る布を剝がされてしまえば、王女とてただの小娘にすぎない。

その真理が身に沁《し》みたいま、にもかかわらず着慣れた衣裳に身をつつむことは、アレクシアの心をおちつかせてくれた。

衣裳が空疎な鎧《よろい》であるなら、せめて王女のための鋳型《いがた》をまとうことでようやく、亡霊のような自分でもなんとか正しく王女らしさを保っていられる気がしたのだ。

とはいえさっそく着付けにとりかかるリリアーヌのされるがままになっていたら、いつしか腰は尋常でなくくびれ、せりあがった胸には深い谷が刻まれて、とても正視できたものではない。

「わざとよ。決まってるじゃないの。そうやって初心《うぶ》なお嬢さまが頰を染めて身悶えてるさまも、男にとってはたまらないんだから」

アレクシアは眉をひそめた。

「こちらの羞恥《しゅうち》と屈辱が、相手の悦《よろこ》びになるというのか？」

「そういうことね」

「いいから頭を動かさないで、おとなしくしてなさい。こっちは一エルの得にもならないただ働きなんだから」

「悪趣味なのだな」

アレクシアは恐縮した。

「それは……手数をかけてすまない」

「……おかしな子。あたしもずいぶん長いけど、あんたみたいな変わり種にはこれまでお目にかかったことがないわ。新顔たちの先行きはたいてい読めるようになったのに、あんただけはさっぱりわからないもの」

「そなたには娘たちの将来が見透せるのか？」

驚いたアレクシアが身をひねると、リリアーヌは櫛《くし》を動かす手をとめた。

「なんとなくだけどね。たとえばほら、あんたといっしょに連れられてきた、背の高い赤毛の娘」

「エスタのことだろうか？」

「名まえなんて知らないけど。あの子はうまくやれば出世できるかもね。うちで働くことになれば、いずれ稼ぎ頭《がしら》になるかもしれない。いまどきあれほど腹の据わった眼をしてる娘もいないもの」

「そう。まさにそうなんだ」

エスタの強さを正しく見抜き、評価してくれたのが嬉《うれ》しくて、アレクシアはつい力説してしまう。

「エスタは潔《いさぎよ》くて、賢《かしこ》くて、とうにこの世界で生き抜く覚悟を決めていた。だからきっと成功できるにちがいないと、わたしも信じていたんだ」

「……やっぱりおかしな子」

つくづく呆れたように、リリアーヌはアレクシアをながめやる。

「だけど憶えておくといいわ。どれだけしっかりした娘でも、なにかの拍子に糸が切れたみたいに命を手放すことはある。その窓からも、二年まえにひとり飛び降りたわ」

「え……」

アレクシアはどきりとして、開け放たれた窓をふりむく。

「それであたしがこの部屋をもらったのよ」

リリアーヌによれば、この広い個室は館で一番の売れっ妓に与えられる習いなのだという。つまりその娘は、他の娘たちから羨《うらや》まれるような境遇にあったにもかかわらず、みずから死を選んだのだ。

「なにかきっかけがあったのだろうか……」

「あるといえばあるかしら。かわいがってた猫が、ある日を境に姿を消したきり、帰ってこなかったのよ」

アレクシアは目をまたたかせた。

「それだけ?」

「それだけよ。だからあたしは、猫なんて飼わないことにしてるの」

どれだけ毅然としていても、ささいな動揺が人生を投げだす銃爪《ひきがね》になるかもしれない。

それほど危うい崖縁《がけふち》に、彼女たちの魂は追いつめられているのだろうか。

「ま、せいぜいうまくやることね」

あえてかどうか、リリアーヌはそっけなくしめくくる。

「なんにしろあんたのやる気しだいよ。若いってだけでやってけるのは、最初のうちだけなんだから。客あしらいの腕を磨いて、男たちを自分に惚《ほ》れこませてやれるかどうかが肝《きも》ね。それができれば長持ちするわ。女のあそこの味なんて、誰でもたいして変わりやしないんだから」

「え……と……うん」

あけすけにすぎる発言に、アレクシアはたじろぐ。

すかさず鼻で笑われたが、なぜか不快ではなかった。

アレクシアの身体をすみずみまで磨きたてるリリアーヌの手つきが、ぞんざいな口調とは裏腹に、慈《いつく》しむようなこまやかさにあふれていたからかもしれない。ともすると、宮廷女官たちのかしこまった扱いよりも、よほど心がこもっているように感じられた。

そのとき風に乗り、かつかつと馬蹄《ばてい》の音が近づいてきた。

正面の門が甲高《かんだか》くきしみ、内庭に誘われた馬車が石畳《いしだたみ》をにぎやかに打ち鳴らして、館はにわかに活気づく。

黄昏《たそがれ》の空は、まるで血の気が失《う》せるように、急速に昏さを増してきていた。

「さっそく気の早い客が乗りこんできたようね」

「ではじきにそなたにも呼びだしが？」

「あたしはお客を焦らして登場するのがお約束」

夜会の主賓《しゅひん》が、満《じ》を持して姿をみせるようなものか。

「この手のお客は、好みの妓を大勢はべらせながら酒と食事を運ばせて、ときには湯浴みの相手なんかもさせて、じっくり楽しむつもりでいるのが多いわね。そういうお客はたいてい金払いもいいから、うちにとっては大歓迎。どんどん飲ませて、良い気分にさせて、すっかり酔っぱらって朝まで眠りこんでくれたら、文句なしね」

「わたしに興味を持ったのも、そのような上客のひとりなのだろうか」

「気になるの？」

「それなりに」

話のできそうな客なら、交渉の相手をそちらに定めたほうが、むしろ期待が持てるかもしれない。宮廷貴族の名と権威が、通用するような相手ならよいのだが。

「さっき女将に訊いたら、あたしも相手をしたことがあるお客だったわ。性癖ならそれほど過激でもないわよ。陰湿で多少しつこいところはあるけど、鞭やおかしな道具で責めたりはしないし、逆に責めてくれって頼みこんでくることもないし。たまにいるのよね、力いっぱい踏みつけられたり罵《ののし》られたりして感じる男って。あんたなんて案外そういうお客をさばくのに向いてそうだけど」

アレクシアはどぎまぎしながら、

「え……と。性癖以外にも、なにか情報があると助かるのだが……」

「あらそう?」

涼しい顔で片眉をあげてみせるリリアーヌは、どうやらアレクシアをからかって反応を楽しんでいたようだ。

「お貴族さまの跡継ぎで、典型的な放蕩《ほうとう》息子ってやつでしょうね。女にかぎらず、賭《か》けや芝居なんかの道楽にも金は惜しまないらしいわ。女将にしてみれば御しやすい部類の相手ではあるわね。もうすぐ父親がくたばって、その財産が自分の自由になるって洩らしてたらしいから、高値であんたを売りこむのにうってつけだったんじゃないの?」

「そうか……」

それだけでも、相手のろくでもなさはおおむね知れた。

「たしかシルヴァートンあたりを治めてる領主の息子で、ダンヴィル家の——」

アレクシアはおもわず声をあげた。

「ダンヴィル？」

「なによ。まさか知りあい？」

「……ではないはずだ。ただ家名に憶えがあって」

ダンヴィル家の当主なら、王宮でなにかの式典に列席していたはずだ。息子に心当たりはないが、好き放題に遊びまわっていたなら、宮廷に顔をだすこともなかったのかもしれない。それならアレクシアが王女であることにも、きっと気がつかないだろう。

いかにも信用ならなそうな輩《やから》だが、父親が宮廷にも出入りしている貴族ならば、交渉の余地はある。できればこちらの正体は明かしたくないが、最終手段として莫大な褒賞などを餌に動かせるかもしれない。

アレクシアが宮廷に帰還したあかつきには、秘密の漏洩《ろうえい》を恐れる父王によって抹殺《まっさつ》されるかもしれないが、売りにだされた令嬢に食指を動かすような男では、さほど同情もできない。命乞《ご》いはしてやらないこともないが……。

ひとしきりそんな考えをめぐらせたところで、アレクシアはこみあげてくる自嘲をかみしめる。どうやら自分も、なかなかに気持ちが荒《すさ》んでいるらしい。

だがふしぎとそれは、そう悪い気分でもなかったのだ。

アレクシアは鏡のなかの自分と向かいあう。王女の身分にふさわしい、豪奢《ごうしゃ》な衣裳をまとっているにもかかわらず、その姿はまるで見知らぬ他人のようだ。

デュランダル王家のアレクシア。

その名を知る者は、ここには誰もいない。

ひたとこちらをみつめかえす緑の瞳は、夕暮れの空を映して昏く染まっていた。

まるで不安と高揚がまだらに溶けあい、不穏な渦《うず》を巻いているように。

……高揚？

まさか自分は、王女としてのおのれをかなぐり捨てることに、高揚を感じているとでもいうのだろうか。

そう自問して、アレクシアは愕然《がくぜん》とする。

そんなはずはない。あってはならない。

だがともするとその高揚は、新しい名を生きる覚悟を決めたエスタが、絶望を踏み越えた先に見いだしたものに似ているのだろうか……。

そしてふと気がついた。

ここで偽《いつわ》りの名を生きている者なら、娘たち以外にもいる。

「ルサージュ伯爵夫人というのは、やはり女将の偽名なのだろうか」

「どうだかね。若いころ、なんとかっていう貴族の愛人でいたなんて昔語りを聴かされたことはあるけど」

「本当に？」

「遺産だか、手切れ金だかをもらって、この店を始めたんだそうよ。だけどなんせ酔ってたし、そもそもあの女将のいうことだから、話半分に受け取ってるわ」

「詐称《さしょう》にしろ、あえて貴族の縁者を名乗っていることには、彼女なりの意味があるのだろうか……」

「さあ。なんにしろうちは高級を売りにしてるから、女の子たちの扱いはましなほうよ。まじめに稼げば休みももらえるし、あんまり性質の悪い客は追い払ってくれる。代わりにうわまえはふんだくるけど、あれでいてまったく情がないわけでもないのよ。お客を取れなくなった古株も、放りださずに使ってやってるしね。あんたも知ってる女よ。あの陰険な年増から、毎日あれこれ指図を受けてたんでしょ？」

　アレクシアは緑の瞳をぱちくりさせた。

「まさかドニエ夫人のことか？」

「あのご面相からはとても信じられないって？」

「そ、そんなことは……」

　とっさには肯定《こうてい》も否定もできず、アレクシアはくちごもる。

　リリアーヌはおかしそうに声をたてて笑った。

「あれでもけっこう得意客がついてたんだそうよ。あたしが女将に拾われたときにはもう現役じゃなかったから、実際のところはわからないけど」

「女将に……拾われた？」

アレクシアはひっかかりをおぼえる。エスタたちのように買われたり、攫《さら》われたりしてきた娘なら、あえてそのような表現はしないのではないか。

リリアーヌは黙ったまま、まとめあげたアレクシアの髪に、蔓薔薇をかたどった銀の飾りをさした。

「あたしの母親はね、道端で客を取ってたのよ。船乗りの旦那《だんな》が早死にして、頼れる身内もなくて、五歳になったばかりのあたしをひとりで食べさせなきゃならなくて、しかたがなしにね」

アレクシアは痛ましさに胸をつかれる。

「聖教会に、助けを求めることは……」

できなかったのだろうか。それぞれの居住区の教会では、恵まれない境遇の市民に救いの手をさしのべているはずではないのか。

「助けてくれようとはしたわ。あたしのことだけはね」

「そなただけ？」

「つまり罪のない子どもは孤児院で育ててやらないこともないけど、身を持ち崩した女の面倒まではみてやれないってことよ」

「そんな、理不尽な」

「母親がさげすまれてるのって、子ども心にもわかるものなのよね。あたしは大泣きして、母さんもあたしと離れ離れになるのが耐えられなくて、結局むりをして五年もしないうちに胸を患《わずら》って死んだわ。あたしは今度こそ本当の孤児になって、それでも大嫌いな教会にだけは絶対に近づかなかった。往来でもの乞いをして、市の店先からパンを盗《と》って、夜は盛り場の暗がりで野良犬みたいに残飯を漁って……。だけどそんな暮らしが長く保つはずもなくて、結局は道端で行き倒れそうになったところを、女将がこの館に連れてきて介抱してくれたのよ」

「あの女将が」

「いずれたんまり儲《もう》けさせてもらおうって魂胆《こんたん》だったんだろうけどね。うす汚れてはいたけど、なにしろあたしは母さん似の美少女だったから」

「ん……」

「だけど胸も平らな子どものころから客を取らされることはなかったし、何度かそこそこの身請け話はあったけど、女将はあたしだけは手放そうとしなかった。いつかこの館をあたしに譲りたいからって。本気かどうかはわからないけどね」

醒《さ》めた声でリリアーヌは語る。

けれどそれは決して冷ややかなだけではなかった。

女将の本心は、アレクシアにもわからない。わかるはずもない。

ただふたりの人生を、縒《よ》りあわせた糸のように結びつけることになった出会いの光景が、かつてのディアナとの邂逅とかさなりあって、いつまでも胸をさざめかせていた。

そのときふいに、湿った息がアレクシアの頬をなでた。

「嘘よ」

「……え？」

目をあげると、鏡のなかのリリアーヌと視線がかみあった。

「商売女の身の上話なんて、信じるもんじゃないわ。こんなふうにお客の同情をかきたてて、金をむしりとってやるのがあたしたちの手なんだから」

リリアーヌはほのかに笑んだ。

「だからあんたがそんな顔することないのよ」

「リリアーヌ」

「ほら。あんまり辛気臭くしてると、売れるものも売れないわよ。あんたはご令嬢らしく偉そうにしてるのが似あうのに」

「偉そうなのが似あうのか……」

そこまで不遜《ふそん》なつもりはないのだが。

アレクシアは力なく笑い、

「ではやはりあの話も嘘だったのだな。呪われた井戸の底から、身を投げた娘の啜《すす》り泣きが夜な夜な這いのぼってくるという怪談も」

リリアーヌはしばらく口をつぐんだままだった。

やがて目を伏せ、哀《かな》しい子守唄のようにささやいた。

「あれはこの世でいっとう優しいお伽噺《とぎばなし》よ。お馬鹿さん」


なにがあろうと絶対に口を利いてはならない。

そうきつく命じられたアレクシアは、ルサージュ伯爵夫人の執務室兼応接室のかたすみに設《しつら》えられた、緞帳《どんちょう》の裏に控えさせられた。

親族に身代金《みのしろきん》を請求してほしいという訴えは、口にする暇もなかった。

天井に映る灯影をじっとみつめながら、アレクシアは焦りをなだめた。どちらを相手に交渉するのが得策か、見極めてからでも動くのは遅くない。

リリアーヌは去り、やがて客が案内されてきたらしい。

とびきり愛想好く迎えたルサージュ伯爵夫人は、

「とっておきの娘でございますよ。優美な身体つきに、高貴なおもだち。真珠の肌と黄金の髪は、目も眩《くら》むばかりのまばゆさですわ」

酒をふるまいながら、さっそくアレクシアを売りこんでいる。

「立ち居ふるまいもいかにも洗練されておりまして、これほどの娘には宮廷の夜会ですらそうそうお目にかかれませんでしょう」

「ほう。女将がそこまで褒めちぎるとは楽しみだな」

応じる声はまだ若い。せいぜい三十がらみといったところか。

リリアーヌが教えてくれた、ダンヴィル家の子息にまちがいないようだ。

「だがそれほどの娘を、どのように入手したのかね？　まさか破産でもして、売りにだされたわけでもあるまい？」

「それが沖で旅客船が難破いたしまして、ひとり荒海を漂流しておりましたのを、あわやというところでわたくしどもの船が助けあげましたの」

「ではその娘は、身内ともども海に没したとみなされているわけか」

「さようでございます。いかようにもご随意《ずいい》のままにお扱いいただけますわ」

事実をゆがめ、身勝手な商談をすすめる女将に対して、ふつふつと怒りがこみあげる。

アレクシアは手の甲《こう》に爪《つめ》をたて、憤りをこらえた。

「名の知れた家の娘なのか？」

「家名については口を割りませんの。ですが身につけておりました衣裳ひとつをとりましても、並みの貴族に誂えられるものではございませんわ」

「名家の誇りにかけて、その名を汚すわけにはいかないということか」

「その誇り高い小鳥をご存分に手なずけて、素姓《すじよう》を歌わせてみるのもまた一興。気の強い娘は、とりわけお好みでございましょう？」

「ふ。たしかにそそられないこともないな」

舌なめずりをするような、嗜虐《しぎやく》の悦びをにじませた声色《こわいろ》だった。

ぞわりと鳥肌がたち、アレクシアはとっさに腕をだきしめる。

「さすがはわたしの趣味をよくわかっている」

「それはもう。お客さまのご要望に添って、きめこまやかな快楽を提供することこそ、わたくしどものめざすところでございますから」

「ではさっそく、その極上の小鳥とやらを拝ませてもらおうか」

「お望みのままに」

伯爵夫人が席をたち、こちらに向かってくる。客の期待を言葉巧みに煽りたてたところで、いよいよお披露目ということらしい。

「きっとお気に召しますわ」

女将が紐《ひも》をひき、緞帳がゆらりと左右にたくしあげられる。

顔を伏せたアレクシアの足許を、光の帯が照らしだしてゆく。その先に、ゆったりと足を組んだ男の靴先がうかがえた。できるなら真正面から睨みつけてやりたいところだったが、みだりに顔をさらしたくないという気持ちが勝った。

女将は片手で房飾りのついた紐をひいたまま、もったいぶったしぐさで手のひらをさしだした。

「さあ。こちらにおいで。お客さまにじっくりごらんいただきなさい」

アレクシアは目を伏せたまま、しかたなしに数歩すすみでた。

指先を預けた女将の手のひらが、募る期待に汗ばんでいく。

女将は声をうわずらせながら、

「もっとおそばで品定めをなさいますか?」

にこやかにたずねる。だが客の応《いら》えはなかった。

代わりにおとずれたのは長い——長すぎる沈黙だ。

はかばかしくない反応なのか、女将が身じろぎをする。その隣でアレクシアもまた警戒をみなぎらせた。まさかこちらの正体に気がついたのだろうか?

すると客はおもむろにきりだした。

「女将。これはいったいどういう冗談だ」

「は?」

「客の眼力を試してやろうというつもりなら、好かん趣向だな」

「試す? いえ……まさかそんなこと、とんでもないございませんわ」

いったいなにを非難されているのだろうか。女将の困惑が伝わってくる。

「なるほど。あくまでしらをきるつもりか」

「あの、ですからいったい……」

「役者を初心なご令嬢にしたてて、高く売りつけようとはなかなか考えたものだ」

男の冷笑を耳にして、おぼろげながら状況が呑みこめてきた。つまりこの客はどういうわけか、アレクシアが令嬢を演じる庶民の娘にすぎないと決めてかかっているのだ。

女将もまた、なにを疑われているか悟ったらしい。

一瞬うろたえたものの、すぐさま持ちなおして、

「まあ。ダンヴィルさまこそご冗談がお上手でいらっしゃる。ですがこの娘は正真正銘のご令嬢ですわ。このみごとな布地をごらんくださいな。これほど鮮やかな真紅の緞子《どんす》で衣裳を誂えられる者など、ガーランド広しといえどそうはおりませんもの」

「貴女《あなた》の伝手《つて》があれば、そうした衣裳を顧客から借り受けることもできるだろうな」

「そんな！　滅相もないことでございます！」

「ではそこの娘の家名はなんという？」

「それは――」

たじろぐ女将をなぶるように、男は組んだ足先でゆらゆらと拍を刻んでみせる。

女将が追いつめられた双眸《そうぼう》で、アレクシアを睨みつけた。

「お教えしなさい」

「…………」

アレクシアは沈黙を貫いた。このおかしな流れでは、正体を明かすことはおろか、アンドルーズの名をあげることもためらわれた。もとより決して口を開くなと厳命されている身である。

「話にならんな」

これみよがしのため息とともに、男が腰をあげた。

「食いはぐれた女優と手を組んで長年の得意客を謀《たばか》ろうとは、貴女も堕《お》ちたものだ。そんな噂が広まれば、この館もいつまで保つものかな」

つまりこの男は脅しているのか。女将の悪辣《あくらつ》な手口を、腹いせにぶちまけてやることもできるのだと。

背を向けた男に、女将があわてて追いすがる。

「お、お待ちください！　なにか手違いがあったようです」

「ほう。手違いとな？」

男は足をとめ、ゆらりと肩越しにふりむく。

「ええ。ええ。お目にかけるつもりでいたのは、他の娘でございましたの」

頬をひきつらせた女将は、けんめいに媚《こ》びた笑みを浮かべた。

「お詫びに今夜は、精一杯のおもてなしをさせていただきますわ。もちろんお代はいただきません」

「そういうことなら、貴女とは長いつきあいだ。今回の不手際は忘れることにしよう」

「寛大なご配慮に感謝いたしますわ」

女将が急いで呼び鈴を鳴らすと、すぐにリリアーヌが顔をみせた。呼びだしにそなえて外に待機していたようだ。

「誰でもお好みの娘にお相手させますわ。さ、リリアーヌ。ご案内して」

リリアーヌはすかさず客の腕に腕をからめ、廻廊《かいろう》にうながした。

まんざらでもなさそうに従った男が、ふと足をとめる。

「そうだ。そこの娘だが、買い手がつかなければ、わたしが格安で買いあげてやらないでもない。なにかと重宝しそうだからな」

「……心に留めておきますわ」

男はあざけるようにふたりを一瞥《いちべつ》し、部屋をあとにした。

とたんに憤怒をあらわにした女将が、ふりむきざまにアレクシアを杖で殴りつける。

「この役たたず！」

「――っ！」

とっさのことに身がまえるまもなく、アレクシアは悲鳴をあげて倒れ伏す。

「身のほど知らずに、いつまでもいつまでも偉そうな口を利くくせに、人並みにお上品なふりをしてみせることもできないとはね」

うずくまるアレクシアに、女将は何度も杖をふりおろす。

「どれだけあたしを虚仮《こけ》にしてくれれば気がすむんだい。この疫病神《やくびょうがみ》め！」

いったいどの口で、そんな文句を吐いてのけるのか。

痛みで散り散りになりそうな意識のかたすみに、そんな抗議が浮かぶが、息がつまってうめき声をあげることしかできない。

女将は杖を片手に、いらいらと室内を歩きまわる。

「あいつもあいつだよ。女遊びにはたいがい慣れてるくせに、いったいどこに目をつけてるんだい。そこらの田舎女優に演じさせたくらいで、肌艶《つや》から身のこなしから、これほどの上玉にしたてるなんてことができるわけないだろうが！」

「それで、この子はどうするの？」

気のないそぶりで訊いたのは、ふたたび姿をみせたリリアーヌだった。平坦な声音は、激昂《げっこう》する女将をなるべく刺激しないよう、心がけているかのようだ。アレクシアがどんな扱いを受けるか気にかけ、様子をうかがいにきてくれたのかもしれない。

「こいつをどうするかって？　そんなもの決まってるさ。その衣裳を残らず剝いで、もとの仕置き部屋に閉じこめておくんだよ」

女将は忌々《いまいま》しげに舌打ちする。

「あいつに妙な噂を広められたら、ろくな買い手がつかなくなる。そのまえになんとかして売り払ってしまわないと……」

いかにしてアレクシアを売り抜けてやるか。必死にその算段をめぐらせる女将は、死体のように横たわるアレクシアには、すでに目をくれようともしなかった。

5

ふたたびアレクシアに呼びだしがかかったのは、その翌々日のことだった。

「ほら早く！　大急ぎで支度するわよ」

とまどうアレクシアを、リリアーヌはぐいぐいとひっぱった。

「あんたに会いにきたお客が、女将の部屋でお待ちかねなんだから」

最低限の食餌こそ与えられていたものの、左右の壁まで両手を広げることすらできない仕置き部屋に閉じこめられていたため、アレクシアの足取りはおぼつかない。

もつれる足をけんめいに動かしながら、

「女将の誘いに乗った客がたずねてきたのか？」

「今夜のはそれとは別口みたい」

先刻いきなり館をおとずれて、ぜひともアレクシアを買い取りたいと要求を捻じこんできたのだという。

「どうもあのダンヴィル卿が、あんたのことをそいつに吹聴したらしくてね」

「貴族の娘を演じさせた役者を、高値で売りつけられそうになったと？」

「ところが向こうは、れっきとしたご令嬢のつもりでいるらしいのよ」

アレクシアは首をかしげた。

「知人が同じ手に騙されて、偽者を高値でつかまされるのを笑ってやろうという腹でいるのだろうか……」

「そんなところかもね。陰湿なあいつの考えそうなことよ」

「今夜の客も、この館の常連のひとりなのか？」

「それが新顔なのよ」

「どんな男？」

「だいぶ若かったわね。二十代なかばくらいで、背が高くて、なかなかの男ぶりよ」

アレクシアははっとする。まさかガイウスがかけつけてくれたのだろうか？

だが胸に咲いた期待は、すぐさま打ち砕かれた。

「あの手の優男はあたしの好みじゃないけど」

「優男」

「そ。灰がかった髪と瞳の、いかにも自信たっぷりな物腰の若造よ。女には困らなそうだけど、生まれの賤《いや》しくない愛人をそばにおいて、飾りにしたいってとこかしら」

「……そうか」

ガイウスとはかけ離れた特徴を並べられて、アレクシアは肩を落とす。

拉致された海岸から痕跡をたどり、ガイウスがついに助けにきてくれたのかもしれないと、一瞬でもそんなありえない夢想をいだいてしまうとは、自覚している以上にまいっているのかもしれない。

こんなことではいけないと、アレクシアはおのれを叱咤《しった》した。

「女将はその客にどんな対応を？」

「あんたにはいい加減うんざりさせられてるからね。よほどの安値でないかぎりは、そこで手を打つつもりでいるみたいよ」

リリアーヌは足をとめ、アレクシアの顔をのぞきこむ。

「あんたもいいこと？　そろそろ女将の我慢も限界なんだから、この商談を逃したら命の保証はないわよ。あたしの読みじゃあ、今夜の客はダンヴィル卿なんかより数段まともそうだし、あとはあんたのやる気しだいよ。わかってる？」

アレクシアは神妙にうなずいた。

「考えてみる」

「……やっぱりおかしな子だわ」

もはやお手あげというように、リリアーヌが首をふる。

リリアーヌなりに、親身になってくれたうえでの忠告なのだということは、アレクシアにもわかっていた。

だがあいにく、アレクシアは誰に所有されるわけにもいかないのだ。

王女として生まれたこの身は、ガーランド国王エルドレッドのもの。

そしていずれは、ローレンシア王太子のものになる定めなのだから。


ルサージュ伯爵夫人は驚くほど上機嫌のようだった。

アレクシアは客の死角にある扉から、先日の緞帳の裏にうながされた。

その布越しにも、女将が嬉々として客をもてなすさまが伝わってくる。おもいがけない上客だったのだろうか。

相手の青年はいたく饒舌《じょうぜつ》だった。どうやらこのところ巷で評判の芝居の演目について、滔々《とうとう》と自説を披露しているらしい。

「――ですからその点こそが、次回の戯曲の新機軸となりましてね。じつをいうとこの試みは、出資者のひとりとしてのぼくのささやかな助言に、座長が応《こた》えてくださった結果でもあるんですよ。ええ。移り気な観客をつなぎとめるためには、次々と斬新な趣向をこらしていくことも必要ですからね」

贔屓《ひいき》の一座に出資をし、また演出についてもみずから意見するとは、よほどの芝居道楽のようだ。ダンヴィル卿とは、その趣味をつうじてのつきあいがあったのだろうか。

張りのある声は、どこか甘い艶を帯びていて、ふしぎと耳に心地好い。

起伏に富んでいながら朗々《ろうろう》と流れるような語りは、あたかも洗練された吟遊詩人《ぎんゆうしじん》の歌声のようで、ついつい聴き惚れてしまいそうになる。

「ところでその娘の名はなんというのかな?」

「アレクシアと申しますの」

「アレクシア」

客の青年がくりかえした。連なる響きを舌に含ませ、丹念に味わうような声音にどきりとする。

「それはまた、いかにも高貴な名だね」

「ええ。ええ。その名にふさわしい、たぐいまれな麗《うるわ》しさの娘でございますよ。もちろんお手許におかれましたら、お好きなようにお呼びいただいてかまいません」

「うん。それもいいな」

あたかも飼い猫の名について語るような、気楽な口ぶりだった。

アレクシアがたまらずに、きっとまなざしをあげたときである。

「さあ。とくとごらんなさいませ」

女将が緞帳の紐をひき、真正面から客と視線がかみあった。

「！」

アレクシアは我にかえり、とっさに目を伏せる。

印象に残ったのは、期待に満ちた薄灰の瞳だけだ。そこにまるで旧知の者を認めたような喜びがひらめいたと感じたのは、気のせいだろうか。

やがて好感触とみたのか、女将が舌なめずりをするように問いかけた。

「いかがでございましょう？　お気に召しましたかしら？」

「え？　ああ……もちろんだとも！　たしかにこれはなかなかの掘りだしものだ」

一瞬の動揺をとりつくろうように、青年はことさら愛想好く応じる。

「さすがお客さまはお目が高いですこと。ひとめでこの娘の価値を見抜いていただけるものと、確信しておりましたわ」

しかし女将はにわかに声色をくもらせた。

「ですがかねてより当館をご贔屓にしてくださっている他のお客さまにも、お声がけする心づもりでおりましたの。なにしろこれほどの娘です。土地を売ってでも我がものにしたいと望まれるかたも、いらっしゃることでしょう。わたくしとしても、おつきあいの長いお客さまにこそ便宜《べんぎ》を図り、ご恩に報《むく》いたい気持ちはあるのですが……」

意味深なめくばせを送られた青年は、勢いよく腰をあげる。

「いくらでも望みの値を払おう！」

「あらあら。どうかおちついてくださいませ。葡萄《ぶどう》酒をもう一杯いかが？」

女将はくるりとアレクシアに背を向け、すかさず値の交渉にかかるかまえだ。

「もちろんわたくしも、あらたなお客さまとのご縁《えん》はいつでも大切にしたいと願っておりますのよ。ですからね、末永くこの《黒百合の館》とおつきあいいただけるという誠意をお示しいただければ、あるいは……」

おもわせぶりに語尾を濁してみせる女将は、内心どこまでアレクシアの売り値を吊りあげられるものか、めまぐるしく考えているところなのだろう。

それにしても客の青年は、女将の策にまんまと嵌《は》まっている自覚がないのだろうか。競争相手の存在をほのめかして即決をうながすのは、こうした商売の常套《じょうとう》手段だろうに。

「なるほど。たしかに長いつきあいになることを考えるべきだろうな」

青年は屈託なくうなずき、名案をひらめいたように告げた。

「ではしばらくのあいだ、その娘とふたりきりで話をさせてもらえるかな？　いまのうちにじっくりと相性を見極めておきたい。金は惜しまないつもりだが、早々に飽きて捨てるようなことにでもなったら、おたがいに不幸だからな」

「それは……ごもっともでございますわね」

女将はぎこちなく同意するが、渋い声音にはもどかしさがにじんでいる。

どうやらもくろみがはずれたらしい彼女は、おそらくアレクシアが客の機嫌を損ねるのを危ぶんでのことだろう、やんわりと要求をしりぞけにかかった。

「恥ずかしながら、この娘にはまだ充分な躾《しつけ》をほどこしておりませんものですから、お酌《しやく》のひとつもまともにできはしないかと……」

「かまいやしないさ。そんなものはこれからいくらでも、まともな使い勝手になるように教えこめばすむことだ。なに、そう長く待たせはしないよ」

「さようですか。ただご承知のとおり、この娘は無垢《むく》の身でございまして、もしもその……なにかのはずみで純潔を失うようなことになりますと……」

「ああ！　それでその娘から目を離したくないわけか」

青年はさも愉快そうに笑い飛ばした。

「もちろんこっそり手をつけたりなんてしない。金も払わずに味見だけしてのけようなんて、ぼくがそんな野暮《やぼ》なまねをする男だとでも？」

「とんでもございませんわ！　……ではどうぞこちらへ。大切なお客さまのお越しに備えて、いつでもお望みのままにお使いいただけるよう、特別に設えました部屋がございますの。きっとおくつろぎいただけますわ」

「それは気が利くな。さすがは話のわかる女将だと、ダンヴィル卿が称賛していただけのことはある」

「……おそれいります」

愛想笑いをひきつらせた女将は、しぶしぶながら青年を扉にうながした。ここで意地を張り、いかにも鷹揚《おうよう》な若い客を逃す手はないと、心を決めたのだろう。

おとなしく続いたアレクシアもまた、この青年に賭けてみる気になっていた。どうにも考えの読めない相手ではあるが、交渉の余地はありそうだ。

廻廊を折れ、やがて案内されたのは、リリアーヌの部屋の二倍はあろうかという広さの客室だった。

部屋の中央を占める長卓には、銀の燭台《しょくだい》がずらりと並び、ちょっとした晩餐《ばんさん》会でも開けそうである。実際のところ、ひとめをはばかるような密談の席として、利用されることもあるのかもしれない。

奥に視線を向けると、派手な天蓋つきの巨大な寝台が鎮座していて、アレクシアはその生々しさにあわてて目をそむける。

「ではのちほどお飲みものをお持ちいたしますわ。どうぞごゆっくり」

不埒《ふらち》なまねに及ばないよう、すぐに様子をうかがいにくる——と牽制《けんせい》しているようにもとれるひとことを残し、女将はそそくさと部屋をあとにした。去りぎわに、射殺しそうな目つきでアレクシアを睨みつけたのは、この商談をだいなしにしたらただではおかないと釘をさしたつもりだろう。アレクシアとしても、この機会を逃すつもりはなかった。

鼻先でぱたんと扉が閉まる。

さて——どうきりだしたものか。

思案しながら、アレクシアがふりむいたそのときだった。

「よかった！　やっぱり生きていたんだな！」

いきなり青年の腕にだきしめられて、アレクシアは息をとめた。

唖然《あぜん》としているうちに、アレクシアをかきいだく力は一段と増して、身動きすらできなくなる。青年の熱い息がうなじにふれ、アレクシアは我にかえった。

「な、なにをする——」

このまま床に押し倒されて、ことに及ばれでもしたらたまらない。まさかこんな行動にでるような男だったとは、自分の読みの甘さに愕然とするばかりだ。

「よせ。よせったら。離れろ！」

必死でじたばたもがくと、腕は意外なほどあっさりゆるんだ。

「はは。悪い。つい感極まってね」

苦笑をにじませる双眸は、なぜか潤んでいるようだ。

ふしぎな色彩の瞳だった。冬の曇天《どんてん》に燭台の焔が映りこみ、おとずれた黎明《れいめい》がほのかな琥珀《こはく》の輝きを放っている。

その変化から目を離せないでいると、ふいに青年がアレクシアの頰にかかる髪の先を指にからめた。

「この髪」

「……え？」

「こんなにばっさり短くしちまうなんて。火の粉で傷《いた》めたのか？　かわいそうにな」

ひどく痛ましげにささやきかける。

そのいたわりに満ちた声音としぐさに、たちまち鼓動《こどう》が跳ね、混乱が押しよせて、アレクシアはとっさに青年から距離をとった。

だが青年はかまわずに、

「おまえが娼館《しょうかん》で売りにだされてると知って、あわててかけつけたんだ。急ごしらえにしては、さまになっているだろう？」

気安い身ぶりで、おのれの格好をしめしてみせる。

アレクシアはとまどいながら、あらためて青年に視線を走らせた。

濃紺の天鵞絨の外衣には、銀糸の縁飾りがたっぷりとあしらわれ、ゆるやかに裾の広がる優雅な様式は、当世の流行《はや》りで洗練されている。その身なりはいかにも貴族か富豪の御《おん》曹司《ぞうし》という体《てい》で、均整のとれた姿をいっそう堂々とみせていた。

だが急ごしらえとは、いったいどういう意味だろう？　まさか誰かから借りた衣裳一式で、あたかも財産家のように装っているだけだとでもいうのだろうか？

「あの女将はそうとうなやり手だな。おれが芝居の話題を持ちだしてやっても、けろりとしてやがる。おまえもいくら職にあぶれたからって、自分からこんなところにかけこんだわけじゃないんだろう？　宿無しになったところを攫われたのか？　それとも借金でも背負わされたのか？　握られて困るような弱みなんてないよな？」

怒涛《どとう》のような問いに呑まれて、アレクシアは立ちすくむしかない。

そこでようやく青年は、こちらの反応がはかばかしくないことに気がついたらしい。

「なあ。感動の再会なんだ。せめてちょっとくらいは、嬉しそうな顔してみせてくれてもいいんじゃないか？」

「……再会？」

「後生だから、忘れたなんていわないでくれよ？」

親しげながらかいに、さぐるような響きが混ざりこむ。そしてのぞきこんだアレクシアの瞳から、動揺と不安の色を汲《く》み取ったのか、

「そうか。わかったぞ。どこからかおれたちの話に聴き耳をたててる奴がいるんじゃないかって、心配してるんだな？　だったらこうしてやればいい」

なにやら独り合点した青年は、アレクシアの手をひいて部屋の奥に向かうと、その華奢《きゃしゃ》

な背を両腕でつつみこんだ。

「これで誰にも声は届かない。名案だろう？」

「な……は、放せ！」

「我慢しろって。せっかく助けにきてやったんだから」

苦笑しながらたしなめられて、アレクシアは動きをとめた。

「助けに？　わたしを？」

「おいおい。まさかおれが勇んでおまえを買いにきたとでも？　さすがに傷つくぞ」

「そなたわたしを……わたしがわかるのか？」

アレクシアはあいまいに問いかえした。話のかみあわなさに不安が募る。

青年はひどく気遣わしげに、アレクシアの視線をとらえた。

「本当にどうしたっていうんだ。あいつらにひどい目に遭わされたのか？　けどまだ客を取らされちゃいないんだろう？」

怯《おび》えたようなまなざしで、青年はアレクシアを揺さぶる。

「どうなんだ？」

「客は……まだだ」

「そうか。よかった」

心の底から安堵したように、青年は長々と息をついた。

王女の純潔が守られているかどうか、気がかりでならなかったのだろうか。それにしてはなれなれしい態度がちぐはぐで、アレクシアの混乱はいっそう深まっていく。

「とりあえず詳しい話はあとだ。まずはここから逃げるぞ」

「逃げる？」

「まさかずっとここにいたいのか？」

「そんなことは……」

アレクシアはぎこちなく首を横にふる。

「だがさきほどは、女将の言い値でわたしを買い取るつもりだと」

「おれにそんな金があるわけないだろう。この衣裳も借りものだっていうのに」

「…………」

一向に話が見えてこない。だがとにもかくにも、この青年がアレクシアを娼館から連れだすつもりで奔走《ほんそう》していることだけは、確かなようだった。だとしたら、こちらとしても乗らない手はない。

「けれどいったいどうやって？」

「そこはおれに任せろ」

青年は自信たっぷりに、ぱちりと片目をつむってみせた。

気障《きざ》なしぐさが、妙にさまになっている。彼はいったい何者なのだろう？

謎はいや増すばかりだが、アレクシアは腹をくってなりゆきを見守ることにした。

青年は懐《ふところ》から林檎《りんご》ほどの球をいくつか取りだし、つかつかと部屋をよこぎった。扉に手をかけ、慎重に外の様子をうかがい、人影がないことを確認したらしい。両手に握りしめた球を、廊《ろう》の左右に向かって投げつけた。

とたんに乾いた破裂音が、ぱぱんとたて続けに反響して、

「っ！」

アレクシアは目を丸くする。

青年はすかさず踵をかえし、奥の窓から勢いよく身を乗りだした。

「火事だ！　客室から火の手があがってるぞ！」

あらんかぎりの声を張りあげ、こちらにも残りの球を次々と投げ落とす。

「早く逃げないと、煙に巻かれて焼け死ぬぞ。急げ急げ。いまならまだまにあう！」

切羽詰まった警告はいかにも真に迫っていて……いや、実際にふたりの足許には、床を這うように煙が忍びこんできていた。

「そなた、いったいなにを……」

まさか館に火を放ったのか？　その混乱に乗じて、アレクシアを連れだすために？

仰天のあまり声をなくしたアレクシアに、青年はにやりと笑いかける。

「見てろ。いまに大騒ぎになるぜ」

そして煙よけのためだろう、折りたたんだ手巾《しゅきん》をすばやく口許に結びつける。

「どさくさにまぎれてあの女将を一発ぶん殴ってやりたいところだが、おれは女には手をあげない主義だからな。いずれ他のやりかたを考えよう」

続いておもむろに寝台から敷布をひきはがすと、

「おまえはめだつから、これでもかぶってるといい」

ばさりと広げたそれで、アレクシアの身体をくるんだ。

唖然としたアレクシアがされるがままになっていると、やがて館のあちこちから男女の悲鳴と、まろぶような足音と、調度を蹴散らすようなけたたましい音があがり、ぶつかりあって、うねる濁流《だくりゅう》のように押しよせてきた。

「そろそろか」

青年はつぶやき、アレクシアに片手をさしだす。

「逃げだした客で内庭がごったがえしてるうちに、一気に門を抜けるぞ。走れるな？」

アレクシアは我にかえり、激しく首を横にふった。

「だ、だめだ。できない」

「おい。いまさらなにを――」

「エスタが！　まだ店にはあがっていない娘たちが、屋根裏に鍵をかけて閉じこめられているんだ。見殺しにはできない！」

そう訴えると、青年は肩から力を抜いた。

「大丈夫だ。あれはただの煙玉だから、誰も死んだりしないさ」

「……本当か？」

「ああ。舞台でもたまに使うの、おまえだってよく知ってるだろう？」

すがりつくアレクシアをなだめた青年は、ふとまなざしをくもらせた。

「それともおまえ……ひょっとして煙が怖いのか？　たしかちびのころにも、似たような目に遭ったんだったな」

「え？」

「ならこうしよう」

青年は敷布ごとアレクシアをだきあげた。

「な……」

無礼者――と叱責してやるわけにもいかず、アレクシアはひたすら身を硬直させることしかできない。

青年はそれをどう誤解したのか、

「そんなに怯えた顔するなって。安心しろ。かならずおまえをここから助けだしてやるから。なにしろお姫さまに忠誠を捧げる騎士は、おれの当たり役だからな」

息を呑むアレクシアに、世にも不敵な笑みでこたえる。

「頼むからおとなしくしていてくれよ、じゃじゃ馬姫」

いったいどこをどう走ったのか。

いつしか夜更《よふ》けの街には、石畳を蹴る青年の靴音だけがこだましていた。

その足音がしだいに乱れ、息があがってくるのがわかる。

いたたまれなくなり、声をかけようか迷っていると、

「悪いな。そろそろ限界だ」

青年がついに足をとめ、腕にかかえていたアレクシアを地面におろした。荒い息遣いにもかかわらず、その手つきは壊れものを扱うかのように慎重だった。

よろめく身体を支えられつつ、アレクシアは敷布から顔をだす。

「すまない。わたしのために無理をさせた」

「はは。かまわないさ」

青年はしばらく息をととのえると、

「この近くに貸馬車を待たせているんだ。とりあえずアーデンに帰って、それからのことはおいおい考えることにしよう」

「アーデン？」

アレクシアは目をみはった。アーデンといえば忘れるはずもない。ともに娼館から脱出した三人の娘たちが、カーラの伯母《おば》夫妻の保護を求めてめざしたはずの町だ。

「ひょっとしてそなた、カーラに頼まれて助けにきてくれたのか？」

「カーラ？　どこのカーラさんのことだ？」

すかさず問いかえされて、とまどったのはアレクシアのほうである。

だが依頼主から、その名を知らされていないだけかもしれないと思い至り、

「カーラ。マディ。それにシャノン。わたしと同じように、あの館に囚《とら》われていた娘たちが、そなたを寄越してくれたのかと……」

青年は首をかしげた。

「おれがあの館に乗りこんだのは、たまたま会ったダンヴィル家の放蕩息子からおまえの居所を教えられたからさ。無垢なご令嬢と偽って、危うくしがない舞台女優を売りつけられそうになったってね。あいつがよりにもよってうちの一座の常連客だったとは、あの強欲そうな女将にしてみれば予想だにしない大誤算だっただろうな。おまえもとんだ茶番を演じさせられたってわけだ」

「うちの……一座？」

アレクシアはたどたどしくくりかえす。

アーデン。舞台女優。うちの一座。おれの当たり役。

不穏な衝撃の予感が、じわりと胸に広がりつつあった。

「どんななりゆきかは知らないが、おまえが望みもしないことをあいつらに強《し》いられてたのはわかってる。だから嫌なことはなにもかも忘れちまえ。大丈夫だ。おまえほどの才能があれば、どこでだってやっていける。《白鳥座《はくちょう》》がなくなっても、おまえにはおれがついてる。だからこれしきのことでめげたりするな。いいな？」

アレクシアは息をとめる。ようやくすべての違和感がつながった。

先日の客がはなからアレクシアを偽者と信じこんで疑わなかったのも、この青年が旧知の仲のような親しげなふるまいをしてくるのも、なにもかもが腑に落ちた。

彼はアレクシアを救いにきたわけではない。

もうひとりのアレクシア——アーデンは《白鳥座》の舞台で活躍しているはずのあの子が、ここフォートマスの娼館にいるという情報をつかんだからこそ、決死の覚悟で救出にかけつけてきたのだ。

アレクシアは我知らずあとずさっていた。

「わ……わたしは……」

「すぐに捜してやれなくてすまなかったな。なにしろ手がかりなんて——」

「違う」

アレクシアは頑是《がんぜ》ない幼子《おさなご》のように、幾度も首を横にふった。

「違うんだ」

「ディアナ？」

ついにその名で呼ばれたとたん、たまらなくなった。青年の失望をまのあたりにするのが怖い。だが真実を告げないわけにはいかない。アレクシアはかすれ声を絞りだした。

「すまない。わたしはそなたの捜している娘ではないんだ」

目を伏せ、くちびるをかみしめて、ひたすら青年の反応を待つ。

だが彼は状況を理解するにはいたらず、困惑を深めただけだった。

「どうした？　もうやりたくもない役を演じる必要なんてないんだぞ？」

気遣わしげに、アレクシアの頬に手がのばされる。

アレクシアはとっさにその手を払いのけ、ついに我慢ならずに声を張りあげた。

「まだわからないのか！　その目は節穴か？　わたしの護衛官なら、すぐにでも見抜いてみせるぞ！」

「護衛官？」

ぽかんとする青年がもどかしくてならず、

「なにかないのか。あの子——ディアナにしかない特徴は？　生まれつきの痣《あざ》だとか、昔からある古傷だとか」

アレクシアはなじるようにまくしたてた。

その剣幕にようやく青年の顔色が変わる。まじまじとアレクシアをみつめかえす瞳に、やがてかすかな疑念がよぎった。

「……うしろを向け」

「え?」

「いいから」

青年はアレクシアの二の腕をつかみ、つんのめった身体を胸にだきとめた。

ぱさりと敷布が滑り落ち、白く華奢なうなじがあらわになる。

その襟《えり》ぐりを、青年はいっそう深くひきおろした。

ふたりが息を呑んだのは、ほとんど同時だった。

「ない」

愕然と青年がつぶやく。

「左の、肩甲骨《けんこうこつ》の黒子《ほくろ》が消えてる」

青年の腕から力が抜けた。

冷えた夜風が肌をなぶる。

「おまえ……きみはいったい誰だ?」

第6章

1

王女アレクシアの身柄を速やかに王都まで護送せよ。

それが宮廷からラグレス城に届けられた通達だった。

「こうなっては従うよりほかありません。父は出航に備えて、すぐにも準備を始めるようにと」

アシュレイに告げられ、ディアナとガイウスは唖然《あぜん》とした。

「……正気なの？」

「無謀にもほどがある」

「相手にするのは使者ひとりじゃすまないのよ」

「きみたちグレンスター家にとっても命取りになるぞ」

口々に訴えるふたりを、

「ふたりとも、どうか冷静に」

アシュレイはなんとかおちつかせようと努める。

ガイウスがラグレス城にたどりついて三度めの朝である。

つまり伝令文をたずさえた鳩《はと》は、宮廷の使者として城をおとずれたウィラードが、早馬で王都に取ってかえしてほどなく、ラグレスに向けて放たれた計算になる。その迅速《じんそく》さからして、こたびの通達が国王直々《じきじき》の下命であることは、疑いようもなかった。

「これが賭《か》けであることは、父もぼくも重々承知しています。ですが天候を理由に出立を遅らせるにしても、せいぜい数日が限界でしょう。それまでに真のアレクシア王女を保護し、ここラグレスまでお連れできる保証がない以上、いたずらに陛下のご不興を招く事態をこそ、まず第一に避けるべきではないでしょうか？」

「たしかにグレンスター家としては、それ以外に採《と》れる道はないだろうな。そもそも海賊《かいぞく》の襲撃を防げなかっただけでも、謹慎や領地の没収どころではすまされないかもしれないほどの失態だ。そうではないか？」

ごまかしを許さないまなざしで、ガイウスが問いつめる。

至近から突きつけられた鋭い視線の切っ先を、アシュレイはなんとか踏みとどまるように受けとめた。

「……グレンスターに保身の意図があることは否定しません。ですが父が宮廷での実権を取りあげられれば、それだけ我々も次なる動きを取りにくくなり、いざ救出した王女殿下と身代わりのディアナをすり替えるのにも、支障をきたすことになるかもしれません。そのような状況に陥《おちい》らないためにも、いち早く恭順の意をしめさねば」

「もはや手遅れになるか」

「はい。グレンスターが完全に陛下のご信頼を失っていれば、すでに王都から兵が差し向けられていてもおかしくはありません。ですからいまの状況には、まだ希望が残されているといえます。すぐさま召還に応じることが、なにより王女殿下の御為《おんため》にもなるかと」

「小賢《こざか》しい物言いだな」

「非難はいくらでも。ですがそれが動かしがたい現実です」

緊迫したやりとりに、ディアナは息をつまらせる。

宮廷の内情など、ディアナにはわかりようもないが、それでもグレンスター公がいつまでも領地でぐずぐずしていては、ますますエルドレッド王の心証が悪くなるだろうことは理解できた。

だがふたりとも、肝心かなめの問題をないがしろにしている。

「ちょっと待って。待ってちょうだい」

焦ったディアナは、うわずる声で割りこんだ。

「あたしにだって、陛下のご機嫌を損ねたら大変なことになるくらいわかるわよ。だけどこのあたしが身代わりだとばれたら、もっととんでもないことになるのよ？　まず考えなきゃならないのは、そこのところじゃないの？」

「けれどすでにきみは、あの手強《てごわ》いウィラード殿下をもあざむいてのけただろう」

だから宮廷でも充分に代役がこなせると、アシュレイはみなしているらしい。

「だが何日もこれに昏睡《こんすい》のふりをさせるわけにはいかないぞ」

すかさずガイウスが反論にかかる。

「もはや王女としての務めを果たせない身とでもみなされて、婚約が流れでもしたらそれこそとりかえしがつかない」

「そのとおりよ」

ディアナは深々とうなずいた。ガイウスにこれ呼ばわりされたことに腹もたたない。

そんなふたりの抵抗もあらかじめ想定していたのだろう、アシュレイはめげずに説得を続ける。

「もちろん、アレクシア王女が日に日に健《すこ》やかさを取り戻しているという演技は、必要になるでしょう。それでいながら、記憶には若干《じゃっかん》の混乱と抜け落ちがみられる。その理由については、こう説明するのです。海に没した彼女が救助されるまでに、わずかながら呼吸が停止していたことが原因ではないかと」

「たしかにあのときの殿下は、息がとまっていらしたが……」

苦くつぶやき、ガイウスは瞳をくもらせる。もっともらしい理由だけに、事実その影響がアレクシアの身に及んでいないか、不安になったのかもしれない。

「予期せぬ襲撃による喪心《そうしん》も匂わせれば、陛下とて王女を公《おおやけ》の場にひっぱりだそうとはさらないでしょう。どうしても避けられない謁見《えっけん》などには、回復のきざしがあることをその都度うまく印象づけながら、対処してゆけばよいというのが父の考えです」

ディアナは頰《ほお》をひきつらせた。

「ずいぶん簡単そうに言ってくれるじゃないの……」

「きみの演技力は父も認めるところだし、いざというときの度胸もすでに証明済みだ。それにいまや我々には、誰よりも心強い味方がついている。だからきっと乗りきれるとぼくは確信しているよ」

「誰よそれ」

「誰のことだ」

声をそろえたふたりに、アシュレイはめんくらったまなざしをかえす。そして少々おかしそうに口許《もと》をゆるめた。

「アンドルーズ家のガイウス――あなたですよ。誰にも増して王女殿下に近しい存在であるあなたなら、さまざまな公務や日課の詳細についてはもちろん、彼女ならではの嗜好《しこう》や癖なども知悉《ちしつ》しておられるはずです。それを逐一ディアナに伝授し、演じるうえでの指導をほどこすのに、あなた以上の適任者はいません。違いますか？」

「それは……」

くちごもるガイウスに、アシュレイがたたみかける。

「そもそもあなたがディアナにつき従い、その身を護《まも》っているという事実こそが、彼女が代役などではないなによりの証拠となりうるのでは？」

ディアナははっとした。たしかにその主張には一理ある。

ガイウスがグレンスター家の縁者ならともかく、六年もアレクシアに仕え続けた護衛官までもが謀《はかりごと》に加担しているとは、誰も考えないのではないか。ガイウスの鬱陶《うっとう》しいばかりの忠誠ぶりからしても、そうした疑惑はいかにも生じにくそうだ。

ディアナが致命的な失敗をおかさないのが大前提にしろ、ここにきてガイウスの協力が最強の掩護《えんご》となろうことは、無視できない要素だった。

ディアナは心が動きそうになる自分に気がつき、その動揺をもてあまして、すがるようにガイウスをうかがった。これは唯一無二の光明なのか。それともガイウスやその親族すらをも巻きこむ、破滅の扉の鍵なのだろうか。

黙りこんだガイウスも、苦渋に目許をゆがませている。

「……つまり身代わりが露見することのないよう、わたしが常にこの娘を監視し、状況を誘導すればよいというのだな」

「もちろん我々グレンスター家が、できるかぎりの力添えをします。ぼくのことは、どうぞ手足のように使っていただいてかまいません」

「彼女の毒見役もできるというのか？」

「必要とあらば」

「秘密を守るために、いざとなればみずから命を絶つことも辞さないと？」

アシュレイはかすかに目をみはる。そしてたちどころに表情をひきしめると、まっすぐにガイウスをみつめかえした。

「覚悟はできています」

しばらくのあいだ、ふたりは睨《にら》みあうようにたたずんでいた。

やがてガイウスがちいさく息をつき、ディアナをふりむく。

「あとはおまえの意志次第だ。命が惜しいのならやめておけ。わたしが今夜にもここから逃がしてやる」

たちまちアシュレイがあわてふためいた。

「ガイウスさま！」

「ガイウスでいい」

ガイウスは冷ややかにかえす。

「わたしを謀議に加えるつもりなら、客分でも臣下でもなく同等の扱いを求めたいからな。代わりにこちらの主張にも、耳をかたむけてもらうが」

「それはもちろん、誰より内廷の事情に通じたあなたの意見を、軽視するつもりなどありませんが」

「そうか？　ならば誰よりその身を危険にさらすことになるこの娘の意志もまた、同様に尊重するべきだろう。よもや忘れてはいないだろうな？　当初の契約を違《たが》えたのはそちらのほうで、彼女にはグレンスターのために命までかける義理などないことを。彼女をきみたちに縛りつけるものといえば、一座に先払いされた報酬だけで、そんなものはわたしが肩代わりをすればすむことだ」

固唾《かたず》を呑《の》むアシュレイに、ガイウスは挑みかかるように告げた。

「いざというときは、彼女の身の安全を最優先にすること。そして内廷ではわたしの判断に従うこと。それがわたしがきみたちに協力する条件だ」

アシュレイはうなずいた。

「お約束します」

真摯《しんし》なまなざしで誓い、ディアナに向きなおる。

「ディアナ。きみにも要望があれば、遠慮せずに挙げてほしい」

ディアナはたじろいだ。ふたりの男の視線がこちらに注がれ、ディアナの決断を待ちかまえている。

「ええと……その、しばらく考えさせてもらえる？」

「わかった。昼までには返事をもらえるかな」

「充分よ」

アシュレイはほほえみ、ガイウスに目礼を残すと、部屋をあとにした。

その足音が遠ざかり、聴こえなくなって、ディアナはようやく息を吐きだす。いつのまにかひどく全身がこわばっていた。

ガイウスは疑いの余地なくディアナを守ってくれた。

にもかかわらず、彼女の身の裡《うち》にはどうしようもない心許なさがたちこめていた。

逃れようのない境遇のなかで、それでも当初はアシュレイの誠意と、グレンスター家の窮地《きゅうち》を救えるのは自分しかいないという誇らしさが、ディアナを支えていた。

けれどそれこそただ状況に流されて、自分が使い捨ての駒《こま》にすぎないという不安から目をそらそうとしてきた結果ではないのか。

グレンスターの理不尽を糾弾《きゅうだん》するガイウスが、その欺瞞《ぎまん》を暴きたてて、ディアナの拠《よ》りどころを揺らがせていた。

それでいながらなお、ディアナはアシュレイの期待を裏切るという選択に、胸のひりつくようないたたまれなさを感じずにはいられない。そんな情動すら、まがいものの親切にほだされたにすぎないというのだろうか。

ならばいまこそガイウスを頼るべきなのか。

安易に貴族を信用するものではないと、警告してきた張本人を。

おまけに決断はすでにディアナの手にゆだねられ、協力を強《し》いられたという弁解はもうできない。

そんなわけで、いまひとつ素直に感謝しきれない気分のまま、ディアナはぞんざいに声をかけた。

「よかったの？　あんな啖呵《たんか》をきっちゃって」

「本音だからな」

「あたしをここから連れだすのも？」

「はったりに聞こえたか？」

ガイウスは心外そうに片眉をあげる。

そしてつと窓に向かい、逃走路を吟味《ぎんみ》するように眼下をながめやった。

「逃亡をほのめかしたせいで、いまごろ警備が増強されているかもしれないが、多少の怪《け》我人《がにん》をいとわなければやりようはある。おまえが望むなら、夜更《よふ》けを待つまでもなくすぐにでも――」

「と、とりあえず遠慮しておくわ。いまのところは」

流血沙汰《ざた》をちらつかされて、ディアナはとたんに及び腰になる。

ガイウスはその様子をおもしろがるように、口の端から息を洩《も》らした。

むっとしたディアナは、ふとおぼえたとまどいとともに、ガイウスの端整な横顔をうかがった。

この追いつめられた状況で笑っていられるとは、よほど剛胆な男なのか。

それともその潔《いさぎよ》さはいっそ……捨て鉢とでも呼んだほうがふさわしいのではないか。

かつての戦役の英雄で、王女付きの護衛官で、家柄も見目も悪くないというのに、どこか荒《すさ》んだ鬱屈がひそんでいるように感じる。

そんなガイウスがただひとり忠誠を尽くしているのがアレクシアなのだとしたら、彼女はいったいこの男をどう御していたのだろう？

ディアナはあらためて、ふたりの築きあげた絆《きずな》に興味を惹《ひ》かれた。

もしも自分が宮廷でアレクシアを演じることになれば、誰よりもこの男に信頼をおいているかのごとくふるまわなければならないのだ。

……癪《しゃく》である。

「どうした」

気がつけば、紺青《こんじょう》の双眸《そうぼう》をすがめたガイウスが、こちらにいぶかしげなまなざしを向けていた。

ディアナは意を決してきりだす。

「ねえ。あなたさっきアシュレイに念を押していたわよね。秘密を守るために、自分の命を絶つ覚悟があるかどうかって」

「そのことか」

ガイウスは肩をすくめた。

「もしも宮廷の有力者がグレンスターの企《たくら》みに勘づいたら、我々を手っ取り早く拷問《ごうもん》にでもかけて、口を割らせようとするかもしれないからな」

「ウィラード殿下とか？」

「ありえることだ」

無情にも肯定《こうてい》されて、ディアナはあらためてぞっとする。

「加えてグレンスターの忠臣なら、おまえのふるまいに違和感をおぼえたそぶりのある者を、その時点で排除することをためらわないかもしれない。たとえそれが罪のない女官《にょかん》や侍従であってもな」

「排除するって、まさか殺すってこと？」

「貴族の世界においては、そう稀《まれ》な手段でもない。昨日までの同僚が、ある日を境に煙のように消えることも、その翌朝リール河に身許不明の遺体が浮かぶことも」

「……悪趣味な魔術ね」

「ガーランド宮廷は魔境のようなものだからな。だが王女殿下のためにも、そうした無用な犠牲はできるかぎり避けたい」

　そんなものはディアナだってご免だ。

　だが絶対にではなく、できるかぎりと留保をつけるあたり、ガイウスもいざというときは同じ手段を辞さないつもりでいるのかもしれない。たとえ主《あるじ》たるアレクシアの望みに反していようと、それが彼女を守ることになるのなら。

「あたしが気を抜いたら、それだけ誰かの命を危険に晒《さら》すことになるのね」

「そうだ。一瞬の油断も許されない。空腹だからといって、だされる食餌《しょくじ》や菓子を好きなだけ詰めこむこともな」

　いきなり食欲について持ちだされて、ディアナはたじろいだ。

「やめてよ。まるであたしが食い意地のかたまりみたいじゃないの」

「違うのか？　それならなぜおまえは、グレンスター公ともども王都に召還されることになった？　つまりは使者のウィラード殿下が、妹の容態が王都までの移送に耐えられるほどには安定していると判断されたからだろう」

「なによ。じゃあ断食《だんじき》でもして、死にかければよかったっていうの？」

「なにもそこまで衰弱《すいじゃく》してみせろとはいわない。だがもしもわたしが必要と判断したときは、何食か抜くくらいのことは覚悟してもらわなければならない。それしきのことにも従えないというのなら——」

「できるわよ。それくらい」

ディアナはむくれて言いかえす。

その口調がいかにも不服そうだったのか、

「断っておくが、王女殿下の暮らしぶりは庶民が思い描くほどには贅沢三昧《ぜいたくざんまい》でも自堕落《じだらく》でもないぞ。いずれ他国に嫁がれる身を健やかに保つため、つねにみずからを律する生活を送っておられる。ろくに身体《からだ》も動かさずに、あれこれがつがつたいらげたりはなさらないものだ」

「あ、あたしだってそんなことはしないわよ！」

ガイウスの冷めた一瞥《いちべつ》を受けて、ディアナは赤面する。気まずさをごまかそうと、していた。

「だいたい、あのウィラード殿下が内心でなにを考えているかなんて、知れたもんじゃないわ。いっそ王都までの移送が響いて、アレクシア王女が死ねばいいと願っているのかもしれないわよ」

強気に主張してのけたとたん、ガイウスが息をとめた。

ディアナを射るまなざしが、みるまに鋭くなる。

「なぜそう思う」

「なぜって、寝台で意識のないふりをしていたあたしを妹だと思いこんだ彼が、この首に手をかけてささやいたからよ。死にぞこなったかって」

とたんにガイウスが顔色を変えた。

「なぜそれを黙っていた！」

「え……」

ガイウスの剣幕にたじろぎながら、ディアナはしどろもどろに弁解した。

「で、でもそれくらいのことは、あなただってわかっていたんじゃないの？　ウィラード殿下には、異母妹を疎《うと》ましく感じるだけの理由があるって」

「ああ……そうだ。とっくに承知していたとも」

ガイウスはこわばる片手で額《ひたい》を押さえ、譫言《うわごと》のようにつぶやいた。

「なに？　なんなの？」

ディアナの胸にも、じわりと不安の霧がたちこめてくる。

「あの夜襲……ただの海賊にしては妙なところがあった」

ガイウスは宙を睨みつけたまま、かすれた声を絞りだす。

「旗艦《きかん》の甲板《かんぱん》に居あわせたのが王女殿下だと知っても、彼らはそのお命を奪うことをためらわなかったんだ。むしろもとよりそれが目的であるかのような態度だった」

「海賊ならそこまではしないわけ？」

「ああ。財宝が狙いなら、貴人の命を楯《たて》にとって他の者の抵抗を封じたり、身の代の交渉でもしたほうが、殺戮《さつりく》に労力を費やすよりも効率的だからな」

「そういえば……」

ディアナはあの晩の記憶をたどる。

「グレンスター公もローレンシア特使を人質にとられて、すぐに投降を命じたのよね。だから艦《ふね》ごと持参品を明け渡すだけで、皆殺しは避けられたって。旗艦のほうは火をかけられたそうだけど、あれはお宝が積まれていなかった腹いせだったのかしら」

「その様子はわたしも波に流されながら確認している。だが爆破は腹いせではなく、そもそもは艦ごと姫さまを海に沈める策略だったのかもしれない」

ディアナは目を丸くした。

「艦ごとですって？」

「上甲板を制圧し、火薬をしかけたうえで倉口《ハッチ》をふさいでしまえば、艦内に閉じこめられた者に待つのは焼死か溺死《できし》だ。あのとき姫さまとわたしが甲板にいたのは、奴らにとってあくまで計算外だったはずだ。奴らが真に欲していたのは、姫さまのお命ひとつ。その目的を隠蔽《いんぺい》するためにこそ、海賊の襲撃を偽装したと考えれば辻褄《つじつま》があう」

「そんな馬鹿《ばか》な」

ディアナはくちびるをわななかせた。

「まさかあの男がそれを仕組んだっていうの？　妹を亡き者にするためだけに？」

——死にぞこなったか。

あの血も凍るようなささやきは、練りあげた暗殺計画が不首尾に終わったがゆえの慨嘆《がいたん》だったのか。

「最終的な望みは、ガーランドの玉座につくことだろうがな。……ここにきてついに本性をあらわしたか！」

ガイウスは激しい怒りをみなぎらせ、窓枠に拳《こぶし》を打ちつける。

「それならエリアス王太子はどうなるの？」

「しかるべき時期を見計らって、そちらも手にかけるつもりでいるのかもしれない」

「そんな……」

ディアナは絶句した。呑みくだせない動揺が喉《のど》につかえ、うまく息ができない。

「だ……だけど目的が国王になることなら、エリアス王太子はともかく、ガーランドからいなくなるアレクシア王女のことなんて、もう放っておけばいいんじゃないの？　だって彼女がローレンシアの王太子妃になれば、たしかガーランドの王位継承権はなくすことになるのよね？」

ガイウスは顔をしかめた。

「だがレアンドロス殿下とのあいだにお子が誕生すれば、その子にはガーランドの王位継承権が生じることになる」

「そうなの？」

ディアナはとまどった。政《まつりごと》に疎い一庶民には、予想だにしない取り決めである。

「だとすると、もしもその子にまで王位がまわってきたら、ガーランドの舵《かじ》取りはいずれローレンシアの意のままってことにならない？」

「ゆえにその継承権の処理こそが、こたびの婚姻《こんいん》締結の焦点のひとつになった。つまり姫さまは、未来のガーランド王を掌中《しょうちゅう》にするための餌《えさ》として、ローレンシアにさしだされたわけだ」

「餌って……。それなら子どもができなかったらどうなるの？」

「そんなことがわたしにわかるものか！」

激情をほとばしらせるなり、ガイウスは目をそむけた。

「お子をなす可能性があるかぎりは、姫さまがあちらの宮廷でないがしろにされることもないはずだ。そう祈って受け容れる以外になにができる！」

ディアナは口をつぐんだ。

鋭く吐き捨てるガイウスの声には、きしむような憤《いきどお》りが満ちている。

つまりはそこに潜むもどかしさこそが、彼の鬱屈の正体なのではないか。

長らく仕え、主従を越えた愛《いと》おしさをおぼえている王女の将来に対して、なんら影響を及ぼすことができない。たとえアレクシアが無事に保護されたとしても、彼女に待ち受ける使命から解放することは叶わないのだ。

その無力感に打ちのめされながら、諦念《ていねん》の境地に達することもできずに抗《あらが》いたがる妄執が、彼を苛《さいな》んでいるのではないか。

ガイウスは窓の外にまなざしを投げる。

「王族の婚姻とはたいていそのようなものだが、この縁組にはとりわけ潰《つぶ》しておくだけの意義がある。ガーランドとローレンシアの勢力拡大を危惧《きぐ》するすべての国家――たとえば北のラングランド。それに大陸のエスタニアなどにとってもな。それらとウィラード殿下が裏で手を組んでいるのだとしたら、あれだけの規模の襲撃をしかけられたことにも納得できる」

ディアナは慄《おのの》いた。いまやあの晩の襲撃は、がらりと様相を変え、よりおぞましい絡繰《からく》りを剝《む》きだしにしつつあった。

「海賊を偽装したのか、あるいは本職の海賊を利用したのかもしれないが、奇襲の手筈《てはず》をととのえた協力者は収奪した持参品を懐《ふところ》に収めてもかまわないという取り決めがなされていたとしたら、相手にとっても悪くない条件だ」

「なら賊がためらいなく旗艦に火をかけたのも、そこに持参品が積まれていないと知っていたからだったのね。つまり――」

「ウィラード殿下があらかじめ情報を流したのかもしれない。随行《ずいこう》団の子細について把握することも、彼なら容易だったはずだ。先方との仲介役として、懇意のガーランド貴族が手を貸していた可能性も高いな」

ディアナはぞくりとして我が身をだきしめる。

入念な下準備を経て、実行に移されたのかもしれない王女アレクシアの暗殺計画。

惜しくもそれが潰《つい》えたいま、ウィラードはふたたび意に染まぬ状況に甘んじるのか。それとも――。

「ねえ。あたしたちが王宮にたどりついたら、そのあとはどうなるの」

息を呑んだガイウスが、ディアナをふりむく。

両の肩にのしかかるような沈黙ののち、

「……本当に毒見役が必要になるかもしれないな」

ぽつりと洩らされたひとことが冷え冷えとこだまして、いつまでもディアナの耳の奥から離れなかった。

2

「おまえ……きみはいったい誰だ？」

夏の盛りのごとき青年の覇気《はき》が、しだいに色褪《あ》せ、夜の影に圧《お》し潰されていく。

そのさまをありありと背に感じつつ、アレクシアは彼の腕から逃れた。

いたたまれなさをこらえ、当惑にさまよう双眸と向きあう。

「わたしはそなたの捜し求めていた娘ではない。ダンヴィル家の放蕩《ほうとう》息子とやらは、おそらくあの子とわたしがあまりに似ていたために、彼女が貴族の娘を演じさせられていると早合点したのだろう」

とにもかくにも状況を理解してもらわねば。

アレクシアはその一心で、けんめいに説明を並べたてる。

「故《ゆえ》あって身分を明かすことはできないが、わたしはあの娼館《しょうかん》の手の者に攫《さら》われ、まさに売りにだされようとしていたところをそなたに救われた。そなたにとってはとんだ無駄足になってしまっただろうが、館から連れだしてくれたことには心から感謝している」

無言でたたずむ青年の瞳に、やがて納得のおちつきが、そしてあらたな驚きが浮かびあがる。

「つまりおれの荒業《あらわざ》は、きみの迷惑にはならなかったわけかい？」

そう問いかける声には、すでに予想外の展開をおもしろがるような余裕すら漂いだしていた。頭の回転の速そうな男だ。

「もちろんだ。わたしからはなんの礼もできないが、褒賞ならそなたの望むだけのものを身内が払ってくれるだろう」

「身内！　それだよ。お嬢さんはディアナの親族かなにかなのか？　あいつにそんなものがあるなんて、聞いたこともなかったが」

「残念ながら、わたしたちの姿が似ているのは、神の気まぐれにすぎない」

「それにしては、ディアナをよく知ってるようなくちぶりだが……」

いぶかしげな青年に、アレクシアはおもいきって打ち明けた。

「じつはあの子とは、六年ほどまえに奇妙な縁《えん》を得たことがあって」

「六年？　というとあいつがまだ王都にいた時期になるかな」

「そう。王都の聖堂で偶然めぐりあって、しばしふたりで言葉をかわしたんだ。ただ一度きりのことだけれど」

「待てよ。ひょっとしてあの昔語りか！」

なにかをひらめいたように、青年はこめかみに指先をあてた。

「ディアナがもの乞《ご》い暮らしから脱けだせたのは、ふしぎとおもざしの似かよった少女に譲られた、とんでもなく上等な外套《がいとう》を金に換えたからだっていう、嘘《うそ》みたいな――」

「嘘などではない！　その少女とはこのわたしのことだ！」

身を乗りだして訴え、アレクシアは胸に手をあてた。

「そうか。あの子も憶《おぼ》えていてくれたのだな……」

感極まってつぶやくさまに、青年も目を丸くする。

「まいったな。おれはてっきり、あいつの考えだしたお伽噺《とぎばなし》だとばかり。するとその縁がめぐりめぐって、今度はお嬢さんを苦界から救いだしたってわけか」

「あ……」

たしかにあの運命的なめぐりあわせがなければ、ディアナがアーデンの町で役者の道を歩みだすこともなく、そのディアナを助けるために青年がここまでかけつけてくることもなかっただろう。

あらためてその数奇さに想いを馳《は》せ、アレクシアは頬を火照《ほて》らせる。

そして肌をなでる夜気の冷たさに、くしゅんとひとつくしゃみをした。

「おっと。ここで長話はまずかったな。ともかくこんな町とはさっさとおさらばして、詳しい話はそれからだ。ひとまずアーデンに向かってもかまわないか？」

「すべてそなたに任せよう」

「よし」

青年は拾いあげた敷布でアレクシアをくるむと、足早に路地をうながし、待たせていた貸馬車に乗りこんだ。

窓から馭者《ぎょしゃ》に合図を送るなり、勢いよく馬たちが走りだす。

「礼金を弾んで、アーデンまで飛ばしてくれるよう頼んである。大丈夫。たとえ追っ手がかかったとしても、こんな夜道なら捕まらずに逃げおおせるさ」

焔《ほのお》を絞った角灯がひとつきりの客車内では、向かいの席についた青年の顔は、暗がりに沈んでほとんどうかがえない。それでも自信にあふれた声は、光を放つようにアレクシアの心を照らしだした。

「そういえばお嬢さんも、アーデンには伝手《つて》があるのか？　さっきはおれが誰かの頼みでかけつけたものと、誤解したみたいだが」

「じつはあの館から先に逃がした娘たちが、アーデンの町で商売を営む親族を頼っているはずなんだ。それでひょっとしたらと」

「先に逃がしたって、まさかきみがそう仕組んだのか？　自分のことは二の次で？」

驚きを含んだ問いに、アレクシアは苦笑をかえした。

「主導したのはわたしだが、結果はただのなりゆきだ。計画ではみなで逃げるつもりでいたのが、あと一歩というところでわたしだけが追っ手に捕まって。力のある身内を持つわたしにはまだ希望が残されているが、彼女たちに次の機会はない。だから道連れにするわけにはいかなかった。こうしてまとめてみると、なんともまぬけな顛末《てんまつ》だな」

沈黙した青年が、呆《あき》れとも感嘆ともつかない吐息を洩らす。

「……変わったお嬢さんだな」

「このところそう評されてばかりいる。あまり自覚はないのだが」

きまじめに答えると、相手はたちまち声をたてて笑いだした。

「おもしろい。あんた……いや、きみは使えるよ！」

「使える？」

「いかにも芝居の素材にうってつけってことさ。おれは役者だが、最近は戯曲も手がけていてね。こうなったからには、きみたちの鮮やかな逃亡劇をぜひとも芝居にしたててあげてみたい。始まりから終わりまで、経緯をあまさず披露してはくれないか？」

突如いろめきたつ青年に、アレクシアはたじろいだ。

「わたしが娼館にいたことを、公にされては困るのだが……」

「その点は安心してくれていい。題材として借りるだけであれこれ手を加えるから、きみたちに迷惑がかかるようなことにはならないさ。ここは礼のつもりで、ひとつこの新進気鋭の劇作家に力を貸してほしい。だめか？」

礼の代わりにと頼みこまれては、こちらも撥《は》ねつけにくい。それにみずから新鋭を称してはばからない青年の、裏心のなさそうな熱意に、なんだか乗せられる気分でもあったのだ。アレクシアは心を決めて承諾した。

「さしつかえのある事柄については伏せてもかまわないなら、そなたの期待に副《そ》えるよう努めよう」

「それはありがたい。きっと斬新な舞台になるぞ。ディアナもきっと喜んで――」

夢中でたたみかける声が、唐突にとぎれる。

アレクシアもまた、遅ればせながら気がついた。

この状況はなんとも不可解だ。アーデンの町で、ディアナとともに《白鳥座《はくちょう》》に属しているはずのこの青年は、なぜ彼女を救うためにフォートマスまでかけつけなければならなかったのか。

「あの子はいまどこに？　アーデンの町にはいないのか？」

急いて問いをかさねると、青年は苦い息を吐きだした。

「おれはそう祈りながら、この町をめざしたんだが」

「それはいったい……」

どういう意味だろう。フォートマスの娼館にとらわれていたほうが、むしろましだったとでもいうのだろうか。

たちまち胸がざわついて、アレクシアはこくりと唾《つば》を呑みこむ。

「おれはここしばらく、王都に滞在していたんだ」

青年が順序だてて語りだす。

「いわゆる武者修行のようなものだな。あちらの一座と渡りをつけて、自作の戯曲に意見をもらったり、飛び入りの舞台で流行の最先端を肌で感じてみたり。旅程を含めておよそふた月ばかりかな。そしてつい先週のことだ。充分な収穫を土産《みやげ》に意気揚々とアーデンに凱旋《がいせん》したら、あろうことか我らが《白鳥座》がすっかり焼け落ちていたんだ。夜更けに火をだして、あっというまに燃え広がって、手がつけられなかったらしい。およそ半月まえのことだそうだ」

「そんな……」

アレクシアは愕然《がくぜん》と声をふるわせた。

「それなら一座の者たちは？　まさか……」

「ほぼ全滅だ。公演が始まれば、みな劇場に寝泊まりするものだからな」

くらりと視界が黒に塗りつぶされ、アレクシアはこわばる手で車壁にすがりついた。

「唯一のなぐさめは、煙を吸って命を落としたらしい仲間が多かったことだ。崩れた建材をどけて掘りだした遺体も、おおむね判別できた。だがいくら捜しても、ディアナらしき亡骸《なきがら》はみつからなかったんだ」

アレクシアははっとした。

「では――」

「あいつは難を逃れたのかもしれない。そう期待をかけて、フォートマスまで飛んできたんだが」

そういうことだったのか。

アレクシアはいたたまれずにうつむいた。

「すまない。救いだしたのがわたしで、さぞ落胆したことだろう」

「お嬢さんのせいじゃないさ。むしろこっちの早とちりのおかげで、見ず知らずのきみを助けだせてよかったというものだ。それに絶望するにはまだ早い。ディアナが生きている根拠なら他にもあるんだ」

「というと?」

「おれが王都に出向いていた時期に、座長とやりとりした手紙に書いてあったのさ。ディアナがお得意の貴族の口利きで臨時の仕事を請け負ったとかで、しばらく一座を留守にすることになるかもしれないって」

「彼女ひとりが、依頼主から個人的に雇われたということか?」

「らしいな。ディアナは若手の看板だから、あいつが抜けるのはうちにとっても痛いんだが、かなり実入りのいい仕事で、話を持ちこんだ仲介役にも信頼がおけるってことで、座長も乗り気になったらしい。それが昨日になって、たまたまアーデンの往来で顔をあわせたダンヴィル家の若さまから、ディアナがフォートマスの娼館にいると知らされたときは、さすがに騙《だま》されて売り飛ばされたのかとも疑ったが」

「ではその務めというのが、存外に長期にわたるものだったのだろうか」

「いまとなっては、そうであることを願うばかりだな」

アレクシアはうなずいた。

彼のためにも、ディアナの演技に魅せられてきたすべての人々のためにも、そして彼女の輝かしい未来にくりかえし想いを馳せてきたアレクシア自身のためにも、どうか生きていてほしい。

自分がからくも海賊の襲撃から逃れ、ついには苦境を脱しつつあるように、ディアナもまた焼死をまぬがれて生きているはずだ。

けれど——たとえそうであろうと、ふたりそれぞれの身のまわりでは、奇《く》しくも多くの命が失われている。

その偶然の一致に、アレクシアは視《み》えざる運命の糸に未来をからめとられつつあるような、不吉な予感をおぼえずにはいられなかった。

青年はリーランドと名乗った。

ひたすら馬車を走らせ、アレクシアたちがようようアーデンの町に到着したのは、東の空が白み始めてまもなくのことだった。

「追っ手の影はなさそうだな」

遠ざかる馬車を見送りながら、アレクシアはかすかに息をついた。

夜明けの街はまだ眠りについていて、石畳《いしだたみ》の敷かれた広場は静まりかえっている。

「あれだけの騒ぎでひっかきまわしてやったんだ。せっかくのお楽しみを中断されたお客たちをなだめるのに、女将《おかみ》も手一杯だったんだろうさ」

たしかにあの騒動には、やり手のルサージュ伯爵夫人も手を焼かされそうだ。

「さてと。まずはおれの住《す》み処《か》に案内しよう。ともかくきみはなにか腹に入れて、動くのはひと眠りしてからだな。向こうではろくに食わせてもらえなかったんだろう？　ずいぶんひどい顔色だ」

「……そういえば昨日の朝からなにも口にしていないな」

そもそも逃亡に失敗してからは、食餌らしい食餌を与えられていなかった。あまりの空腹に加えて、昨夜からのめまぐるしい逃避行で気がたかぶり、もはや空腹の感覚すら麻痺《まひ》していたらしい。

「呑気《のんき》なお嬢さんだ。それとも器《うつわ》がでかいというべきか」

気が抜けたように笑い、リーランドは歩きだした。

「ところできみをどう呼んだらいいかな？」

「あ……では女将の告げたとおりに、アレクシアと」

「偽名かい？」

「いや。真の名だ」

「そうか。まさにきみにふさわしい名だな」

「そうだろうか？」

「華麗にして清冽《せいれつ》。芝居にするときは、ぜひそのまま採用したいものだ」

「それは考えさせてほしい」

「用心深いね。普通の娘さんなら、飛びあがって喜ぶところなんだが。ああ、でもその名でディアナに演じさせたら、まるきりきみを題材にしたとばれてしまうか。なにしろ顔までそっくりときたからな」

アレクシアの鼓動《こどう》がかすかに跳ねる。

「あの子がわたしの役を……」

「どうせならそのほうが粋《いき》だろう？」

とっておきの悪戯《いたずら》をひらめいた子どものように、リーランドはぱちりと片目をつむってみせる。

「では当面のあいだは、この町で彼女を待つつもりでいるのか？」

「そうだな。あいつが雇い主とどんな契約をかわして、いまどこにいるのか、手がかりがみつからないかぎりは、そうするしかないだろう。一座の状況がまだあいつに伝わってないとしたら、それを知るときはせめてそばにいてやりたいしな」

アレクシアは胸をつまらせた。務めを終えたディアナを待ち受けるのが、大切な一座の焼失とかけがえのない仲間たちの訃報《ふほう》だとしたら、なんと残酷なことだろうか。

「再会して、おちついたらそのあとは？　ふたりで劇場を再建するのか？」

「それはさすがに夢物語だな。燃え残りの建材や道具類をなんとか売り払って、仲間たちの埋葬代にあてるだけで精一杯だった。だからいっそのこと、あいつを連れて王都に移ろうかと考えているところだ」

「王都に？」

「もともとディアナを誘って、王都の演劇界に打ってでるつもりはあったんだ。あいつの才は、田舎町で埋もれさせるには惜しいからな。まだまだ粗削りだが、あいつならどこの一座も欲しがるだろうし、おれもそろそろ中央で勝負をしてみてもいい時機だ」

「ではそなたが王都に出向いていたのは……」

「下準備もかねての腕試しってところだな。実際なかなか悪くない感触だった。あいつもうちの一座に義理や愛着があるだろうし、いますぐってわけにはいかないだろうが、近いうちにきりだしてみるつもりでいたんだ。こんなかたちで予定が早まることは、望んじゃいなかったが……。まあ、なんとか説得してみるよ」

「そうか」

アレクシアはようやく安堵《あんど》の息をついた。ディアナは多くのものを失《な》くしたが、こうして彼女の才能を評価し、その将来を真剣に考えてくれる者が残されていたのは、不幸中の幸いといえるだろう。リーランドがそばについていれば、彼女がふたたび舞台で活躍する日も、そう遠くないのではないか。

やがてリーランドは、沿道に連なる木造家屋の一棟に、アレクシアを手招きした。

「ここの屋根裏を格安で借りてるんだ。一座で新作をかける初日には、かならず家主夫婦に席を確保してやる条件でね」

「芝居好きの家主なのだな」

「上手《うま》い条件だろう？」

ぎしぎしときしむ階段を、ふたりは足音をひそめてのぼっていく。

「手狭だが、頼めば料理もだしてくれるし、腰を据《す》えて芝居の構想を練るにはうってつけの部屋だ。あとで女将に声をかけて、朝食を用意してもらおう。きみにはとりあえず、腹にやさしいスープかなにかがいいだろうな」

「いろいろと手数をかけてすまない」

「かまわないさ。餓鬼《がき》の子守り……あ、いや前途有望な若手の面倒をみてやるのは、一座にいれば誰でもあたりまえのことだ」

リーランドがあたふたと失言をとりつくろう。

アレクシアはたまらず苦笑しながら、

「ディアナのことも、昔はそんなふうに世話をしてやったのか？」

「ん？　ああ……懐かしいね」

こちらに背を向けたリーランドの声が、やわらかさを帯びる。

「アーデンに流れついたころのあいつは、まるで誰彼かまわず爪《つめ》をふるわずにいられない野良猫みたいな風情で、教えた仕事を覚えるのは早かったが、人並みの生活に慣れるまではずいぶんかかったみたいだな」

「人並みの生活というのは？」

しばしの沈黙をおいて、リーランドは口にした。

「ほんのわずかでも気を抜いたら、明日には飢《う》えと孤独と死が待っている——そんな怯《おび》えに、朝から晩までつきまとわれずにすむ暮らしかな」

淡々《たんたん》と語られた過酷さに、アレクシアは頰を打たれた心地になる。

アレクシアもまた、おのれの死を身近に感じて生きてきたが、そこまで生々しい苦痛をともなったものではなかった。

「もっとも一座になじんでからは、培《つちか》った気の強さも手伝ってか、むしろ人並みはずれて生意気な小娘になったけどな」

沈んだ空気を払いのけるように、リーランドは軽快な口調で続ける。

「ディアナのあとにもひとり、路頭に迷いかけたところをうちに拾われた孤児《みなしご》がいるんだが、こいつがまたディアナに輪をかけた生意気さでね。芝居の勘は悪くないんだが、ずいぶん手を焼かされてきたよ」

アレクシアはリーランドの背に問いかけた。

「……その子も火事の犠牲に？」

「それが焼け跡からは、あいつらしい遺体がでてこなくてね。はしこい奴だから、炎をかいくぐってなんとか生きのびたのかもしれない。ただそれならどうして、焼け跡の始末をしているおれに、一向に声をかけてこないのか。そこが腑《ふ》に落ちないいんだが」

「心ひそかに嫌われていたのでは？」

リーランドはくらりとよろめき、

「はは。それは盲点だったな。ディアナの声で指摘されると、なおさら刺さるね」

乾いた笑いを洩らしながら、たどりついた扉の桟《さん》に手をのばした。

「おや。おかしいな」

「どうした？」

「ここに部屋の鍵を隠しておいたはずなんだが」

リーランドは桟のあちこちをさぐるが、鍵はみつからないらしい。

そのときである。ばたばたばた——と部屋の奥から乱れた足音が近づいてきたかと思うと、勢いよく扉が開かれた。

「リーランド！　それにディアナも！」

歓声をあげるなり、アレクシアに飛びついたのはひとりの少年だった。

齢《とし》は十に満たないくらいだろうか。いたずら好きの小妖精のように、かわいらしい愛嬌《あいきょう》のある美少年だが、その瞳はじわりとにじみだした涙に濡《ぬ》れている。

「ノアか！　おまえやっぱり生きていたんだな！」

リーランドも嬉《うれ》しそうに、少年の鳶《とび》色の髪をくしゃくしゃとかきまわした。

「こいつがいまきみに話した、うちの子役だよ」

「そうだったのか。無事でよかった」

見ず知らずの少年にしがみつかれて、目を白黒させていたアレクシアも、ようやく状況を理解して喜びを共有する。

リーランドはノア少年の肩に手をかけて、

「ノア。とりあえず見知らぬお嬢さんの胸に顔をうずめるのは、それくらいにしておこうか」

「見知らぬ？」

ノアが鼻をぐずつかせながら顔をあげる。

「なんだよそれ？　ディアナのどこが見知らぬ——」

「それが驚くだろうが、彼女はディアナではないんだ。よおく目を凝《こ》らしてみればわかるはずだ」

「はあ？　そんなくだらない子供だましにおれがひっかかるかよ」

ノアははなから相手にせず、アレクシアに向かってまくしたてた。

「ディアナはいつアーデンに帰ってきたんだ？　それ舞台衣装か？　なんかすごい格好してるな。一座になにがあったか、もう知ってるか？　ディアナが戻ったらすぐ伝えられるように、おれずっと待ってたんだよ」

「いや……その……」

早く誤解を解かなければ。

いたたまれなさと焦りが募るあまり、言葉がうまくでてこない。

「ちょっとおちつけ」

みかねたリーランドが、ノアをアレクシアからひきはがした。

「つまり一座が燃え落ちた晩に、ディアナはこの町にいなかったんだな？」

「なんでそんなことをわざわざおれに訊くんだよ」

わけがわからないという面持《おもも》ちのノアをよそに、アレクシアたちは視線をかわし、胸をなでおろす。いまもって所在の知れないディアナだが、すでに焼死しているという可能性だけはなさそうだ。

「それについてはあとで説明するとして、おまえこそいままでどこにいたんだよ。おれがここしばらく一座の焼け跡をかたづけたり、みんなの埋葬に立ち会ったりしていたことを知らなかったのか？」

「知ってたけど」

ノアはなぜか怯えたように視線をそらす。

「……怖くて隠れてたんだ」

「炎が怖くなったのか？　翌日にはほとんど鎮火していたはずだが」

「そうじゃないよ」

「なら一座の借金をひとりで背負わされるとでも？」

「そんなんじゃない！」

ノアがもどかしげに叫ぶ。

「おれもみんなみたいに殺されるかもしれないからだよ！」

アレクシアは息を呑み、リーランドも顔色を変えて、ノアの両腕をつかんだ。

「どういうことだ？　まさか出火の原因は、ただの不始末じゃなくて、放火だったとでもいうんじゃないだろうな？」

「おれ……おれ、わかんないよ」

揺さぶられるままに、薄い肩が頼りなくふらつく。

「あの夜は座長に来客があって、それが誰なのかはみんなもよく知らなかったみたいだけど、手土産の葡萄《ぶどう》酒を空けてすっかり酔っぱらってた。だから先に休んでたおれが煙に気づいて、必死で知らせてまわっても、みんなぐっすり眠りこんだまま目を覚ましてくれなかったんだ。でも火はどんどん近づいてきて、それでおれ……しかたなくひとりで逃げるしかなかったんだよ」

ノアはいまにも泣きだしそうに目許をゆがめた。

「でもおかしくないか？　だっておれがいくら叫んでもはたいても、みんなぴくりとも動かなかったんだ」

まるでもうとっくに死んでいたみたいに。

悲鳴のようなささやきが、アレクシアの背すじを凍らせる。

「なあ、ふたりとも教えてくれよ。おれたちの《白鳥座》に、あの夜いったいなにがおきたんだ？」

3

「本当に、本当にディアナじゃないのか？」

三人で朝食をとるあいだも、ノアはしつこく念を押してきた。

あまりの疑心暗鬼ぶりに、ついにはリーランドも呆れた様子だ。

「まだ疑ってるのか？　この状況でおまえを騙しておもしろがるほど、おれは趣味が悪くはないぞ」

「あんたのそういうところが信用ならないんだ」

「どういうところだって?」

「そうやってすぐに趣味とか、おもしろいかどうかとかでものを考えるところだよ」

「まっとうな判断材料じゃないか」

リーランドはけろりとして悪びれもしない。

アレクシアはそろりと口を挟んだ。

「仲間に対する誠実さに欠けているということでは?」

「そう。それだよ!」

ノアは勢いこんで、食卓に身を乗りだす。

「やっぱりディアナなんだろう? そうだよな?」

「そうであればよかったのだが……期待を裏切ってすまない」

「ふうん」

弱りきったアレクシアを、ノアはいま一度まじまじとみつめていたが、やがてぷいと顔をそむけた。

「べつに謝ることはないだろ。あんたがディアナじゃないのは、あんたのせいじゃないんだから」

「……ん」

どうやらようやく他人の空似と認めてくれたらしいが、そっけなさに見え隠れする強気と弱気のせめぎあいは、なおさらアレクシアの胸を痛ませてやまない。

やれやれと息をつくリーランドも、かさねてノアをからかおうとはしなかった。それだけディアナとの再会を待ちかねていたことを、察しているのだろう。生意気な少年を映すリーランドの瞳には、からりとした親しみが感じられた。

すでに着替えをすませたリーランドは、洗いざらしのシャツやホーズを身につけただけのこざっぱりとした格好だ。お世辞にも上等とはいえない装いだが、なにを着てもさまになる男である。

取り澄《す》ました宮廷貴族にはない、ざっくばらんな物腰には、自然と相手をくつろがせる陽性の魅力がある。同僚たちの死が堪《こた》えていないはずはないのに、これもまた役者として身につけたふるまいのうちなのだろうか。

けれど肌になじむようなその快活さは、たしかにアレクシアをどうしようもない無力感から掬《すく》いあげてくれてもいた。

「さてと。腹もくちくなってきたところで、そろそろこれからのことを考えようか」

食卓に両手を組みあわせ、リーランドがきりだした。

「まずは現状を把握するところからだな。もしも《白鳥座》が何者かに火を放たれたのだとしたら、いったい誰が、なんの狙いでそんなことをしでかしたのか」

「そんなもの、おれたちを皆殺しにするために決まってるじゃないか。だってあの葡萄酒にはきっと――」

「強い眠り薬か、あるいはもとより毒が混ぜられていたのかもしれない。たしかに当日の状況から考えると、その可能性は高い。だがなんのために？」

リーランドは冷静に問いかける。

「おれはこのところ何日も、一座の跡始末のためにあちこち奔走《ほんそう》してきたが、身の危険を感じたことはない。不審な輩《やから》がそばをうろついていたこともな。これでもアーデンではそれなりに知られた顔だ。皆殺しが目的なら、おれを仕留め損ねたことに気がついて、なんとか始末しようとするものじゃないか？」

朗々《ろうろう》と、筋道をたてて主張するリーランドの語りが、そのときかすかに乱れた。

「女も子どもも容赦《ようしゃ》なく、十人もの仲間たちを焼き殺そうとした犯人がいるなら、いっそおれを放火犯にしたてあげるなり、失意の自殺にみせかけるなり、いくらでもやりようはあるだろう」

リーランドの失意が、矛先《ほこさき》を定めきれずに揺れていた。敵の悪意を認めれば、仲間たちのあまりにもむごい死にざまをも受け容れねばならない。

その憤りをほどくように、アレクシアは問いかけた。

「ではそれ以外にどのような動機が考えられる？」

「そうだな……おれの知るかぎり、うちの一座に客との深刻ないざこざはなかった。だからおれたちそれぞれに恨みを募らせたというよりは、うちの出資者に打撃を与えてやりたい商売敵《がたき》だとか、アーデンでの興行を狙う近隣の一座だとかが《白鳥座》そのものを潰して、再興の難しい状況に追いこもうとしたのかもしれない。それなら多少の生き残りに目をつぶってやる理由にはなるだろう」

「そうした相手に心当たりが？」

「いや。単なる推しあてだが」

「なら意味ないじゃないか」

　すかさずノアが咬《か》みつき、リーランドは面目なさそうにうなだれる。

「なにしろこっちは寝耳に水の話だからな。ともあれアレクシアお嬢さんは、不用意に出歩かないに越したことはないだろう」

「わたしがディアナによく似ているからか？」

「ああ。せっかくここまで逃げてきたっていうのに、今度はうちの女優とまちがえられて命を狙われるはめにでもなったら、泣くに泣けないからな」

「そうだな」

　アレクシアは神妙に同意する。

「代わりにおれに頼まれてほしいことはあるかい？」

　では――とアレクシアは身を乗りだした。

「ひとつ骨を折ってもらえるだろうか」

「ひとつといわずいくらでも。ここまできたら乗りかかった船だ」

「それは頼もしい」

　微笑で謝意を伝えると、アレクシアは慎重に言葉を選んだ。

「ガーランド南岸の港……たとえばラグレスの町あたりから流れてきた新しい情報があれば、ぜひ詳しく教えてほしい。どんなささいな噂《うわさ》話でもかまわないから」

「わかった。情報通の知りあいをあたってみよう」

　深くは追及せずに、リーランドは承知してくれた。

　さっそく席を離れる彼に続き、ノアも腰をあげる。

「おれもついてくよ」

「外にでるのは怖いんじゃなかったのか?」

「うるさいな。あんたの読みでは、一座の生き残りが襲われることはないんだろ。それにいざってときは、あんたを楯にしてさっさと逃げてやるから平気さ」

「はいはい。お好きなように」

　リーランドは肩をすくめ、アレクシアに向きなおった。

「そういうことだから、おれたちはしばらくでかけてくるよ。きみはいまのうちにひと眠りしておいたほうがいいな。存分にくつろいでいてくれたまえ」

「お嬢がくつろげるほどの部屋かよ」

すかさずノアにつっこまれて、リーランドは眉をさげた。

「そうけなしてくれるなって。これでもおれの城なんだから」

「大丈夫。娼館の監禁部屋に比べれば、宮廷と変わらぬ居心地の好さだ」

アレクシアがそう取り成すと、ノアが気の毒そうにふりむいた。

「あんたも苦労したんだな」

しみじみと同情されて、アレクシアは苦笑する。

「得がたい体験だったが、さすがに二度めは遠慮したいものだ」

「そりゃそうだって！」

そんなやりとりを、リーランドはおもしろがるように見遣《みや》りつつ、

「だいぶ散らかってるが、好きに使ってくれてかまわないから」

奥の部屋に足を向けると、扉を開いてみせた。

アレクシアはたちまち目をみはった。

「すごい……」

簡素な寝台をのぞくすべての壁が、背の高い本棚で埋めつくされている。のみならず棚に収まりきらない書物が床にまであふれだし、机や椅子《いす》にも乱雑に積みあげられて、いま

にも崩れ落ちそうだ。まるで書物そのものが旺盛《おうせい》な生命力を持ち、蔓《つる》をのばしてじわじわと部屋を侵蝕しつくそうとしているかのようである。

「市井《しせい》では、書籍は非常に高価なものと聞いているが」

「はは。市井ときたか。まあ、仕事柄なにかと必要でね。知りあいから譲り受けたものもあるが、めぼしいものをみつけるとついつい散財しがちなんだ」

「するとそなたの蔵書は、主に戯曲や詩歌のたぐいか」

「それに歴史書も多いね。どの国の歴史も、芝居の題材の宝庫だからな」

アレクシアは我知らず口許をほころばせる。

「わたしも幼いころから、数ある講義のなかで歴史を学ぶのがもっとも好きだった。どの時代もそれぞれに興味深くて、こうした記録からはこぼれ落ちたのだろう人々の生きざまにも、よく想いを馳せてみたものだ」

アレクシアは棚に並んだ本の背に指をすべらせた。

「《ガーランド列王史》に……この《ローレンシア年代記》も読んだことがあるな。各国の歴史について、そなたと存分に語りあかせたら、さぞや楽しいだろうな」

おもいがけない発見が、アレクシアの気分を浮きたたせる。

だがそんな彼女をみつめるリーランドのまなざしは、まるで世にもめずらしい生きものをながめているかのようだった。

「きみはいったい……」

「あ……すまない。それどころではなかったな」

我にかえったアレクシアは恐縮する。

だがリーランドはいかにも意味深に口の端をあげた。

「とんでもない。きみとの歴史談義なら、いくらでも花を咲かせたいものだ」

どうやらこちらの素姓《すじよう》に、いっそう興味を持たれてしまったらしい。

ふたりが去り、残された彼女はしんとした部屋にひとりたたずむ。

《黒百合《くろゆり》の館》からの脱出劇。

ディアナの仲間たちとのめぐりあい。

そして《白鳥座》の焼失と、放火殺人の疑い。

ようやく自由の身になれたというのに、そのあまりのめまぐるしさのせいで、いまさらながら奇妙な夢に悪酔いしているような心地になってくる。

アレクシアは寝台の隅《すみ》に腰かけ、そろそろと身を横たえた。

手足の力を抜くにつれ、いかに全身がこわばっていたかを思い知らされる。

夜を徹して走らせていた馬車は、宮廷仕様のものとは異なり、油断するとすぐに座席から放りだされそうになるので、うとうとする暇もなかったのだ。おかげでぎしぎしと骨のきしむ音が聴こえてきそうである。

　ここしばらく、娼館《あざ》で手酷い扱いを受け続けてきたことも響いているのだろう。濃淡まだらに入り乱れた痣が、あちこちで鈍い熱を発しているようだった。

　ひと足先にあの牢獄《ろうごく》から脱けだしたシャノンたちは、首尾よくこの町までたどりついているだろうか。そしてウィンドロー近郊の砂浜に置き去りにしたガイウスは、はたしてまだ生きているのだろうか。

　答えのない不安の沼にからめとられるように視界はぼやけ、やがてアレクシアは意識を手放した。


「王女を乗せた艦が、ラグレスの港から王都に向かった？」

　リーランドのもたらした情報は、アレクシアをとまどわせるばかりだった。

　海賊に襲われ、ラグレスに帰投した艦には、どういうわけか王女の姿があった。そしてしばらくグレンスター家の居城で静養していたらしい彼女は、このほど宮廷に召喚されたグレンスター公ともどもラグレスを発《た》ったのだという。

　アレクシアはなんとか動揺を押し隠しながら、

「それは信用できる情報なのか？」

「そのはずだよ。ガーランド南岸の都市にいくつもの拠点を持つ商会の、アーデン支店にまわってきた情報だから」

「そうか……」

ならばともかくも彼の地では、それが事実として語られている前提で、真相を推し量る必要がある。この不可解な状況は、いったいなにを意味しているのだろう。

おそらくグレンスター公は、王女の不在をとりつくろうために、アレクシアと背格好の似た娘を代役にたてたのだ。王女の生死が不明という状況は、国内外に伏せるべきことだろうから、その判断は妥当《だとう》なものかもしれない。

グレンスター家の領地であるラグレスに寄港したのも、居城での静養をよそおっているあいだになんとかアレクシアを捜索して、身代わりとすり替えるための時間稼ぎだったのだろう。

だがその代役がすでに王都に向かったとは、どういうことなのか。もしもエルドレッド王がグレンスター家の隠蔽工作を承知しているなら、あえて王女の代役を宮廷に召喚するはずがない。

では身代わりによる当座しのぎは、保身を意図したグレンスターの独断なのか。しかしそれでは、宮廷からの召還に応じるのは自殺行為でしかないはずだ。

グレンスター家は、宮廷でのアレクシアの庇護《ひご》者というわけではなかったが、それでも亡き母メリルローズの親族である。

叔父《おじ》が襲撃を乗りきったらしいことはもちろん喜ばしいが、この状況では軽々しく連絡をつけたものかどうかためらわれる。かといって他家に助けを求めるのも、いまとなっては叔父を窮地に追いやることになるかもしれず、なおさらはばかられた。

「そんなに気になるのかい?」

リーランドに問われ、アレクシアは我にかえった。

「王女さまのローレンシア行きが、先延ばしになったことさ。きみの一族にもなにか影響があったりするとか?」

「あ……いや。そういうわけでもないのだが」

リーランドはアレクシアの素姓について、宮廷とも縁のある大貴族の娘とでもみなしているようだ。なかなかの線をついているが、さすがの劇作家さまもまさか自分がガーランド王女を救ってのけたとは、思いもよらないことだろう。

するとふたりのやりとりに耳をかたむけていたノアが、

「おれが気になるのはその海賊のほうだな。だってそいつらは、お宝をぶんどって逃げたまま、捕まってもいないんだろう?」

「そうらしいな。いまのところ続報はないようだから」

「だったら味をしめて、しばらくはガーランドの近海で狩りをしようとするかもしれないじゃないか。それでもしもディアナの船が狙われたりしたら……」

「ディアナの船だって？」

「そうさ。ディアナは船旅の支度をしてアーデンを発ったんだから。行きが船なら帰りもたいてい同じだろう？」

「つまりその仕事先は、陸路よりも海路のほうが楽な距離にあるわけか」

意外そうなリーランドも、船旅については初耳のようである。

なにかひっかかるものを感じたのか、彼はかさねてたずねた。

「あいつがどんな仕事を請け負ったのか、詳しいことは？」

「それは秘密にする約束なんだってさ。でもディアナはずいぶん張りきってたよ。長丁場になりそうだけど、やりがいのある務めだって」

リーランドはふいに表情をくもらせる。

「やりがいがあって、実入りも抜群の仕事か。妙にいわくありげな匂いがするな」

「でも危ない目に遭うんじゃないかって、怖がってるような感じはなかったよ。むしろ楽しみでわくわくしてるみたいだった。これからの演技の役にたちそうなことを、いろいろ吸収してくるってさ。なんでもディアナにしかできない仕事なんだって」

アレクシアは目をまたたかせた。

「あの子にしかできない？」

「そういえば座長からもらった便りにも、そんなことが書いてあったな」

リーランドは腕を組んで考えこんだ。

「人気の若手女優として、愛好者からもてなしを受けるだけなら、なにもひた隠しにする必要はないよな。となるとやっぱり演技の腕を恃《たの》んで、なにかの役柄を演じさせるために雇ったか……」

ノアが首をかしげる。

「でも若くて芝居の上手い女優なら、他にもいないわけじゃないだろ。ディアナにしかできないっていうのは？」

「さてねえ。ディアナとよく似た誰かの代役として呼ばれたとか？」

……え？

アレクシアは動きをとめた。

二枚の版木に刻まれた線が、いまようやく一枚の紙に刷られて完全な絵が浮かびあがるかのように、いないはずの王女がすでに王都に向かったという不可解な物語に、ひとつの解答を与えつつあった。

もしも役者のディアナがアレクシアのふりをしたら、誰にも偽者とは見抜けないかもしれない——シャノンたちと《黒百合の館》の屋根裏部屋でかわしたそんな会話が、いまさらのようによみがえってくる。

「アレクシア嬢？」

呆然《ぼうぜん》とするアレクシアに、リーランドが声をかける。

アレクシアはこわばったくちびるを動かそうとするが、言葉がでてこない。

その様子をいぶかしげにみつめていたリーランドの双眸に、やがて呆れたような当惑と驚愕が広がってゆく。

「おいおい。冗談だろう。まさかいなくなったきみの代わりに、ディアナはきみを演じているわけか？」

「わからない……けれど辻褄はあう」

船旅を含め、ディアナが長期にわたる務めに臨《のぞ》むつもりでいたこと。

報酬は破格で、なおかつやりがいのある役割を与えられていたこと。

「おそらく叔父があらかじめ、わたしの代役を用意していたんだ」

「あらかじめ？」

アレクシアはぎこちなくうなずいた。

グレンスター公には、ローレンシアでの婚礼の儀をとどこおりなく完遂するという使命がある。そのためにきっと、いざというときは王女の代役をたてられるよう備えていたのだ。アレクシアがその存在について伝えられずにいたのも、代役が必要ないままに終わればそれに越したことはないと考えていたからかもしれない。

それ自体は、とりたてて責められることではないはずだ。

だが——王女の不在を隠蔽するための身代わりとなれば、話は変わってくる。

しかも十中八九エルドレッド王はそのことをあずかり知らないとくれば、大逆罪にも値《あたい》する背信だ。

「なんという無謀なことを……。叔父上はグレンスターの一族もろとも、絞首《こうしゅ》台の道連れになさるおつもりか」

アレクシアはめまいをおぼえ、血の気のひいた額に手をやった。

いくらディアナが才能豊かな役者だとしても、早晩に見破られてしまうだろう。

いずれにしろあと何日か早くラグレスの叔父と連絡を取れていれば、このような事態は避けられたはずだ。一度《黒百合の館》からの脱出の機会を逃したことが、いまになって悔やまれる。

「つまりディアナを雇ったのは、きみの叔父ということか?」

グレンスターの思惑など知る由《よし》もないリーランドが、とまどいもあらわに問う。

「それならあいつがいまどこにいるのか、きみには察しがついているのかい?」

アレクシアはこくりと唾を呑みこんだ。

「あの子は……ディアナは、この町で待っていても決して戻ってくることはない。わたしが宮廷におもむいて、彼女と入れ替わらないかぎり」

「宮廷? あいつはいま宮廷にいるっていうのか?」

リーランドが唖然とする。

ノアも目を丸くして、

「宮廷なんかで、ディアナになにをさせるんだよ？」

「……行方知れずになったわたしの身代わり役だ。そのためにグレンスターの――叔父の艦で、ラグレスから王都に連れていかれたんだ」

「グレンスター公がきみの叔父だって？」

ついにリーランドが顔色を変えた。

「まさかきみのその名は……」

アレクシアはこわばる指先を握りしめる。常軌《じょうき》を逸した謀に、ディアナを巻きこんでしまったのは自分だ。この期《ご》に及んで素姓を隠し続けることはできない。

アレクシアは心を決め、息をとめるふたりをみつめかえした。

「わたしはガーランド国王エルドレッドが長女――デュランダル家のアレクシアだ」

4

「そろそろリール河の河口にさしかかるところですよ」

アシュレイがディアナの船室まで知らせにきたのは、ラグレスを出航した翌日の夕暮れどきのことだった。

　とはいえこれまでほとんどガイウスと船室にこもりきりで、アレクシア王女なら知っていてあたりまえの宮廷での慣習や、近年の王族をめぐる主だった出来事などについて叩きこまれていたため、すでに十日は軟禁されているも同然の気分だった。

「ここに停泊して夜が明けるのを待つのか？　それとも――」

　ガイウスが問いかけると、アシュレイはうなずいた。

「このままひそかにリール河を遡上《そじょう》します」

「ではランドールに到着するのは夜半になるか」

「ええ。王都からの連絡では、今宵《こよい》は夜会の予定がないそうです。裏門からめだたぬよう入城する手筈になっています」

「さすがの手際だな」

　すかさず皮肉るガイウスは、グレンスターの策謀に不本意ながら手を貸しているという姿勢を、一貫して崩してはいなかった。

　アシュレイはその牽制《けんせい》を受けとめ、瞳を伏せる。

「こちらも命がかかっていますから」

「その自覚があるなら、王女殿下の捜索にこそ総力をあげたらどうだ？　いつまで待っても手がかりひとつ舞いこんでこないとは、きみの領地に残したグレンスターの家臣は無能ぞろいなのか?」

　結局ラグレスを発つまで、アレクシア王女を保護したという知らせが飛びこんでくることはなかった。昨夜の寄港地でもラグレスからの伝令鳩に期待をかけたが、めぼしい進展はなかったようだ。

　みずから捜索に加わることを切望していたガイウスにしてみれば、もどかしさも人一倍なのだろう。その気持ちは察してあまりあるが、刻々と募る焦燥《しょうそう》がぴりぴりと刺さるようで、そばにいるディアナはたまったものではなかった。

「こんな狭い部屋でわざわざ険悪になるのはよしてよ。ますます息苦しくなるじゃない」

　ディアナはげんなりして息をつく。

「王女さまが心配なのはわかるけど、もしも人攫いにかどわかされたんなら、すぐに命を取られることだけはないはずよ。だってこんなに綺麗《きれい》で魅力的な女の子を、さっさと殺しちゃったらもったいないもの」

「おまえ……よくもそこまで堂々と口にできるものだな」

　信じがたいずうずうしさだ。そう非難するように、ガイウスは涼しげな眉をひそめる。

「なによ。あなたの王女さまとそっくりな顔に、文句をつけようっていうの?」

　むっとしたディアナがきりかえすと、

「そっくりなものか」

ガイウスはさも小馬鹿にしたように口の端をまげた。

「内からおのずと放たれる気品がさっぱり消え失《う》せて、あたかも悪霊が取り憑《つ》いたかのようなありさまだというのに」

「その悪霊っていうのやめてよね！」

「わめくな。一瞬でお里が知れるぞ」

「あなたさえそうさせなければね！」

「ふたりとも」

子どもじみたいがみあいに、冷静な声を投じたのはアシュレイだった。

「まずはお茶を飲んでおちつきませんか。どうやら根を詰めすぎて、どちらも気がたっているようですから」

たずさえてきた茶器一式を淡々と並べるアシュレイは、ガイウスとディアナの友好的とはいえない応酬にも、もはやすっかり慣れたものである。

誰よりも順応性があるのは、案外このアシュレイなのではないかと、ディアナは考えてみたりする。自分についてとるにたらない端役などと評したこともある彼だが、長年あのグレンスター公の息子をやってきただけのことはあるのかもしれない。

みずからも円卓の席についたアシュレイが、器をもてあそぶディアナにたずねた。

「船酔いかい？　あまり気分が優れないようだけれど」

「ああ……そうじゃないの。ただちょっと緊張してきただけ。こんなふうにだされたお茶をなにも考えずに飲みほすことも、もうすぐできなくなるのかと考えたらね」

王宮では一瞬の油断が命取りになるだけでなく、いついかなるときも命を狙われているかもしれないという不安にも、つきまとわれることになるはずだ。

「そうだね。毒見はかならずグレンスターの者にもさせるけれど、きみが望むならぼくがその役を担《にな》おう。グレンスターは宮廷に居室を持っていて、きみが身代わりを務めているあいだはぼくもそこに寝泊まりする予定だから、いつでも必要なときにかけつけることができる。それならきみも安心だろう？」

「だめよ！」

ディアナはとっさに声をあげたが、すぐに力なくうつむいた。

「……そういうことをされるのが、なおさら嫌なのよ」

ならば見ず知らずの下働きの者なら、命を落としてもかまわないのか。

そうではない。そうではないが、自分やアシュレイが死ぬよりはましだ。

そんな卑怯《ひきょう》さ姑息《こそく》さを、まざまざと思い知らされるのがたまらないのだ。

「それが王族の日常というものだ」

ガイウスが独白のようにつぶやいた。片手で器をかたむけるしぐさは、ぞんざいでいながら、嫌みのない洗練をも感じさせる。

「そのような日々に、王女殿下は長らく耐えてこられた。苦しみも、疑いも、恐れも存在しないように、ただそこにあり続けること。それこそがおのれに課せられた役割だと、心得ておられたからな」

「そこにあるってそんな、まるで人じゃないみたいな言いかた」

その冷え冷えとした耳ざわりに、ディアナは当惑する。

「それが国王の娘というものだ」

ガイウスは激することもなく語ってのけた。

幾重もの諦念を踏みかためたようなその声が、胸の奥底にまで沈みこみ、深く錨《いかり》をおろす。普段の反発もなりをひそめ、ディアナはおずおずとたずねた。

「王女さまの代わりに、誰かが犠牲になったことはあるの?」

「幾度もな」

ガイウスは吐息まじりに認めた。

「特にたて続けに狙われたのは十二、三歳になられたころか」

するとアシュレイがなにかを悟ったように、苦いまなざしをあげる。

「ローレンシア王太子との婚約が、現実味をおびてきた時期になりますね」

先年の戦役が収束し、ようやくおちついたかにみえた情勢だが、ほどなくラングランドが東の海峡を挟んだ大国エスタニアとの結びつきを強めつつあることが明白になり、その対抗策としておのずと導きだされた縁談だったという。

「では黒幕の思惑は、同盟に向けた動きを封じることですか」

アシュレイがささやくと、ガイウスの眼窩《がんか》に一段と濃い影がさした。

「ラングランドを手始めに、それら諸外国と手を結んだ国内貴族。あるいは販路に悪影響がでることを危惧する貿易商など、動機をもつ者ならいくらでもいたからな。首謀者には迫れないまま実行犯のみが始末されたこともあれば、表沙汰にすれば国内外に与える影響が計り知れないという理由で、あえてうやむやにかたづけられたこともあったが」

「そんな……」

ディアナはさむけをおぼえ、たまらず我が身をだきしめる。そのような理由で事件そのものが葬《ほうむ》られることもあるなんて、とても受け容れられそうにない。

そしてはたと気がついた。

「ひょっとしてそんな毒殺未遂のひとつが、ウィラード殿下の企みだった可能性もあるの？」

ふたりは口をつぐんだきり、なにも語ろうとはしない。けれどその沈黙こそが、彼らの見解を告げているも同然だった。

ガイウスはつと視線を移した。

「アシュレイ。ウィラード殿下に対して、グレンスターがどのような手を打つつもりなのか、公からご返答をいただけたか？」

　ローレンシア行きの艦隊に対する襲撃は、周到に偽装されたアレクシア王女の暗殺計画だったのかもしれない。しかもその裏には、あろうことかアレクシアの異母兄ウィラードの影がちらついているとなれば、みずから命を危険にさらすために宮廷に出向くようなものである。

　そもそもこうもただちにアレクシアが宮廷に召還されたことにこそ、ウィラードの策略がからんでいると考えるべきではないか。

　ガイウスはそう進言し、迅速な検討を求めていたのだ。

　アシュレイが居住まいを正して報告する。

「随行団の編成や航路について、詳細が洩れていたらしい事実からしても、殿下が陰謀に加担していた可能性は高いと父も考えています。とはいえいますぐ証拠集めに奔走するのは、得策ではないだろうと」

「なぜだ」

「下手につついて先方を焦らせては、むしろ王女の――ディアナの身が危うくなるかもしれません。あるいはこちらの動きを警戒されることによって、身代わりの秘密そのものをつかまれる危険もあります」

「だがたとえばあの賊――黒幕と手を組んだ海賊か、あるいは私兵のたぐいかもしれないが、奴らに略奪を許した持参品の数々がどこに流れたか、目録を把握しているきみたちなら追跡することができるのではないか？」

ガイウスの提言に、ディアナは内心なるほどと納得する。

アレクシア王女の持参品は、選《え》りすぐりの値打ちものだけに、そのまま所持していては足がつく。だがなるべく高く売りさばくためには、それなりの人脈のある仲介者を必要とするはずだ。その経路を丹念にたどることで略奪品の出処《でどころ》に、あわよくば黒幕の正体にも迫れるかもしれない。

「たしかに奪われた持参品を回収するという名目は、グレンスターみずからが動くだけの正当な理由にはなります。ただ」

アシュレイは心苦しげに目を伏せる。

「残念ながら、現在の我々には割ける人手の余裕がありません。そちらに力を注いだために、王女殿下の消息をつかむ機会を逸することだけは――」

「たしかにあってはならないな」

「同意いただけますか？」

「理解はしよう」

ガイウスはしぶしぶながらもひきさがる。

積極的な手を打てない不満はあるものの、なによりもアレクシアの捜索を優先するべきというみずからの主張を持ちだされては、そう強くもでられないようだ。

ディアナはそっけなく口にした。

「べつにあたしはかまわないわよ。ランドールでこの艦をおりたら、あなたがすぐに王女殿下を捜しにいってくれても」

「だめだ。おまえにもしものことがあれば、結果的に王女殿下までもが窮地にたたされることになる」

「そうでしょうね」

「頬杖をつくな」

「はいはい」

ディアナはおざなりにあしらうが、それでもガイウスがそばを離れずにいると断言してくれたことに、おもいがけず勇気づけられるのを感じてもいた。

ガイウスはディアナの命綱である。

グレンスター家の内輪の計画に、はからずもガイウスが加わったことで、ディアナは用済みの手駒として始末される未来から逃れられたかもしれないからだ。

かといっておおむね非友好的なガイウスに、完全に心を預けられるわけでもない。

そんななかでもっとも信じられるのが、アレクシア王女の居場所を死守するという彼の執念だとは、なんとも皮肉なものだ。

「居場所……ね」

そうつぶやいたディアナの胸に、ふと疑問が浮かぶ。

あのウィラードは、父王の有能な右腕という居場所だけでは満足できなかったのだろうか。だが彼が異母妹のアレクシアを弑《しい》したところで、個人的な恨みは晴らせるかもしれないが、王位継承権を得られるわけではないはずだ。

「ねえ。ウィラード殿下が玉座を狙っているとしたら、どうやってそれを手にするつもりでいるの？　摂政《せっしょう》として実権を握りたいだけなら、わざわざ妹や弟を殺さなくたってすむことよね？」

なにげなくたずねると、男たちはぎこちなく視線をかわした。

「あのかたを担《かつ》ぎあげてくると思うか？」

「経緯をふまえれば、そのように考えるべきかと」

そうささやきあったきり黙りこむふたりを、ディアナは交互にうかがう。

「なによ」

あまりの不穏さに耐えきれずに急《せ》かすと、ガイウスが苦々しげに打ち明けた。

「方法はないわけではない」

「裏の手みたいなもの？」

「いや。決して法に反するやりかたではないが、だからこそ性質《たち》が悪いともいえる。昨日おまえにも教えたな。十年まえに大逆罪で処刑された王弟殿下について」

ディアナはとまどいつつ、

「たしか……ケンリック殿下だったわよね。でもいまの宮廷では、決してその名を口にしちゃならないって」

「そうだ。殿下の罪状は王位簒奪《さんだつ》をもくろんだことだったからな。だが陛下の恩情で奥方とご息女は処刑をまぬがれ、辺境の古城に幽閉された」

「小夜啼《さよなき》城ね」

ディアナが知るのはここまでだった。いにしえより政争に破れた王侯貴族が幽閉されてきたという小夜啼城は、芝居の題材としてもよく取りあげられるので、ディアナにもおなじみである。

「奥方はすでに亡くなられたが、ご息女のセラフィーナさまは昨年になって幽閉を解かれている。生まれ育った宮廷を十二歳で去られてからかれこれ九年が経《た》っていたが、そのために尽力されたのがウィラード殿下だ」

「なんだか意外ね」

ディアナは目をまたたかせる。あの冷酷そうな男が、宮廷から追放された王族に率先して手をさしのべるとは、どうにもそぐわない印象だ。

「表向きは美談だが、いまとなってはそう単純にかたづけることもできない。王女殿下の婚姻交渉と並行して、ウィラード殿下はかつて剥奪されたセラフィーナさまの王位継承権の回復をも認めさせているんだ」

なるほど。セラフィーナは王弟ケンリックの娘なので、エルドレッド王の直系が絶えれば、傍系をたどって王権が移るはずだったのか。

「いまの継承順位はどうなってるの？」

「まずはエリアス王太子。そして婚礼の儀を控えてはいるが、いまだ継承権を放棄してはいないアレクシア王女。いずれエリアス王太子にお子ができなければ、アレクシア王女の男児。その次がセラフィーナさまになるな」

「それなら継承権が戻ったところで、さして意味はなさそうだけど」

いまひとつぴんとこないまま、ディアナは首をひねる。

それでもセラフィーナにとっては、奪われたものがふたたび与えられることにこそ格別の感慨があるのだろうか。

「だから強い反対はないままに、要求は認められた。ローレンシアとしても、とりたてて不利益をこうむる条件ではないからな。だが先日の奇襲でもしも王女殿下が命を落としていたら、セラフィーナさまの継承権は次位までくりあがっていたはずだ」

「あ……ほんとだわ」

アレクシア王女が死に、その息子が誕生する可能性も潰えれば、病弱のエリアス王太子さえいなくなれば、玉座が転がりこんでくる。

さすがにこうなると、裏になにかあると勘繰らずにはいられない。

「ウィラード殿下は、そのセラフィーナさまを女王にしようとしているの？」

「そうだ。そしていずれは王配の地位を得るつもりだろう」

「王配ってなに？」

「玉座につく者の配偶者だ。つまり女王の夫だな」

「え？　どういうこと？　そのセラフィーナさまと結婚するの？」

「おそらくは。そして女王となられたセラフィーナさまが、もしもお子を残さずに亡くなれば、そのとき王権は晴れてウィラード殿下に移ることになる。それがガーランドの法だからな」

「な……なによそれ」

ディアナは耳を疑い、あわあわとくちびるをふるわせた。

「それなら彼女のためにしたことはなにもかも自分のためで、しかもいつかは殺してしまうつもりでいるってこと？　信じられない！」

しかも相手が逆らいにくいように、あらかじめ恩を売っておくとは、なんと狡猾《こうかつ》で卑劣なやりかただろう。

アシュレイがまなざしを翳《かげ》らせる。

「セラフィーナさまに非はありませんが、厄介《やっかい》なことになりそうですね……」

ウィラードの野心の焔が、どこまで宮廷を燃やし尽くすことになるのか。

ディアナのまなうらに、足許から這《は》いのぼる蒼《あお》い焔の舌がちらついた。

窓のない船室の外では、刻々と世界が夕闇《ゆうやみ》に沈んでゆこうとしている。

5

「まいったな」

リーランドは深々と息をついた。

「まさか本当にこのおれが、姫君を悪党から救いだす騎士になるとはね」

アレクシアが賊の襲撃を受けてからのいきさつと、その裏——あるいは表でディアナがどのような謀に手を貸すことになったのか。

情報の断片を慎重に咀嚼《そしゃく》しながらアレクシアが語ったあらましは、ひたすらリーランドたちを驚かせたようだった。

「さぞや信じがたいことだろう。恥ずかしながら、わたしは王女の身分を証明するすべももたないし……。だからそなたたちには、ただ希《こいねが》うことしかできない。あの子の——ディアナの身の安全と、祖国ガーランドの安泰のために、どうかいましばらく力を貸してはもらえないだろうか」

「もちろんきみ……いえ、あなたがアレクシア王女殿下であろうとなかろうと、こんなところで放りだすつもりはありませんでしたが」

リーランドがぎこちなく言葉遣いをあらためる。

「どうかかしこまらずに。いまさら咎《とが》めはしないから、ふたりとも気は遣わずにそのままで……」

そう伝えながら視線を移したアレクシアは、ノアの様子の変化に気がついた。

さきほどからひとことも声を発していない少年は、いつしか顔を伏せ、怒りをこらえるようにくちびるをかみしめている。

「驚かせてすまない。あえてそなたたちを謀《たばか》ろうとしたわけではないんだ。ただわたしの素姓を明かさずにすませたほうが、おたがいのためになると考えて」

「だったら！」

ノアが顔を跳ねあげた。

「だったらみんなが死んだのも、そのためだったのかよ」

「……え？」

「《白鳥座》のみんなが殺されたのは、ディアナがあんたの身代わりにとりたてられたせいじゃないのか？」

ひと呼吸遅れて、アレクシアは凍りついた。

リーランドも息を呑み、腰を浮かせる。

「おい。やめておけ」

だがノアの勢いはとまらなかった。

「だっておかしいだろ。ディアナが宮廷の奴らなんかとかかわりあいになったとたんに、一座のみんなが皆殺しにされるなんて。まるでその秘密がおれたちから洩れないように、まとめて消そうとしたみたいじゃないか！」

「よせって！」

リーランドが焦ったようにノアの腕をつかむ。

「証拠もないのに決めつけるものじゃない。一座が燃えたのは、王女殿下が国を発つまえのことだ。その時点では、おれたちの口を封じる必要なんてなかったはずだ」

「そんなこと知るかよ。他に考えられる理由なんてないだろ！」

ノアは激しく椅子を鳴らして席をたつ。

そしてアレクシアに指をつきつけた。

「あんたがガーランドの王女さまだっていうなら、信じてやってもいいよ。だけどそれが本当なら、一座のみんなはあんたのせいで死んだんだ。あんたがおれの仲間たちを殺したんだ！」

「ノア！」

リーランドが叱責《しっせき》の声をあげる。

その腕を力任せにふりほどき、ノアは部屋を飛びだしていった。

乱れた足音が、階段をかけおり、遠ざかってやがて聴こえなくなる。

それでもアレクシアの脳裡《のうり》では、ノアの絶叫と、涙のにじんだ瞳の残像が、時の流れが

狂ったようにくりかえしくりかえし逆巻いていた。

「大丈夫ですか」

リーランドの呼びかけに、アレクシアはゆらりと顔をあげる。

「ノアの非難を真に受けることはありませんよ。あいつはただすべての元凶を手近な誰かに押しつけて、責めたててやらなければ気がすまないだけでしょうから」

「そんなことはない。そんなことは……」

耐えきれずに席を離れようとして、アレクシアはよろめいた。

とっさに腰をあげたリーランドが、食卓をまわりこみ、かしいだ身体を支える。その袖《そで》をつかみ、アレクシアは声をふるわせた。

「ノアは正しい。そなたたちの一座にふりかかった禍《わざわい》と、グレンスターの動きが、まったくの無関係であるはずがない」

どうしてすぐにも考えが及ばなかったのか。

もはやおのれの愚《おろ》かさに呆れはてるしかない。

「あの子の……ディアナの大切なものを、わたしが奪ってしまった。よりにもよって、このわたしが！」

自分との出逢《であ》いがなければ、ディアナがこの町で役者として生きることもなかった。その存在がグレンスターの目にとまり、彼女のかけがえのない仲間たちが巻きこまれて命を落とすことも。

過去から浴びせかけられる哄笑《こうしょう》に、アレクシアはただただ呆然と打ちひしがれるしかなかった。

明くる朝を迎えても、ノアは部屋に戻ってこなかった。

「そう気にすることはないさ。あいつはつきあいが広いから、一宿一飯にあずかる相手には困らないはずだ。しばらくしたらまた顔をみせるだろう」

「……だがわたしがここに居座っているかぎりは、とてもそのような心持ちにはなれないのではないだろうか」

アレクシアは匙《さじ》を動かす手をとめてつぶやいた。

食卓で湯気をたてているのは、リーランドが調達してきたばかりの朝食だ。

とろける甘藍《かんらん》に、ソーセージの旨味《うまみ》の加わった野菜のスープは、高価な香辛料を効かせていなくとも充分においしい。

「ノアは熱くなりやすいが馬鹿じゃない。そろそろ頭が冷えてきて、きみを理不尽に人殺し呼ばわりしたことを、後悔しているはずだ」

「もしもそうなら、不敬罪に問うたりはしないと、教えてやらなければ」

「いやいや。そういう意味じゃなくて、単純にきみを傷つけたことを悔やんでいるってことさ。あれでいて根は優しい奴だから」

「わたしを傷つける?」

リーランドはパンをちぎりながら、

「そうさ。王女さまであろうとなかろうと、きみが十七歳の娘さんだってことに変わりはないんだから。いくら年端もいかない子どもでも、言っちゃならないことはあるさ。そもそもきみは事件の被害者のようなものなのに」

「……それでも王族のわたしには、すべての責を負う義務がある」

みずから企《くわだ》てた謀ではなくとも、知らぬではすまされぬのが王族というものだ。だからこそおのれの軽はずみな言動が陰謀の火種とならないよう、つねにみずからを戒《いまし》めなければならない。

リーランドは意外そうに片眉をあげ、

「そういうものかね」

とまどいを呑みくだすように、しばしパンを咀嚼した。

「それはそうと、本気でこの言葉遣いをお望みなんですか？」

アレクシアの再三の頼みを受けたものの、くだけた口調で王女の相手をするのは、さすがに居心地が悪いらしい。

「そなたがわたしを殿下扱いしていたら、耳にした者が妙に感じるだろう？」

「ではあなたにもご協力いただかないと」

「わたしにも？　どのような？」

「おれの呼びかたですよ。そなたではどうにも堅苦しいし、むずがゆくていけない」

「ではおまえ？」

「いえ……年下の女の子におまえ呼ばわりされるのもなかなか悪くありませんが、いかんせん従者じみているのがいささか……」

「ではあなた？」

「そんなところが無難ですかね」

苦笑しつつパン屑《くず》をはたき落とすと、

「それならこの服装とも違和感はなさそうだ」

リーランドはさっそく口調を変え、食卓のかたすみにまとめられた、女ものの衣裳《いしょう》一式を広げてみせた。ちょうどカーラが身につけていたような、町娘の日常の装いというおもむきだ。こざっぱりとした綿のカートルには、小花紋様の刺繍《ししゅう》に縁どられていて、素朴《そぼく》なかわいらしさがある。

「これをわたしに？」

「家主の娘の着古しを貰《もら》ってきたんだが、当座しのぎにはなるはずだ」

「ああ。いまからそれに着替えて、おれと外にでてみないか。ずっとひとりでこもりきりでいるのも、息がつまるだろう？」

アレクシアは目をみはった。

「いいのか？」

「この格好なら、町で悪めだちすることもないからな」

アレクシアはうなずき、衣裳をかかえていそいそと奥の寝室に向かった。

切迫した状況であることは承知しているが、それでもディアナがこれまでどのような町に生きてきたのか、わずかながらもふれる機会を得られたことに、アレクシアは自然と胸が浮きたつのをとめられなかった。

なんとかひとりで着替えをすませると、アレクシアはやや臆《おく》しながらその姿をリーランドに披露した。

「おかしくはないだろうか」

「妙に上品なたたずまいだが悪くないよ。ただ……」

リーランドはアレクシアを手招きして、椅子に座らせた。

「この個性的な髪だけは、いくらか手直しの余地がありそうだな」

器用な手つきで次々とピンを抜き、口に咥《くわ》えると、うなじに垂れた髪をねじり、まとめあげていく。

短髪がめだたぬよう、リリアーヌにととのえてもらった髪型が、いつのまにか乱れてしまっていたらしい。普段は女官に任せきりのうえ、ここには鏡もないので、すっかり意識から抜け落ちていた。

「旅賃代わりに、馭者にくれてやろうとしたんだっけ？　他に手がなかったにしろ、ここまでばっさりいっちまうとは、まったく大胆なことをしてのける王女さまだ」

「短い髪もそう悪いものではない。首が凝らないし、手入れも楽そうだ」

「……なんともまあ、知れば知るほどきみには興味が尽きないな」

リーランドに助けられるまでの経緯について、アレクシアはすでに詳しく語り終えていた。もともと戯曲の題材にしたいとせがまれていたことでもあったし、ディアナに舞いこんだ依頼にグレンスターの影がちらついている以上、はぐらかす意味はない。

賊の刃《やいば》から決死の覚悟でアレクシアを守り、重傷を負った護衛官ガイウス。

炎上沈没したとされる旗艦とともに命を散らしたであろう、そば仕えの女官たち。

そんな数々の秘密を吐きだしたことは、アレクシアの胸の痞《つか》えをいくらか楽にしてくれてもいた。たぐいまれな集中力でもって、話の先をうながすリーランドの相槌《あいづち》から、興味本位だけではない真摯さが感じられたからかもしれない。

「きみが逃がしてやった女の子たちが、ちゃんとこの町にたどりつけたかどうかも、気にかかるところだな。親族を頼っているんだっけ?」

「カーラの伯母《おば》夫妻が、ここで織物商を営んでいるそうなんだ。あいにくと店の名まではわからないのだが、たしか子どもは男の子ばかりだとか」

「それならちょっと調べてみるか」

「できるのか?」

「このままだとおれも気になってしかたがないからな。なあに、そこまで条件がそろっているなら、すぐにも候補を絞れるはずさ」

「心から感謝する」

三人が逃げのびていてくれれば、せめてものなぐさめになる。

「あいかわらず硬いなあ」

リーランドがちちと舌を鳴らす。

「こういうときはにっこり笑ってひとこと——ありがとうでいいのさ」

「ありがとう。ご親切に」

「その調子だ」

リーランドに続いて階段をおりていくと、玄関口でふくよかな中年婦人がせっせと掃き掃除をしていた。夫婦ともども芝居好きだという家主の妻だろうか、こちらの足音に顔をあげるなり、

「ディアナ！　昨日こっちに帰ってきたばかりなんだってね」

感激もあらわに箒《ほうき》を投げだし、たくましい腕にひしとアレクシアをだきしめる。

アレクシアは目を白黒させつつ、とっさにディアナをよそおった。

「そ……そうなのです。ごあいさつもせずに、あいすみません」

「いいんだよ、そんなことは。一座があんなひどいことになっちまって、さぞ気落ちしてるだろう。でもあんたたちだけでも生きていてくれて、本当によかったよ。しばらく留守にしてるとは聞いてたけど、ひょっとしたらあんたまで火に巻かれて死んじまったんじゃないかって、うちの亭主とずっと心配していたんだからね」

お内儀はアレクシアの顔をのぞきこみ、いたわしげに頰をなでた。

「かわいそうに。ちょっとやつれたんじゃないかい？　気をしっかり持って、こんなときこそたんとおいしいものを食べて、力をつけるんだよ？」

「お気遣い痛み……ありがとう。そうします」

アレクシアはぎこちなくほほえむ。そのさまを深い悲しみゆえととらえたのか、彼女は

ふたたびよしよしとアレクシアの背をなでた。

「困ったことがあれば、遠慮せずにいつでも頼っておくれ。いっそのことしばらくうちに泊まったらどうだい？　こんなちゃらついた役者崩れの部屋に居候《いそうろう》していたら、あんたの貞操が危ないよ」

するとリーランドはあわてた様子で、

「ええとお内儀さん、おれたち急ぎの用があるんで、そろそろ失礼するよ」

「そうかい？　じゃあいまから夕食に、上等な羊肉の煮込みでも用意しておこうかね」

「それは嬉しいね。期待してるよ」

そのままリーランドに押しだされるように、アレクシアは街路にでた。

見送るお内儀に手をふりかえしながら、ふうと息をつく。

「驚いた……」

「なかなか上手く乗りきったじゃないか」

「怪しまれてはいなかっただろうか？」

「少々様子がおかしかったところで、腹の調子でも悪いのかと首をひねるくらいさ。自分の見知った相手がいつのまにか偽者にすり替わっているなんて、普通は考えつきもしないものだ。ましてやそれがこの国の王女さまだとはね」

「わたしは本当に胃の腑が痛くなってきたが……」

「そうかまえなくとも、なんとかなるよ。きみの名演技に期待しよう」

　にやりと口の端をあげてみせるリーランドは、あきらかにこの状況をおもしろがっている様子である。

「ひとつ訊いても？」

「なんなりと」

「あなたはなぜ、わたしがガーランドの王女だと信じてくれたのだろうか」

「おれがきみの素姓を疑わずにいるのがご不満なのかな？」

「そういうわけでは。ただわたしの語ったいきさつは、いささか頭のおかしな娘の戯言《たわごと》と受け取られても、しかたのないものではなかろうかと」

　リーランドは苦笑した。

「たしかに空想癖が嵩《こう》じた娘さんの夢物語でかたづけることもできるが、決め手になったのはそのほうがおもしろいからかな。だってこんなふうに王女さまとお近づきになることなんて、芝居でもなかなかない驚きの展開だろう？」

「そんな理由で？」

「もちろんきみからは下手な芝居の匂いがしなかったこともある」

「役者の勘というものか？」

「そんなところかな。きみが並みのご令嬢ではなさそうなことは、その言動の端々からも伝わってきたからね。市井云々《うんぬん》の目線や読書遍歴にしてもそうだし、どうやらきみは歴史学以外のさまざまな講義も受けてきたようだ。そこまでの教育は庶民は当然のこと、そこらの令嬢がほどこされるものではないからな」

「そうか……それはうっかりしていた」

きまじめにおのれの発言をかえりみるアレクシアを、リーランドはさもおかしそうにながめやる。そしてふと笑みを消すと、

「それにもうひとつ。きみにはわずかだがおもかげがある」

「おもかげ？　誰の？」

「もうずいぶん昔のことになるが、おれが王都で暮らしていたころ、まだご存命でいらした王弟殿下に偶然お目にかかる機会があってね」

アレクシアははっとする。

「ケンリック叔父上のことか？」

「ああ。エルドレッド王とケンリック殿下はかつて、高貴なる美貌《びぼう》のご兄弟として宮廷をたいそう華やがせていらしたそうだな。おふたりともよく似ていらしたが、殿下のほうが穏やかなお人柄で、いくらか女性的なおもざしでいらしたとか。だからかな。きみに王族を名乗られてみて、ようやくぴんときた」

「そうだったのか」

にわかに懐かしさがこみあげてきて、アレクシアは目を伏せた。

「叔父上にはわたしもかわいがっていただいた。宮廷では長らく、その御名《みな》を口にすることすら憚《はばか》られてきたけれど……」

「殿下が大逆罪で処刑されてから、もう十年になるのか」

遠い記憶を映しこむように、リーランドは青空に視線を投げる。

すでに陽《ひ》は高く、それでもうなじをくすぐる風はさわやかで、秋のおとずれを知らせているようだった。

アレクシアはささやいた。

「あれはわたしの母が病没して、まだまもないころだった。わたしは叔父一家が宮廷から追われた理由がわからずに、ひどく怯えていたことばかりを憶えている」

「当時のきみはまだ七歳か。たしかケンリック殿下にもご息女がいたはずだが」

「セラフィーナだな。五つばかり年嵩《としかさ》で、いつも優しくしてくれた。とてもしとやかで美しくて、心ひそかに憧れていたものだ」

「それならいまはよほどの美女だろうな」

興味津々《しんしん》の声音《こわね》に、アレクシアは笑みを誘われる。

「そうだな。でも結局あれから一度もお会いする機会はなかった。一年ほどまえに幽閉を解かれて、ランドール郊外の城館にお住まいになっていたから、その気になればたずねることもできたのだが、どうしても勇気がでなくて」

「なぜだい？」

「それは……」

王弟ケンリックには、無実の罪で処刑された疑いがあったからだ。

隠密裏に処理された真相があったのかもしれないが、あまりにもその逮捕と投獄が突然であったこと、そして兄王エルドレッドの恩情で妻子までは命を取られなかったこともあり、当時からそのような噂がささやかれていた。

それが事実なら、あるいはそうでないにしろ、セラフィーナの家族の人生を一変させたエルドレッド王の娘となど、あえて顔をあわせたくないのではないか——そう考えずにはいられなかったのだ。

十二の齢まで殿下と呼ばれてきた彼女が、一転して称号と財産を奪われ、辺境の孤城に幽閉された屈辱《くつじょく》と絶望はいかばかりのものか。それが濡れ衣を着せられての結果なら、なおさら想像を絶してあまりある。

アレクシアが答えあぐねているうちに、ふたりはにぎやかな街道にたどりついた。

「あの商会に知りあいが勤めているんだ。王都やラグレス方面から最新の情報が届いていないか、もう一度あたってみるよ」

「ありがとう。よろしく頼む」

リーランドは市庁舎の並びにある店舗に足を向けた。

錬鉄の銘鈑には《メルヴィル商会》とあり、倉庫とおぼしき横手の搬入口には、荷担ぎ夫がきびきびと行き来していて、往来でもひときわ活気に満ちている。

「そこの椅子でしばらく待っていてくれるか」

「わかった」

リーランドを見送り、アレクシアは壁際に並ぶ椅子に腰かけた。

長い勘定台を挟んだあちこちでは、熱心な商談が繰り広げられている。

そのさまはたいそう興味深い光景だったが、いまのアレクシアはなかば心ここにあらずだった。

不意打ちで呼び覚まされた王弟一家の記憶が、ひどく胸をざわつかせていた。

すでに遠い過去として、胸の底にしまいこまれていたはずの当時の感情が、毒霧が浸みだすようによみがえってくる。

昨日までは王族として敬《うやま》われていた人々が、翌日には衛兵に取り押さえられ、乱暴にひきたてられていく。そんな王弟一家の末路は、あたりまえに続いていくはずの日常の危うさを、アレクシアに知らしめることになった。

長じてアレクシアも幾度となく命を狙われたが、そのたびにガイウスに救われたり、誰かの命を犠牲にすることで生き永らえてきた。

もはやかつてのような不安も恐怖もなく、いつ割れるとも知れない氷上にただとどまり続けること——それが王女として正しく生きることだった。

おのれの名を忘れた亡霊のように、アレクシアはかさねた両手のひらに目をおとす。

けれどその手首は、きっと不可視の鎖につながれているのだ。

逃れられない。

逃げだしたくとも逃げだせない。

あの宮廷こそが、アレクシアの生きる世界だ。

生々しくよみがえったその絶望こそが、いまになってアレクシアの拠りどころをまざまざと実感させてやまないとは皮肉なものだ。

アレクシアが苦い自嘲《じちょう》を頰によぎらせたときだった。

「ディアナ？」

正面から声をかけられて視線をあげると、山のような帳簿をかかえた青年が、こちらをのぞきこんでいた。この商会の従業員だろうか。

「やっぱりディアナだ！　焼け跡から遺体がでてこないっていうから、おれ絶対どこかで生きてるはずだって信じてたんだよ！」

見知らぬ青年の顔に、たちまち驚きと喜びが広がった。よかったよかったとひとしきりはしゃぎ、一転して気遣わしげに語りかける。

「すぐには難しいだろうけどさ、元気だしてまたおれたちを芝居で楽しませてくれよ。みんな応援してるからさ」

「あ……ありがとう」

「いまはどうしてるんだ？　一座が燃えちまって、もしもあてがないなら、しばらくおれの部屋に泊まってくれても――」

　ごつ、と鈍い音がして青年の頭が沈みこむ。

　彼に鉄拳をお見舞いしたのは、半眼のまなざしのリーランドだった。

「ちゃっかりうちの看板娘を狙おうとするな」

「うわ！　あんたもいたのかよ」

「いたら悪いか。よく覚えておけよ。傷心の女の子に手をだすような卑怯者は、このおれが市庁舎の窓から逆さ吊《づ》りのさらし者にしてやるからな！」

「わ、わかったって」

「さあ。悪い虫がこれ以上湧いてこないうちに早くでよう」

　リーランドに腕をとられて、アレクシアはあたふたと腰をあげた。

「あのように脅しつけなくともよかったのに」

「だけどなにかあってからじゃあ、取りかえしがつかないだろう？」

「それはたしかに」

アレクシアは神妙にうなずく。

「国王の娘を辱《はずか》しめた者には、大逆罪として極刑が科されることになる。絞首刑のみならず、内臓抉《えぐ》りと四つ裂きの刑まで加わっては気の毒だ」

「……それはまた理性の保ちがいのありすぎる刑だな」

頬をひきつらせるリーランドに、アレクシアはたずねた。

「それで情報収集のほうは？」

「昨日の今日だからか、いまのところめぼしい動きはないようだった。ただ一座の出資者のことで、ちょっとな」

言葉を濁《にご》すリーランドの表情はやや硬い。

「悪い知らせだったのか？」

「ん……でもまあ、それなりに予想はついていたことだから」

今後の興行の見通しがたたなくなったことで、出資金をめぐる問題でも持ちあがったのだろうか。とまどいつつリーランドをうかがうと、

「ところできみさえかまわなければ、いまから《白鳥座》の跡地に案内しようかと思うんだが」

アレクシアはおもわず立ちどまる。そしてわずかな躊躇《ちゆうちよ》をふりきった。

「連れていってほしい。ぜひとも」

一座を襲った禍と、ディアナの務めに関連があるのなら、それがどんな結果をもたらしたのか、アレクシアこそが見届けなければならない。

街道を王都方面に抜けた、町のはずれに一座はあるという。木造家屋のひしめく住宅地からは離れていたために、延焼はまぬがれたらしい。

興行のあいだは観客をあてこんだ呼び売り商人も大勢やってきて、にぎやかな劇場界隈《かいわい》は市民たちの憩《いこ》いの場として、たいそう親しまれてきたそうだ。

それを証明するように、一座までの道すがら、ふたりは顔見知りらしい老若男女に続々と声をかけられた。襤褸《ぼろ》がでないよう意識するあまり、訥々《とつとつ》とした反応になるアレクシアをなぐさめ、リーランドの肩を親しげに叩いては激励を送る。

そんな人々の態度に、アレクシアはひたすら胸をつかれた。

「ディアナはこの町の人々に愛されていたのだな」

「あいつは十やそこらのころから、ずっと舞台にあがっていたからな。子や孫が成長するのを、身内ぐるみで見守ってるような気分もあるんだろう。近ごろは若者たちからの人気も急上昇していたけどね」

「あなたもなかなか人気がありそうだ。特にご婦人がたに」

「おかげで町の冴えない男どもに恨まれて、苦労が絶えないよ」

リーランドがやれやれと嘆いてみせ、アレクシアはくすりと笑う。

やがて家並みが疎《まば》らになり、ゆるやかな街道の先に広がった光景に、アレクシアは息を呑んだ。

「あれは……」

天に宣戦布告の剣を掲げるような、幾本もの黒い柱。

それこそが無惨に燃え落ちた《白鳥座》の残骸《ざんがい》だった。円形だったとおぼしき野外劇場の三分の一ほどが焼け残り、いまも人夫による解体作業が進められている。

風に流れてきた煤《すす》の匂いに、つんと鼻の奥が痛んだ。

「あまり近づきすぎると危険だから」

さりげなく肘《ひじ》に手を添えられ、アレクシアは足をとめる。

声をなくしたまま、呆然と焼け跡をみつめていると、

「王女殿下」

リーランドが呼びかけた。

「あなたにお伝えしなければならないことがあります」

予期せずあらためられた口調に、アレクシアは肩をこわばらせる。

「《白鳥座》の火事と相前後して、一座に出資していた貴族が急死していたようです。座長からおれが受け取った便りには、その貴族が今回のディアナの務めを斡旋《あっせん》したと書かれていました」

アレクシアは息を呑んでふりむいた。

「……急死《み》の理由は？」

「医者の診たてでは心の臓の発作だろうと。朝になって、自室の卓に伏せるように冷たくなっているのを発見されたそうです。そろそろ七〇に手が届く齢でしたから、前夜の酒がたたったのだろうと、特段不審がられることもなかったようですが」

「前夜の酒……」

音をたてるように血の気がひいていく。

煙にまかれても、誰ひとりとして目を覚まさなかった一座の者たち。その姿と老貴族の死にざまが、アレクシアの脳裡で像をかさねてめまいをひきおこす。

「彼は座長とは長いつきあいで、うちのお得意のなかでもとりわけ信頼をおいていた人物のひとりでした」

「ではそれにグレンスターが目をつけて……」

一座との仲介役として利用し、口封じのために殺した。

決まりだ。これで一生涯ディアナには顔向けできない。

「ですがひとつだけ、どうしてもひっかかることが」

「……一座に火が放たれた時期についてか？」

リーランドはうなずいた。

「ただあなたの代役を用意したという段階で、一座の者たちの口を封じる必要はどこにもなかったはずです。そもそも依頼の内容については、座長が秘密厳守を誓っていたのですから、これにはなにか異なる目的があるのかもしれません」

「異なる目的とは？」

「ディアナの帰る場所を奪うこと。ディアナを待つ仲間たちを消すこと。そしてディアナの記憶を、アーデンの市民からごく自然に風化させること」

「な……」

アレクシアは絶句した。

「なぜそのように、あの子の存在ごと消し去るようなまねをしなければならない！」

「あなたとそっくりの容姿をした女優などが、この世にいてはならないからですよ。もとよりグレンスター公は、ローレンシアに向かう航海のどこかで、あなたとディアナを入れ替えるつもりだったのかもしれません」

「なぜ……」

アレクシアは目をみはった。

急速に喉が干あがり、視界が暗くなってゆく。

「意のままにできないあなたの代わりに、操り人形として扱えるアレクシア王女を欲していたのか。さすがにそこまではわかりかねますが、もしもおれの勘が的を射ているとしたら、ひとつだけあなたにご忠告できることがあります」

アレクシアはゆらりと双眸をあげた。

「王女殿下。おそらくグレンスター一党は、あなたの帰還を望んではいません」

わななく緑柱石《エメラルド》の瞳を至近からとらえ、リーランドは無情に告げた。

「宮廷に戻ったあなたには、死が待ち受けているかもしれない」

6

どこをどう歩いて屋根裏部屋までたどりついたのか、まるで憶えていなかった。

リーランドの寝台に横たわり、アレクシアは呆然と天井をみつめる。

もはや生きてふたたびこの地を踏むことはないかもしれない。そんな覚悟を胸にガーランドを発ったはずが、よもやこのような結末が待ち受けていようとは。

しばらくひとりで考えさせてほしいと頼んだため、リーランドは留守にしている。だがおちついて反芻《はんすう》すればするほど、彼の悪夢のような推察が真実味をおびて感じられてくるのだった。

それでもどうしてもつかみがたいのが、叔父の目的だった。

異国に去るアレクシアを、身代わりと入れ替えることに、いったいどんな意味があるというのか。まさか夫となるローレンシア王太子の暗殺など、アレクシアならば決して承知しないはずの密命を、ディアナに負わせるつもりでいたのだろうか。

それとも……王女がガーランド国内に留まることを前提としていた？

その可能性に思い至ったとたん、ぞくりとしてアレクシアは身を跳ねあげた。

「まさか叔父上は、あの晩の奇襲を予期されていたのか？」

あの襲撃によって、王女のローレンシア行きは延期となった。そして本来ならば、撃沈された旗艦とともども、アレクシアが落命していたはずだった。それこそがグレンスターの欲した成果だと仮定してみれば、目的はおのずと浮かんでくる。

「エリアスをさしおいて、このガーランドに女王を戴《いただ》くおつもりか」

めまいと息苦しさが同時にこみあげてきて、アレクシアは胸許をつかむ。

叔父は知っていたはずだ。玉座をめぐる弟との争いを、アレクシアが決して望まないことを。そして現在の情勢では、ローレンシアとの同盟がなによりの国益となることも。

だからこそ王女を乗せた艦隊が、実際にローレンシアに向けて発ったという体裁を必要とした。そのうえであらかじめ計画された夜襲に乗じて、邪魔なアレクシアやそば仕えの者たちをまとめて始末し、役者のディアナに望むがままの王女を演じさせるつもりでいるとしたら。

「そんな目的のために、罪のない者たちを犠牲にするなんて……」

もしもそれが真実ならば、とうてい許されることではない。

アレクシアの片手が、すがるものを求めて、むなしく敷布をかく。

誰でもいい。正気につなぎとめてくれる誰かに、そばにいてほしかった。

そのときアレクシアの耳は、階段をのぼる複数の足音をとらえた。

リーランドがノアを連れて帰宅したのだろうか？

アレクシアはたまらず身をすくめる。

ノアの糾弾は正しかった。一座の者たちが皆殺しにされ、ディアナが加担させられているだろう陰謀の元凶は、アレクシアの存在そのものにある。

だが扉の向こうから届く声は、少年のものではなかった。若い娘の……それもたしかにこの耳に刻まれた複数の声が、みるみるまにこちらに近づいてくる。

アレクシアが顔をあげたとたん、音をたてて寝室の扉が開かれた。

「アレクシア！」

息を弾ませた三人の少女が、たちまち歓声をあげて飛びついてくる。

勢いあまって寝台に押し倒されたアレクシアは、呼吸もままならないまま、のしかかる娘たちになんとか視線をめぐらせた。カーラはほっとため息をつき、マディは嬉しそうに笑い、シャノンはさめざめと泣いている。

夢ではない。三人ともちゃんとそろっている。

元気そうな、自由の身でこのアーデンにいる。

「リーランド。これはいったい……」

息も絶え絶えに扉口のリーランドをうかがうと、

「商会の伝手から情報をもらって、それらしい織物商をあたってみたんだ。傷心のお姫さまを励ますには、このお土産がいっとう効果的かと思ってね」

軽口めかしながら、いたわるように笑んでみせる。

「そうか……」

アレクシアは目を閉じた。あふれる感情に胸がうずまき、言葉がうまく紡《つむ》げない。

「みんな無事に逃げのびていたのだな」

「あなたのおかげでね」

カーラがしみじみとささやく。

「残されたあなたがひどい目に遭わされたんじゃないかって、あれからずっと心配してたのよ。でもあたしたちにはどうすることもできなくて……」

「その気持ちだけで充分だ。そう無体な扱いを受けることもなかったし」

アレクシアはつとめてさりげない調子で伝える。

するとマディがアレクシアの腕に腕をからめ、ひと息に上体をひきあげた。

「あたし、アレクシアならひとりでもきっとうまくやるだろうって信じてたわ。でもいざこの町にたどりついてみたら、よりにもよって《白鳥座》がすっかり燃え落ちていたじゃない？　それでシャノンが不吉だってぴいぴい泣きわめくものだから、なだめるのに大変だったのよね」

「わ、わめいたりなんてしてない！」

シャノンが泣きはらした顔で抗議する。

ちっとも変わらない三人のやりとりをまのあたりにして、アレクシアも微笑とともに涙ぐむ。

「すまなかった。わたしの油断のせいで、そなたたちにいらぬ気苦労を味わわせることになってしまって」

シャノンは激しく首を横にふった。

「謝ったりしないで。なにもかもあなたのおかげなのに、あたしたちは先に逃げて助けもしなかったんだから」

「やっぱりアレクシアね」

カーラがほろ苦いため息をつく。

「そんなふうにあたしたちの気持ちまで、責任を背負いこもうとするところ。とても真似《まね》できないわ。あなたらしい」

「わたしは……」

そんなにできた人間ではない。ついいましがたも混乱に押しつぶされ、誰かに頼りたいすがりたいと、情けない考えにとらわれてばかりいたというのに。

するとと沈黙を見計らったように、リーランドが陽気な声を投げこんだ。

「お嬢さんがた。積もる話もありそうだから、今夜はここで再会の祝宴をあげたらどうだい？　賛成ならいまからうちの大家に頼んで、自慢の料理に腕をふるってもらおうと思うんだが」

「いいわね。あたしは賛成よ」

即座にうなずいたカーラに続き、マディも同意する。

「そうね。アレクシアをこんな部屋に残していくのは不安だし」

「こんな部屋とはどういう意味かな？」

そうたずねるリーランドを、マディは値踏みするようにながめやった。

「だってあなたって、顔は悪くないけど、なんだか軽薄そうなんだもの。あたしたちのアレクシアが世慣れてないからって、うまいことだまくらかしてもてあそんだあげくに、ぽいっと捨てたりしそうなところがあるのよね」

あんまりな評されように、アレクシアはおもわず噴きだした。

「そう目の敵にすることはない。たしかに芝居がかった言動が浮ついてはいるが、これでいて存外に親切な男だ」

「……きみもなかなか手厳しいな、アレクシア」

たじたじとなるリーランドをよそに、カーラまでもがまじめな口調で誘う。

「あなたのことなら伯母夫婦にも話してあるから、しばらくうちで寝泊まりするくらいならむしろ大歓迎よ。あなたはあたしたちの恩人だもの。といってもこのふたりをまとめて雇うことになったから、ちょっと窮屈ではあるけど」

「まとめて雇う？」

するとシャノンがはにかみながら補足してくれる。

「あなたがどうなったか気になるし、せっかく友だちになれたふたりともすぐには別れたくなくて。カーラの伯母さんのお店でちょうど人手が足りてないっていうから、住みこみで見習いから始めさせてもらうことにしたの。村育ちのあたしがこんな機会に恵まれることは二度とないかもしれないから、思いきって手に職をつけてみるのもいいかなって」

すかさずマディも得意げに、

「ほら、あたしってば洗濯が生業《なりわい》だから、布の扱いにはそれなりに長《た》けてるわけよ。だからそこらの丁稚《でっち》よりも、なにかと役にたつのよね」

「あたしは取り得がないから、まだ賄《まかな》いの支度とか、お客さまのお相手の手助けをするくらいだけど」

あくまで控えめなシャノンにカーラが向きなおり、

「でもあなたって、けっこう接客に向いてるわよ。マディみたいに押しが強くないところが、むしろお客をくつろがせるのよね」

そう励ますと、すかさずマディは口をとがらせた。

「なによ。まるであたしがずうずうしいみたいじゃない」

ふたりとも家族に現状を報告するため、一度は故郷のウィンドローに顔をだすことになるだろうが、このままアーデンの町に留まる意志はかたいという。

アレクシアは目の覚めるような心地で、三人の会話に耳をかたむけていた。

悪党に攫われ、娼館に放りこまれるという、若い娘にとってこれ以上ないほどに過酷な扱いを受けたばかりだというのに、マディもシャノンもめげずに、手にした縁を積極的に生かそうとしている。そのしなやかなたくましさに、胸を打たれずにいられない。

「そうだ！　洗濯といえば、あなたにお土産があるのよ」

マディはごそごそと懐をさぐり、取りだした四角いものをアレクシアの手にのせた。

「はいどうぞ」

「これは……石鹼《せっけん》？」

たしか《黒百合の館》からマディがこっそり——ごっそりくすねてきたものだ。

「そ。あなただけが捕まって、渡しそびれたままになってたローレンシア製の石鹼よ」

「ローレンシア……」

「上等すぎてもったいないから、あたしはまだ使えてないんだけど、あなたも記念に受け取ってくれない？　ちょうどみんなの数だけあるから遠慮することないわよ」

手にのせられた石鹸には、マディのぬくもりがほのかに残っている。

マディが長らく憧れていた、ローレンシア製の石鹸。

アレクシアが骨を埋《うず》める覚悟で、嫁ぐはずだった国。

ふいに視界がぼやけ、眼の奥が熱くなった。

こらえるまもなく、涙が頰にこぼれおちる。

「ア、アレクシア？」

シャノンがうろたえた声をあげた。

カーラがこそこそとマディに肘打ちしている。

「お馬鹿。だからこんなものあげても喜ばないって」

「そんなあ。あいつらから盗んできたものなんて、やっぱりいらなかった？」

能天気なマディまでもが、おずおずとアレクシアをうかがう。

アレクシアはうつむき、首を横にふった。

ぱたぱたと落ちた涙が、乾いた石鹸に染みをつくる。

こんなふうに急に泣きだすなんて、王女にあるまじきふるまいだ。

けれどとまらない。とめられない。

もはや王女であることを望まれていない自分からは、その自制心すら必要のないものとして奪い去られてしまったのだろうか。そんな考えにとらわれて、なおさらどっと涙があふれだす。

するとと無言で足を進めたリーランドが、アレクシアの正面にしゃがみこんだ。かたくなに伏せられたかんばせを、すくいあげるようにのぞきこむ。

「大丈夫か」

わからない。

「きみはどうしたい？」

わからない。

アレクシアの人生のすべては、課された義務に形づくられたものだから。

それでも彼女のくちびるは、知らぬまに動いていた。

「……戻らなければ」

それが本心なのかどうかすらも、いまのアレクシアにはわからない。物真似鳥が教えられた言葉をただくりかえすように、意味のないつぶやきが洩れただけかもしれない。

にもかかわらず、それはあたかも哀願であるかのように響いた。

「戻りたい」

「そうだな」

リーランドはささやいた。

「それならおれが連れていくよ」

アレクシアは泣き濡れた瞳をあげた。

リーランドは不敵にうなずきかえした。

「おれもおれのお姫さまを取りかえさなきゃならないからな」

7

「セラフィーナさま」

侍女に呼びかけられ、セラフィーナはさしかけの刺繍から目をあげた。

まだ若い——十七にもならないだろう侍女は、城館からこの四阿《あずまや》まで、広い庭園をかけづめできたのか、息を弾ませている。

セラフィーナはわずかに口許をこわばらせた。

急な知らせというものには、いまだに身がまえることをやめられない。

かつて父ケンリック公が捕らえられ、未来を奪われ、長らく恐怖にさいなまれる日々をすごした少女時代の記憶が、一瞬にしてよみがえるからだろう。

ほのかな不安をひた隠し、セラフィーナはたずねる。

「なにかあったの？」

「さきほどウィラード殿下がおみえになられまして」

たちまち安堵が胸にあふれた。刺繍針を布にとめ、セラフィーナは立ちあがる。

「支度をしてすぐにうかがうと、お伝えしてくれる？」

「かしこまり……あ、でももうこちらにいらしたみたいです」

侍女の視線を追えば、あいかわらず冷涼としたたたずまいのウィラードが、城館の裏手から四阿をめざして歩いてくるところだった。

突然のおとないに、装いを替えるまもないことには気おくれせずにいられないが、それでもセラフィーナの心は自然と華やいだ。

「ではわたしはお茶の用意をしておきますね」

「ありがとう。お願いするわ」

ちょこんと膝《ひざ》を折り、侍女は来た道をひきかえしていく。

ガーランド宮廷では、婚約者でもない未婚の男女がふたりきりでいるのは、よろしからぬふるまいとされている。侍女が気を利かせたのだとしたら、それはセラフィーナのためだろうか、それともウィラードのためだろうか。

彼女のみならず、他の召使いやこの城館すらも、すべてセラフィーナのあらたな暮らしのために、ウィラードみずからが調えたものだった。

ガーランド王女アレクシアと、ローレンシア王太子レアンドロスの婚姻交渉が本格的に動きだした昨年のこと。

ウィラードはその条件をめぐる議論に乗じて、かつて剝奪されたセラフィーナの王位継承権がふたたび与えられるよう、奔走してくれたのだ。

そして王族としての身分が復権され、晴れて幽閉が解かれたセラフィーナのために王都郊外の住まいを用意し、不自由のない生活を送れるよう、多額の私財を投じてくれもしたのだった。

ウィラードにたずねても、詳しく明かそうとはしなかったが、もとより費用のほとんどを彼が受け持つという条件で、国王の裁可をとりつけるに至ったようだ。

大逆罪で処刑された王族の娘に、長年の不遇を埋めあわせるように公費を割けば、よからぬ邪推を招きかねないという懸念もあったのかもしれない。

というのも王弟ケンリックがもくろんだとされる王位簒奪の陰謀には、当時からエルドレッド王による捏造《ねつぞう》の疑惑がまとわりついていたからだ。

それでも王弟一家と親交のあった貴族たちは、ほとんどがまっさきに背を向け、救いの手をさしのべようとはしなかった。

セラフィーナは宮廷に二度殺されたのである。

そのため王族の称号を取り戻した現在でも、セラフィーナの暮らしぶりは宮廷の社交とは縁のない地味なものだった。それでも苔生《こけむ》した城壁の檻《おり》にとらわれた幽閉時代に比べれば、夢のような待遇である。

失意のうちに命を落とした母が生きていれば。ときにはそんなふうに想いを馳せもするが、もはやどうにもならないことばかり考えていてもしかたがない。

セラフィーナは四阿の柱の陰《かげ》で、手早く髪の乱れをなでつけた。

艶《つや》やかな真珠に縁どられた頭飾りは、ウィラードから贈られたものである。いまやセラフィーナの私室は、彼が訪問のたびにたずさえてくる高価な装身具や、さまざまな身のまわりの品であふれていた。

晴れて自由の身となったセラフィーナだが、没収され、散逸した王弟一家の財産の返還までは認められなかった。ウィラードはおのれの無力を詫《わ》びるように、彼女の慰めになりそうな土産を欠かさないのである。

その気遣いが純粋な憐《あわ》れみによるものなのか、あるいはなにかそれ以上の感情がからんでいるのか。心の奥にかすかな期待が芽生えそうになるたびに、セラフィーナはおのれを戒める。

分不相応な望みをいだけば、いずれ魂《たましい》を蝕《むしば》む空虚《くうきょ》をみずから呼びこむだけだ。終わりのない幽閉生活に耐えかねた母が、しだいに心の均衡を崩して死に至ったように。

それでもセラフィーナは、麗《うるわ》しい来訪者を心待ちにせずにはいられない。公務のあいまを縫って、ウィラードは半月に一度ほど、様子をうかがいにやってくる。それ以外に城館をおとずれる者などめったにない静かな日常が、もう一年ばかり続いていた。

あらかじめ訪問を知らせてくれるときもあるが、やはり多忙の身のためか、予告なしに姿をみせることも多かった。今日も単騎で飛ばしてきたのか、光を透かすウィラードの髪は、やや乱れていた。

「不作法を許してください。取り次ぎを待つのが惜しかったものですから」

「申しわけありません。わざわざ王都からおいでいただいたというのに、おもてなしもままならず……」

「そうではありませんよ。一刻も早くあなたにお目にかかりたかっただけです。こちらであなたとすごすひとときが、いまのわたしには唯一の安らぎなのですから」

ウィラードはささやくように告げ、怜悧《れいり》な目許をゆるめてみせた。

セラフィーナは胸に手をあて、目を伏せる。

「わたくしのようなすでに忘れられた者に、もったいないお言葉ですわ」

「わたしはあなたを忘れたことはありませんでしたよ、セラフィーナ」

優しく呼びかけられて、セラフィーナはおもわず視線をあげる。

ウィラードはそんな彼女を、四阿の長椅子にうながした。

「今日はこれをお渡ししたくてかけつけたのです」

隣に腰かけたウィラードは、懐からなにかを取りだし、そっと手を広げてみせる。

「これは……」

セラフィーナは息を呑んだ。

蝶《ちょう》の翅《はね》をかたどった銀の櫛《くし》は、たしかに見覚えのあるものだった。

「この櫛を目にしたとき、あなたがかつて宮廷で髪にさしていらしたものとすぐにわかりました」

「……なぜ？」

さまざまな問いを含んだつぶやきに、ウィラードは静かな微笑を浮かべるだけだ。

あえてたずねるまでもない。とうの昔に人手に渡っていたものを、セラフィーナのためにわざわざ買い戻してくれたのだろう。

価値の優劣は判じかねる。だがこれまでに贈られたどの品を手にしたときよりも、セラフィーナの胸には喜びがこみあげてきた。この櫛を身につけた自分の姿を、ウィラードが記憶に留めていてくれたことにも。

言葉をなくしたままの彼女を、ウィラードが気遣うようにのぞきこむ。

「辛いことを思いださせてしまいましたか？」

「いいえ……いいえ……」

セラフィーナは幾度も首を横にふった。

「わたくし心苦しくて……ここまで心にかけていただく理由がありませんもの」

「理由ならありますよ」

　ウィラードはセラフィーナの手に櫛を握らせた。

「同じ王族として、正道を歩むことを許されなかったあなたを放っておくなど、わたしには耐えがたいのですから」

　セラフィーナは濡れた瞳でウィラードをみつめる。

　その頬にウィラードは指先をのばし、幼子《おさなご》をあやすようにつつみこんだ。

「もしもわたしが王太子であれば、お父上の潔白を証明することもできたかもしれないというのに、こんなときばかりはおのれの力のなさが恨めしくなります」

　ウィラードは以前から、王弟ケンリックの無実を信じていると打ち明けてくれていた。加えて父王の横暴を許しがたく感じていることも。

「どうかそのようなことはおっしゃらないで。わたくしはここでこうして穏やかな暮らしを送れるだけでも充分なのですから。すべては殿下のお心遣いのおかげですわ」

「いけませんね」

　ウィラードはつとすべらせた親指の先で、セラフィーナのくちびるをふさいだ。

「ここではおたがいに、そのような堅苦しい称号は抜きにすることを、すでにお約束いただいたはずですよ？」

そのままくちびるの縁をなぞられて、セラフィーナの頬はじわりと熱を孕《はら》んだ。

「セラフィーナ」

誘うように呼びかけられる。

「……ウィラードさま」

ウィラードは満足げにほほえみ、さりげなく続けた。

「セラフィーナ。宮廷にお戻りになるつもりはありませんか？」

ふいをつかれ、セラフィーナは息をとめる。

「ですが陛下のご意向が……」

「陛下のお許しならすでに内密に得ています。じつはこのところ、お加減のすぐれない日がとみに増えていて……陛下なりにご心境の変化があったのやもしれません」

「まさか陛下は……」

笑みを消した瞳で、ウィラードはうなずいた。

「そう遠くないうちに、覚悟が必要になりそうです」

「そう……ですか」

セラフィーナにとってのエルドレッド王は、理不尽で恐ろしい古代の神のごとき暴君でしかない。そんな王の命のともしびが尽きようとしているとは、にわかには実感が湧いてこなかった。

「あなたさえうなずいてくだされば、すぐにでもわたしが手筈をととのえましょう」

「ですがいまさら宮廷に顔をだしても、いたたまれないばかりではないかと……」

「そういうことなら」

　ウィラードはふいに身を乗りだした。

「宮廷に滞在なさる名目として、あなたにひとつお役目を務めていただくというのはどうでしょうか？　そうしていただけると、わたしとしても大変ありがたいのですが」

　セラフィーナは小首をかしげる。

「わたくしに、ウィラードさまのお役にたつようなことができるのでしょうか？」

「もちろんです。アレクシアのローレンシア行きが延期になったことは、すでにお伝えしましたね」

「ええ。お気の毒なことに、お輿《こし》入れの艦隊が海賊に襲われたとか」

　先日ウィラードから、近況を知らせる便りを受け取って、驚かされたばかりだ。

「王女殿下のお加減はいかがなのでしょう？」

「わたしが見舞ったかぎり、命に別状はなさそうです。ただいまだ憔悴《しょうすい》は激しく、どうやら記憶にも若干の混乱が生じているようで」

「ご記憶に？」

「ええ。気丈な妹ではありますが、海賊に襲われて命を落としかけた恐怖がこたえているのではないかと。転落した海から助けあげられたときには、呼吸がとまっていたそうですから、その影響もあるのかもしれません」

「まあ……」

予想以上の過酷さに、セラフィーナは絶句する。

「グレンスターの報告によれば、徐々に回復に向かってはいるそうです。ただふたたびのローレンシア行きを急かすようなことはもちろん、襲撃の記憶を刺激するようなことはできるかぎり避けるべきと医師も主張しているとのことで」

「お察しいたしますわ」

ウィラードはうなずき、セラフィーナの瞳をのぞきこんだ。

「そこで考えたのです。しばらくのあいだ、あなたに妹の話し相手をつとめていただけないかと」

「わたくしに？」

セラフィーナは目をみはる。

「アレクシアのそば近くに仕えていた者たちは、残念ながらそのほとんどがあの夜襲で命を絶たれる結果となりました。亡きメリルローズ妃の乳姉妹《ちきょうだい》が、世話役としてラグレスから付き添ってくるようですが、はたして話し相手としてはふさわしいかどうか。その点あなたなら、少女時代の妹と親交がおありですから……」

「幼い時分の、他愛《たわい》のない昔語りに花を咲かせることが、王女殿下のお心の回復につながるかもしれないとお考えなのですね？」

「おっしゃるとおりです。むしろあなたのほうがお辛いというのなら、決して無理強いはしませんが」

セラフィーナはうつむいた。不安がないといえば嘘になる。従妹《いとこ》のアレクシアと十年の月日を経て対面したとき、いったいどのような心持ちになるものか、いまのセラフィーナには予想がつかない。

それでもふたたびこの手に与えられた櫛と、ウィラードのしなやかな肌のぬくもりが、セラフィーナの背を押してくれた。

覚悟を決め、セラフィーナはウィラードをみつめかえす。

「では王女殿下がご回復されるまでというお約束でよろしければ」

「ありがとう。あなたとの再会を、アレクシアもさぞ喜ぶことでしょう」

ウィラードはほほえみ、優雅に持ちあげたセラフィーナの手の甲《こう》にくちづけた。

つかのまの美しい夢の対価に、魂を喰《く》らい尽くす契約の刻印をほどこすように。

第7章

1

宴《うたげ》のあとはいつもうらさびしい。

耳に残るさざめきの余韻《よいん》が、あてもなく身の裡《うち》にこだまして、その空《うつ》ろを炙《あぶ》りだすからかもしれない。

今宵《こよい》のアレクシアは、とりわけそんな感慨にふけらずにはいられなかった。

シャノンたち三人を見送り、すでに食卓のあとかたづけもすませたリーランドの住まいは、にわかによそよそしさを増したようだ。

ここは自分のいるべきところではない。けれど王女としての我が身がもはや求められていないなら、いったいどうすればいいというのだろう。

身分をなくした自分にはなにも残らない。ふるまいかたひとつ、心の動かしかたひとつわからない、ただの木偶《でく》人形のようなものだというのに。

「あの娘《こ》たちを招いたのは逆効果だったかな？」

隅《すみ》の席にただひとり、ぽつねんとうつむいていたアレクシアは、そう声をかけられて顔をあげる。大家の部屋に出向いていたはずのリーランドが、いつのまにか正面の席に腰をおろしていた。

「きみを励ますつもりが、むしろ気落ちさせたみたいだから」

「そんなことはない！　あんなに楽しい宴の席は、生まれてこのかた経験したことがないくらいだ。あなたの心遣いには本当に感謝している」

ともに娼館《しょうかん》から脱出した戦友たちとの再会と、ささやかな祝宴は、たしかにアレクシアを勇気づけてくれた。アーデンで始めた新生活について、嬉々《きき》と語る三人の様子に、どれほど心がなぐさめられたことか。

「……ただ我が身をかえりみれば、予想外の状況にただ打ちひしがれることしかできないとは、ひどく情けなくて」

「それを比べるのは、きみに酷というものじゃないか？」

リーランドは少々の呆《あき》れを含んだ声音《こわね》で、

「だっていまのきみの境遇ときたら、しばらく家を留守にしているあいだにきみとそっくりの偽者がきみのふりをしていて、急いで帰宅すればむしろきみのほうが偽者として始末されかねないようなものだろう？　そんなふうに自分の存在そのものを乗っ取られる以上の悪夢が、この世にそうあるか？」

ひと息にまとめあげられてしまえば、もはや気の抜けた笑いしか洩《も》れない。

「あなたなら気の利いた戯曲に仕立てられるかな」

「お望みとあらばぜひとも」

軽口に乗ってくるリーランドは、なかば本気のまなざしだ。

アレクシアはたわむれに水を向けてみる。

「ならばこの続きはどういった筋書きにする？」

「そうだな。陰謀に巻きこまれたふたりの少女は、やむをえず正体を隠しながらおたがいの身分を生きるうちに、やがてひとりは憧れの優雅な宮廷生活を、ひとりは庶民の自由な暮らしを満喫するようになるんだ」

「ああ、それはいいな」

軽快な語りにつられて、アレクシアは目許《もと》をやわらげる。

「ときには成り代わりを気取られそうにもなって、秘密を守るのに協力してくれた色男によろめいてみたりもする」

「なるほど」

「それでもやっぱり偽《いつわ》りの自分のままでは生きられないと、ふたりは手に手を取って卑劣な陰謀を暴き、黒幕は失脚して大団円――とまあ、大枠はそんなところかな」

アレクシアは称賛の拍手を送ってみせた。

「その展開ならば、たいそう愉快な喜劇になりそうだ」

だがひとたび舞台を降りれば、そこには厳しい現《うつつ》が待ちかまえている。

その落差に心が押しひしがれるのを感じながらも、アレクシアは顔をあげた。

たとえアレクシアが王女の座にあることを望まない者がいても、こんな暴挙は正されなければならない。デュランダル王家の血を受け継がない者が、その身分を騙《かた》るなどあってはならないことだからだ。

そんなふうに大義らしきものを掲げてみせることもまた、おのれの心の声に耳をふさぐ行為のようでもあったが……。

「叔父《おじ》のもくろみが、このガーランドに偽の女王を戴《いただ》くことなら……あるいはそこまでの野望は懐《いだ》いていないにしろ、ディアナに王女を騙らせた事実が露見しただけでも、グレンスター一門は失脚どころではすまないし、たとえ不本意であろうと謀《はかりごと》に手を貸したあの子もまた、厳罰を免《まぬが》れないはずだ」

「そうだろうな。いかに成り代わりを発覚させずに、きみらふたりを入れ替えるか。そこが肝心なところか」

「しかるべき裁きもないまま、すべてを内々にすませるのは、あなたには耐えがたいことかもしれないが……」

「たしかに収まらない気持ちはあるが、いまはなによりディアナを助けだすことが最優先だ。きみに本来の居場所を取りかえしてやることもな」

理不尽をかみ殺すように、リーランドはまなざしに決意をみなぎらせる。

「しかしきみのほうこそ、本当にそれでかまわないのか？　きみを艦《ふね》ごと海に沈めようとしたかもしれない相手の懐《ふところ》に、みずから飛びこんでいくようなものだぞ」

率直な問いを受けとめかね、アレクシアはいたたまれずに視線を逃がした。

「だとしても、成り代わりを強《し》いられているあの子を自由の身にできるのは、このわたしだけだ」

「……すまない。訊《き》くまでもないことだったな」

「あなたが謝ることでは」

うしろめたさを押し隠し、アレクシアはぎこちなく微笑する。

「大丈夫。叔父の真意がどうであろうと、切り札のディアナさえ失えば、わたしには手をだせなくなるはずだ」

「そしてきみは予定どおりローレンシアに？」

「そうなるだろう。いまのこの国にとって、それ以上に有効な王女の使い道はないし、わたしも一刻も早い婚礼を望むつもりだ。わたしが正式にローレンシアの王太子妃の座に納まりさえすれば――」

「グレンスターがディアナに執着する意味もなくなるか」

アレクシアはうなずき、あらゆる可能性を吟味《ぎんみ》しながら伝えた。

「用心のために、ディアナにはしばらくのあいだ身を隠してもらったほうがよいかもしれない。資金が必要ならわたしが工面するし、それ以降のあなたたちの身の安全についても手を尽くすと誓おう」

まかりまちがってもふたりが口封じに消されたりしないよう、叔父に対する牽制《けんせい》だけはやり遂げてガーランドを去る。それがアレクシアにできるせめてもの償《つぐな》いだ。

「あなたには一度ならず危ない橋を渡らせることになるかもしれないが、力を貸してもらえるだろうか？」

「もちろんそのつもりだ。任せてくれ」

すかさず請けあったものの、リーランドの表情は思案に沈んでいた。淡い灰の瞳はいつしか深刻な翳《かげ》りを帯び、こちらも不安にさせられる。

「グレンスターの謀から、あの子を解放できるというわたしの読みは甘いだろうか？」

「そうじゃない。おれが気がかりなのは、むしろきみの――」

「わたしの？」

「いや……なんでもないんだ。ただついあれやこれやと不吉な顚末《てんまつ》を想像して、柄にもなく怖気《おじけ》づいてしまってね。なにしろ宮廷人を相手取っての勝負に挑もうなんて、さすがのおれも未経験のことだから」

アレクシアは悄然《しょうぜん》と目を伏せた。

「こんな危険にあなたを巻きこんでしまって、なんと詫《わ》びればよいか」

「巻きこまれたのはきみだって同じだろう？　それに白状すると、おれは興奮してもいるんだ。こんな大舞台で活躍する機会なんて、そうはなさそうだからな」

不遜《ふそん》に笑むリーランドにつられて、アレクシアも片眉をあげた。

「戯曲の種にもなるし？」

「ご明察。とはいえ悠長にかまえてる暇はなさそうだ。いくらあいつに芝居の腕と度胸があったところで、遅かれ早かれ下手を踏まないわけがないからな」

「グレンスターの手の者が、それなりの策を講じてはいるだろうが……」

「たとえばどんな？」

身を乗りだすように問われ、アレクシアはしばし考えこむ。

「腹心の者たちをわたしのそば仕えとして登用したり、医師の所見をかかげて面会を制限するくらいのことはできるはずだ。こたびの不始末の責任を取って、縁戚のグレンスターが王女の回復に全力を注ぐのも不自然ではないから」

「なるほど。するとおれたちが王宮に忍びこめたところで、あいつをひそかに連れだすのは至難の業《わざ》になりそうだな。まずはなんとかして宮廷の状況を把握しないと」

リーランドは腕を組み、名案をさぐるように宙を睨《にら》む。

「グレンスターに直截《ちょくせつ》かけあうのは、危険すぎるから論外として……宮廷の中枢《ちゅうすう》に、きみが個人的に助力を求められそうな相手はいるか？　絶対の信頼がおけて、かつ宮廷でそれなりの力を持つ人物だ」

その条件に該当しそうな者といえば、ひとりしか頭に浮かばない。顔見知りの貴族なら多くいるが、確実に信頼のおける相手となると、誰も彼も疑わしい。そう再認識して、暗《あん》鬱《うつ》たる気分になる。

「アンドルーズ侯だろうか」

「アンドルーズというと、たしかきみの護衛官殿の生家だな」

「侯はアンドルーズ家の現当主で、ガイウスの父君にあたるかただ」

ガイウスの名を口にしたとたん、鼓動《こどう》が乱れる。

まるで古びた陶器のようにひび割れた心の壁が、あちこちできしみをあげて決壊の瞬間をいまかいまかと待ち受けているかのような心地だった。

「……アンドルーズ侯は枢密院《すうみついん》顧問官のおひとりだ。叔父上との因縁《いんねん》についてはわかりかねるが、状況が状況だ。かならずやわたしの意を汲《く》んで動いてくださるはずだ」

「王都にアンドルーズ家の屋敷は？」

「ある。リール河にほど近い、貴族や資産家の邸宅が多く建ち並ぶ界隈《かいわい》だ。多忙な時期でなければ、普段はそこから出仕されているはずだ」

「市内の邸宅はそれだけ？」

「わたしの知るかぎりは」

「とすると不用意にきみが近づけば、命取りになりかねないな」

アレクシアは意表をつかれ、目をまたたかせる。

「なぜ？」

「すでにグレンスターの監視がついているかもしれないからさ」

リーランドは食卓越しに、とまどうアレクシアの顔をのぞきこんだ。

「いいかい？　きみの随行《ずいこう》団が夜襲を受けた裏にグレンスターがいるのなら、刺客がきみを仕留めそこなったことも把握しているだろう。だがきみの遺体は発見されていない。となれば考えられる可能性はふたつだ」

「ガイウスともども波に呑《の》まれて海の藻屑《もくず》と消えたか、奇跡的にどこぞの海岸にたどりついて命をとりとめているか……」

「そうだ。たとえきみの生存が絶望的であろうと、可能性があるかぎり、グレンスターはそれを考慮したうえで動くだろう」

「人知れずわたしを葬《ほうむ》り去るために？」

「きみがグレンスター以外の誰かに助けを求めれば、一巻の終わりだからな」

アレクシアは口許に手をあて、これまでの記憶をたどった。

「娼館から脱出して、状況を把握できたら、わたしはすぐにもグレンスターを頼るつもりでいた。一度めの逃亡に失敗して、こうしてあなたとめぐりあえていなければ、いまごろどうなっていたことか……」

自分の命の糸が、どれほど危ういところでつながれていたか。いまさらながらそのきわどさを実感して、アレクシアはこくりと喉《のど》を鳴らす。

「おれもきみと知りあえなければ、ディアナが焼死をまぬがれた希望にすがって、手がかりもないままこの町で待ち続けるしかないところだった。きみには気の毒だが……」

「わたしが娼館から逃げ損ねたのは、おたがいにとって願ってもない僥倖《ぎょうこう》だったわけだな。ひどい扱いに二度も耐えた甲斐《かい》があったというものだ」

冗談めかしてみせたアレクシアを、リーランドが気遣わしげにうかがう。

「だけどあちこち手ひどく痛めつけられたんだろう？　フォートマスから連れだした夜はかなりきつそうだったが、あれから調子はどうだい？」

「熱や痛みはもうほとんどないし、あとは痣《あざ》が散って消えるのを待つだけだ」

「それはよかった」

安堵《あんど》の息をついたリーランドは、ふいに顔つきをあらためた。

「ならそろそろ馬車旅にも耐えられそうか？」

アレクシアもまた居住まいを正す。

「王都に向かうのだな？」

「できるだけ早く……明日は準備にあてるとして、明後日の早朝にはアーデンを発《た》てればと。きみにとって、この町もすでに安全とはいえないからな」

「そうか。ディアナを見かけたという噂《うわさ》が、グレンスターの耳に届いたら……」

ディアナがこの町にいるはずがないことを、グレンスターは知っている。そのディアナが最近になって目撃されているなら、それは彼女とそっくりの娘――つまりは所在のわからないアレクシアということになる。

「どんな経緯できみがこの町にたどりついたかまではつかめないにしろ、いずれは一座の生き残りのおれの住《す》み処《か》を突きとめて、真相を確かめようとするかもしれない」

「……わたしと行動をともにしたがために、あなたまでグレンスターにつけ狙われる身となってしまったのだな」

苦くつぶやくアレクシアに、リーランドは気楽な声を投げかける。

「気にしないでいい。一座があんなことになったからには、早晩この町を離れるつもりでいたんだ。それがいくらか早まっただけさ」

「だがこの町には、縁《ゆかり》の者や親しい友もいるのでは？」

そう問うてみると、リーランドはいつもの鷹揚《おうよう》さで肩をすくめた。

「元来おれは、身軽な根無し草だからな。住み慣れた町でも、離れるのにさほどの未練はないさ」

係累《けいるい》がいるともいないとも定かではない、あえて濁《にご》したのだろうあいまいさを、追及するつもりはなかった。

とはいえ興味がないわけではない。リーランドの蔵書には、版元が異国の品もちらほら見受けられたのだ。高い教育を受ける機会もないままに、あれだけの書物を読みこなせるものだろうか。かつては王都に住んでいたようだが、そんな過去も彼の驚くべき多才さに影響を与えているのかもしれない。

「いましがた大家とも話をつけてきたところだ。あらたな仕事先を求めて、近隣の一座に売りこみをかけてみるから、当面のあいだきみと——ディアナとこの町を留守にするつもりだって。ありがたいことに家賃は取らずに、家財を預かっていてくれるそうだ。これからなにかと入用になりそうだから、助かったよ」

「ではわたしの衣裳《いしょう》を売って、路銀の足しにしてくれないか」

恐縮しながら申しでてみるも、リーランドはあっさり辞退してのけた。

「気持ちはありがたいが、おれにもそれなりの蓄《たくわ》えはあるよ。それにきみの衣裳は、ローレンシア行きの艦で身につけていたものだろう？」

「こたびの輿《こし》入れにあわせて新調されたひとそろいだ。市井《しせい》ではめったにお目にかかれないような上等な布だと、娼館の女将《おかみ》も讃嘆《さんたん》していたから、きっと高く売れる」

「それほどの衣裳なら、なおさら大切にしておいたほうがいい。いざというときに、きみの真の身分を証明する助けになるかもしれない」

「……たしかにそのとおりだな」

もっともな意見に、アレクシアはおとなしく従うほかない。

真の身分を証明する。おのれを鼓舞《こぶ》するはずのその動機も、いまは荒涼とした胸の裡《うち》をただ吹き抜けるばかりだ。

古《いにしえ》の神話のように、神の授けたもうた標《しるし》が肌に浮かぶでも、輝かしい光輪《こうりん》を発するでもなく、贅《ぜい》を凝《こ》らした衣裳がなければ証明できない王族の身分になど、どれほどの意味があるのだろう。もしも女優のディアナに代役が務まるなら……あるいは理想の王女をより完璧に演じられるのなら、むしろそのほうがよほど……。

「のんびりしてる暇はないが、失敗のできない計画だ。焦らずにいこう」

我にかえると、リーランドと真正面から視線がかみあった。揺るぎないまなざしが、益《やく》体《たい》もない考えに沈みかけるアレクシアを、現の世につなぎとめてくれる。

「とりあえずはおれの伝手《つて》をあたるところから始めることにしよう」

「先日のランドール行きで得た知己か？」

「そんなところだな。王都で人気の一座には、たいてい有力な宮廷人とのつながりがあるものだ。きみの護衛官殿の消息をつかむのにも、きっと役にたってくれるだろう」

アレクシアはうつむき、かさねた両手に爪《つめ》をたてた。

「ガイウスの安否《あんぴ》は……確認するまでもないかもしれない」

いままでことさら認めまいとしてきた結論を、喉から絞りだす。

「あの晩から、すでに半月以上が経《た》っている。ガイウスが生きていて、動きの取れる状態であれば、すぐにもわたしの捜索にかかっただろう。情報を得ようと港町にでれば、王女がグレンスターに保護されていることもおのずと知れたはずだ。だから……」

「彼なら取るものもとりあえず、主《あるじ》のいるラグレス城にかけつけるか」

「六年だ」

「え？」

「六年もの歳月を、ガイウスとともにすごしてきた。休暇を除いて、顔をあわせない日はほとんどないくらいに、あれはいつもわたしのそばにいた。そのガイウスが、偽者の王女を見抜けないはずがない。にもかかわらずグレンスターの謀がいまだに露見していないということは、すでに彼はあの海岸で……」

誰ひとり看取《みと》る者もないまま、絶命したとみなすよりないのではないか。

たまらず声をつまらせると、ふいにリーランドが口調をあらためた。

「そんなふうに考えずにいられないのは、きっとあなたの癖ですね」

「癖?」

「あれやこれやと最悪の結末を先読みして、心の準備をしておこうとすることです。そうやっていざというときに平静さを保っていられるよう、長らく努めてこられたのではありませんか?」

「わたしは……」

当惑をもてあまして、アレクシアはくちごもる。

リーランドはいとけない幼子《おさなご》を見守るように、まなざしをやわらげた。

「ところで殿下は、戯曲においてなにより肝要《かんよう》なことをご存じですか?」

一転して潑剌《はつらつ》ときりだされ、アレクシアはとまどいを深める。

「いや……」

「主役どころが希望を捨てないことですよ。どんなに絶望的な状況に陥《おちい》っても、決してあきらめずに命を燃やし尽くす。その使命を主役が放りだしてしまったら、お客は興醒《きょうざ》めです」

「その主役がわたしだと?」

「客に不足はありません。違いますか?」

リーランドは不敵に天を指さしてみせる。

「おれが終幕までつきあうからには、つまらない結末にはしませんよ」

「……そうか。あなたは新進気鋭の劇作家なのだったな」

この大舞台に幕をおろすまで、リーランドがアレクシアを見捨てることはない。それがかならずしもアレクシアのためというわけではなくとも、彼なりの励ましは、凍えきった心にじわりと染みこんでいった。

アレクシアはふと口許をゆるめる。

「あなたの戯曲なら、わたしはここであなたによろめくべきなのかな」

「ようやくその気に？」

「王女の砦《とりで》は難攻不落らしい」

「それはおみそれいたしました」

取り澄《す》ましたやりとりをかわし、ふたりはちいさく笑った。

2

宴のあとはいつもうらさびしい。

にぎやかな舞台の幕がおりるように、この世の日常もいつかふつりと、夢幻《ゆめまぼろし》のごとく消え去ってしまう不安にかられるからかもしれない。

今宵の宮廷では、夜会は催されていないはずだった。

にもかかわらず、夜更《よふ》けの内廷にはどこか浮き足だった空気が漂っていた。

永遠に続くかのような廻廊《かいろう》を、グレンスターの一行はガイウスに先導されてゆく。

廊に点々と灯《とも》る蜜蠟燭《ろうそく》の焔《ほのお》が、邪心ある者たちをいざなう鬼火のようで、アシュレイにだきかかえられたディアナはたまらず目をつむった。

それでも瞼《まぶた》の裏には焔の残像が貼りつき、一度踏みこんだ魔境から二度と逃れられない定めを知らせているかのようだった。

ここまでの道のりはいたって順調である。

王女の到着を待っていたらしい女官長《にょかん》も、グレンスター公がすかさず足どめをしてくれたおかげでやりすごせた。廊の左右から行く手をふさぐ二人組の衛兵たちも、ガイウスの姿を認めるなりすぐさま姿勢を正し、なんの疑いもなく通行を許してくれた。

だが——。

「やはり様子がおかしいな」

おもむろにガイウスが洩らし、アシュレイも声をひそめて同意した。

「たしかに夜会もない晩にしては、妙におちつかないですね」

そのときである。一行の足取りを追うように、慌ただしくこちらにかけつけてくる足音をとらえ、ディアナはふるえあがった。

「ま、まさかもうばれたの？」

「そんなはずは……」

「騒ぐな」

目顔で叱責《しっせき》したガイウスが足をとめ、腰の剣に手をかける。

だが意外にも、足音の主は一瞬たりとも速度をゆるめず、礼もなしに一行のかたわらを走り抜け、追い越していった。従僕らしいその青年は、水を張った盥《たらい》のようなものを両腕にかかえており、奥の角を折れてまたたくまに姿を消した。

「……いまの男には見憶《みおぼ》えがある。たしか宮廷侍医の助手のひとりだ」

「ウォレス医師の？　ではエリアス殿下のお加減が優れないのでしょうか」

病弱なエリアス王太子が体調を崩すのは、稀《まれ》なことではないらしい。夜半になって急な発熱でもあり、侍医が呼びだしを受けたのだろうか。

だがガイウスの瞳には、いつしかあらたな警戒が宿っていた。

「違うな。だとすれば方向が逆だ」

ガイウスが低く否定するなり、アシュレイが蒼《あお》ざめる。

「では――」

「あちらにあるのは陛下のご寝室だけだ」

ディアナは息を呑み、ふたりの顔を交互にみつめた。

「ひょっとしてまた発作を？　たしか次は命にかかわるかもしれないって」

長年の不摂生や、政《まつりごと》の心労が祟《たた》ったのか、エルドレッド王は昨年ついに心の臓の激しい痛みに襲われ、意識を失《な》くしたことがあるという。もちろん極秘扱いにされているが、同じ発作が二度、三度と続けば、もはや命の保証はないとも。

「しかし危篤《きとく》であれば、この程度の騒ぎではすまないはずだが……」

「ではぼくが様子をうかがってきます」

ともかくも王女の居室までたどりつくと、アシュレイはすぐさま踵《きびす》をかえした。

ガイウスも廊の左右の部屋を検《あらた》めに向かい、ディアナはいまだ地に足のつかない心地のまま、ヴァーノン夫人の手を借りて就寝の支度にとりかかる。

手燭《てしょく》のほのかな光が、古めかしい調度の影をゆらめかせている。

すでに真の主を送りだしたためか、こちらに偽者の意識があるからか、広々とした居室は客も役者もはけた夜更けの舞台のようによそよそしく感じられた。

ヴァーノン夫人がてきぱきと、寝室の長櫃《ながびつ》から必要な衣裳をみつくろう。

「わたくしは夜も隣の小部屋に控えております。呼び鈴を鳴らしていただければ、主室に備えつけの扉からすぐにうかがいますから、いつでもお声がけください。並びの部屋にはガイウスさまやシェリダン先生にも詰めていただきますから、なにか異変があればかけつけてくださるはずです。どうぞご安心くださいな」

羽根のようにやわらかな寝巻きをディアナに着せ、すべての紐《ひも》を結び終えると、しなやかな繻子《しゅす》織りのガウンを羽織らせた。かつて王妃付きの女官を務めていた夫人は、王女の居室に出入りする機会もあったようで、いかにも勝手知ったる様子である。

「おちつきませんか？」

そう問われ、ディアナは首をすくめる。

「さすがに王女さまのお部屋ですから……」

「そう身がまえず、どうかお楽になさいませ。こちらに至る廊はすべて衛兵らに護《まも》られておりますから、滅多な者は近づけません。それに声もかけずに王女の私室に踏みこむような不作法も、宮廷では決して許されませんから」

「でしたね」

自分より身分の高い相手には、みだりに近づいても話しかけてもいけない。宮廷作法は習いたてのディアナですらわかる、基礎の基礎である。

「とはいえこっそり聴き耳をたてる不届き者がいないともかぎりませんから、用心のために、危険な内緒話はこちらの寝室でなさったほうがよろしいかもしれませんね。わたくしとメリルローズさまも、娘時代にはひとつの寝台にもぐりこんで、少々過激な噂話に興じたものです」

ディアナの不安をやわらげようとしてか、ヴァーノン夫人がほがらかに打ち明ける。

鏡台の丸椅子《いす》にうながされたディアナは、鏡に映る夫人の顔をうかがった。

「過激な？」

「たとえば貴公子のみなさまの、興味をそそるおふるまいについてなど」

「ああ……そういう」

噂の内容に察しがつき、ディアナは心得顔でささやきかえした。

「あたしも似たようなものです。一座では姐《ねえ》さんたちの部屋にお邪魔して、焼き菓子やなにかをつまみながらおしゃべりしてました。近ごろよく舞台を観《み》にくるお客が、いったい誰を目当てに通い詰めてるのかとか」

「まあ。それは楽しそうですこと」

「とっても。盛りあがりすぎて大騒ぎするたびに、座長に叱《しか》られてました」

夫人に髪を梳《と》かしてもらいながら、ディアナはたずねてみる。

「あなたと先の王妃さまとは、乳姉妹《ちきょうだい》でいらしたんですよね。アレクシア王女には、そういうお相手はいなかったんですか？」

「おりませんでした。王族のお子さまにかぎってはそうした者をそばにおかず、ある程度ご成長あそばされてから、身分はもちろんのこと、容姿や能力に秀でた選《よ》りすぐりの者たちをお仕えさせるのが慣例でしたので」

王族と幼なじみの情で結ばれた乳兄弟《ちきょうだい》が、いずれ宮廷で幅を利かせるようになればなにかと弊害《へいがい》があると危惧《きぐ》しての対応らしい。

　たしかに未来の王位継承者の絶対の信頼を得られるとなれば、それぞれの派閥が手先として乳母《うば》を送りこもうとするかもしれない。利権のからんだ水面下の争いから、さまざまな癒着《ゆちやく》が生じることを防ぐ意味あいもあるのだろう。

　そんな環境で長らく生きてきたアレクシアにとって、真に心を許せる存在といえば弟のエリアス王太子と、やはりあの無愛想な護衛官くらいのものだったのかもしれない。

「むごい仕打ちだとお感じですか？」

「理屈では納得できますけど……気軽に喧嘩《けんか》したり、仲直りしたりできる友だちもいない暮らしなんて、なんだか息がつまりそうだなって」

「ディアナさまはお優しいのですね」

「そんなことは……」

　ディアナは居心地悪く視線をさまよわせる。鏡に映りこんだ自分の顔は、いかにも不安げで頼りなく、とても王女の代役には見えなかった。

　アレクシアも朝に夕に、この鏡をのぞきこんでいたのだろうか。

　もつれたディアナの髪を、ヴァーノン夫人は丹念に梳き続けている。

「アレクシア王女の髪も、昔はこんなふうに梳かしてさしあげたんですか？」

「ほんのときおりですが、そのお役目に預かることもありましたわね」

「妃殿下が亡くなられてからは？」

「他の女官ともども宮廷をさがりましたから、以降はお顔を拝見する機会もめったになくなりました。バクセンデイルが手をまわしたせいで、王女付き女官として宮廷に留まる道は得られなかったものですから」

「バクセンデイル家といったら、のちのちエリアス王太子の後見になる？」

「はい。メリルローズさまの死に乗じてグレンスターの力を削《そ》ぎ、陛下のお気が変わらぬうちに娘を次なる王妃の座に据《す》えようと画策していたのです」

「それってつまり……」

「ご想像どおりですわ。ご病床のメリルローズさまをよそに、陛下のご寵愛《ちょうあい》はすでにバクセンデイル家のレイラさまに移っていたんです」

首尾よく二番めの王妃となった彼女は、ほどなくエリアスを身ごもり、産褥《さんじょく》で他界するが、バクセンデイルにはめでたく王太子の縁戚という地位が残されたというわけだ。

「陛下がそんなろくでなしだったなんて」

ディアナは憤然とする。たとえ王妃の病に治癒《ちゆ》の見込みがなかったとしても、それならなおさら夫は妻に寄り添うべきではないのか。若死にしたレイラ妃にしても、まるで親族の野望を叶えるために、命を犠牲にさせられたかのような印象すら受けてしまう。

「ですが陛下や、バクセンデイルに面と向かって抗議できる者など、宮廷にはひとりもおりはしなかったのです。陛下がいまだ男児を得られていないことは、国家の憂《うれ》いでもありましたし」

「だからってひどすぎますよ」

「そのお言葉がせめてもの慰めですわ」

ヴァーノン夫人がしみじみと息をつく。理不尽を訴える先もなく、かみしめ続けるしかなかった無念の深さを感じさせる、長い吐息だった。

「当時はメリルローズさまのご逝去《せいきょ》に続いて、ケンリック公が謀反《むほん》の罪で投獄される騒動もあったものですから、わたくしのように宮廷生活に見切りをつける者も少なくなかったとか」

だが王の娘であるアレクシアには、もちろん宮廷を去る選択肢などあるはずもなかったわけだ。

そびえる石壁。堅牢《けんろう》な扉。そこかしこに立ちはだかる衛兵たち。

その奥の奥で、いままさに息をひそめているディアナには、この王宮が絢爛《けんらん》豪華な牢獄のように感じられてならない。

「子どものころのアレクシア王女は、どんなかたでした？」

なにげなくディアナが問うと、ヴァーノン夫人は髪を結う手を休めた。

「そうですね……とても利発で愛らしく、いじらしい姫君でいらしたでしょうか」

「いじらしい？」

「メリルローズさまのご病状が悪化して、ときに錯乱なさるご様子に衝撃を受けられながらも、毎日お見舞いにいらして、けんめいに寄り添おうとなさって」

「……お気の毒ですね」

苦しみながら死に至る病人の姿は、なかなか忘れられないものである。

そして当時七歳だったはずのアレクシアのそばには、まだエリアスもガイウスも存在しなかったのだ。

「それならしばらくしてエリアス王太子が生まれたことは、結果的に王女さまのためにもなったのかもしれないですね」

今日《こんにち》に至る姉弟の仲睦《むつ》まじさからしても、アレクシアにとってエリアスの誕生は、深い孤独を慰めてくれる心の支えになったのではないか。

「本当にそう思われますか？」

「え？」

意外な問いかけに目をあげたとたん、鏡の奥の双眸《そうぼう》に視線をからめとられて、どきりとする。対の瞳に燭台の焔が映りこみ、仄暗《ほのぐら》くゆらめいていた。

「アレクシア王女はそのために、女王として冠を戴く未来を奪われたともいえるのではありませんか？」

不穏にざらついたささやきが、ディアナの鼓膜に忍びこんでくる。

「でもたしか、女王の治世は乱れるものだから、誰もが避けようとするって……」

「それはかつて幼い女王を傀儡《くぐつ》にして権力を握ろうと、争いを繰《く》り広げた貴族たちがいたためです。たとえ女の身であろうと、充分な帝王学を授けられてさえいれば、玉座についてはならない理由などございませんでしょう？」

「帝王学？」

「国王として人心をつかみ、意のままに動かすにはどうふるまうべきか。その技を熟達させるための、諸々《もろもろ》の学びとご説明したらよいでしょうか。つまり王女として異国に嫁ぐのと、女王として祖国を治めるのでは、身につけた教養や能力の生かしかたも異なるということです」

「王さまをより王さまらしく演じさせるための、心得のようなものですか？」

「ええ。あたかもお芝居の演出家が、指示を与えるように」

「王子や王女が役者で」

「まさにいまのディアナさまのようですわね」

ヴァーノン夫人がにこりと笑い、ディアナも肩の力を抜く。

だがその微笑をたたえたままのくちびるから、

「ですからわたくしはいまでも、アレクシア王女殿下こそが王位を継承されるべきと考えております」

あまりにも大胆な発言が飛びだして、ディアナは驚かずにいられない。

「エリアス王太子がいるのにですか？」

「ガーランドの未来を背負うのに、庶子《しょし》の兄王子はもちろんのこと、病弱な弟王子も決してふさわしいとは申せません。高貴な血をその身に受け継がれ、心身ともにお健《すこ》やかな姫君こそ、この国に戴くべきかたではありませんか？」

熱を帯びたヴァーノン夫人の主張が、ディアナをとまどわせる。

ひょっとしてその秘めた切望は、メリルローズ妃の無念を晴らしたいという動機の結晶なのだろうか。謂《い》わばエリアス王子は、乳姉妹を追い落としたも同然の女の息子ということになる。

ディアナはふと考える。ガーランドの統治者としておのれを活《い》かす将来を、アレクシアが夢想してみることはあったのだろうか。

だとしたらそれを知るのは、おそらくあの男だけだ。

「ざっと確認したかぎり、廊の警備に不審な点はなさそうだ。そちらの首尾は？」

ヴァーノン夫人と入れ替わるように、その男は寝室にやってきた。

「いたって順調よ。あいにく舞台の初日より緊張してるけど」

「そのくらいでいい。気を抜いて下手を踏むよりはな」

「……そうね」

ディアナは寝台の隅に腰をおろし、そろそろと息を吐きだす。たとえ舞台で失敗してもせいぜい野次が飛んだり、役を降ろされておちこむくらいですむが、ここでのしくじりは死に直結している。それも自分の命をなくすだけではすまないのだ。

しかしディアナにしてはしおらしい態度を気にかけたのか、暖炉《だんろ》に肩を預けたガイウスはおもむろにきりだした。

「今夜はわたしが主室に控えていようか」

ディアナは驚いて顔をあげる。

「……あなたが？」

「もちろんおまえが嫌でなければだが」

愛想はないが、冷たくもない声音だった。

武芸に秀で、貴人の護衛に慣れたガイウスが、扉一枚を隔《へだ》てたすぐそばにいてくれるのなら、なにより安心だ。だが嬉々として受け容れるにはとまどいとためらいが勝り、ディアナはもごもごと指摘せずにはいられない。

「でも……寝台がないじゃない」

「長椅子で充分だ」

「……じゃあそうして」

「承知した。鼾《いびき》はかくなよ」

「——かかないわよ！　つくづく失礼ね！」

すかさずディアナが咬《か》みつくと、

「その意気なら大丈夫そうだな」

ガイウスはからかうように口の片端をひきあげた。

常ならば、わめくながなるなと顔をしかめてみせるところである。乙女心を逆なでする軽口も、ディアナの緊張をほぐすための彼なりの気遣いなのかもしれない。

ディアナはさりげなく訊いてみる。

「ねえ。あなたがアレクシア王女に四六時中つきまとうようになって、もう何年になるんだっけ？　五年？」

「人を陰気な偏執狂扱いするな。……六年だが」

「それなら王位の継承順について、彼女がどう考えていたかも知ってるの？」

ガイウスはさぐるように、紺青《こんじょう》の眼をすがめた。

「どうとは？」

「内心では女王になりたがっていたとか」

とたんにガイウスの目つきが鋭くなった。

「おい。めったなことを口にするものじゃない。そんな望みを匂わせただけでも、下手をすれば反逆の意志があると受け取られかねないんだぞ」

その剣幕にたじろぎ、ディアナはたどたどしく説明する。

「でもさっきヴァーノン夫人が、アレクシア王女が王位を継ぐのが、もっともガーランドのためになるはずだって」

「夫人が？　なぜそのような軽率な発言を……」

ガイウスはいぶかしげに眉をひそめると、あらためて主張した。

「いいか？　王女殿下が玉座に執着されたことは一度もない。わたしが口を滑らせたときも、みなまで言わせずにたしなめられたくらいだ」

「だったらあなたもひそかに、彼女がこの国を治めるべきだって考えてたの？」

「そうではない。……ただご兄弟のどなたよりも、為政者の資質をそなえたかただとお見受けしていただけだ」

「ふうん。でも彼女はあたしに打ち明けたわよ。大勢の注目を浴びながら、あたかも王女みたいにふるまわなきゃならないのに、自分には難しいって。取りかえしのつかないような失敗をすることに、怯《おび》えてもいたわ」

「……あの雪の日のことか」

きっとガイウスの脳裡《のうり》にも、同じ姿が浮かんでいるのだろう。白貂《アーミン》の外套《がいとう》に身をくるんだ、少女時代のアレクシアの幻影が。

「だからあたし言ってやったのよね、あんた向いてないんじゃないのって」

「な……なんて考えなしなことを！　馬鹿《ばか》かおまえは！」

「しょうがないでしょ！　本物の王女さまだなんて知らなかったんだから！」

おもわず声高に言いかえし、ディアナはあたふたと声をひそめた。

「悪かったって思ってるわよ。彼女……気にしてた？」

おずおずとたずねるディアナをひと睨みしてから、ガイウスは窓に視線を流す。

「……弱音を口にされることはめったになかった。だがおまえとの出会いを忘れてはおられなかっただろう。雪の降る日を無邪気に喜ばれることは、あれ以来なくなったからな。そんな日は決まって窓辺にたたずみ、王都の街並みをながめていらした」

ディアナははっとする。

「雪の降る冬は餓死《がし》する子が増えるって、あたしが教えたからだわ」

「それにおまえが貧民窟《くつ》から脱けだして、まっとうな暮らしができているかどうかも気にかけていらしたはずだ。あの冬からずっとな」

「ずっと？」

「ああ。いまとなっては、思い当たることが多々ある。たとえば御前公演で芝居を披露した子役が、どういった出自の者なのか気にされたりな。おまえの存在を念頭においていたとし か考えられまい？」

「……そうね」

ディアナの胸にじわりとあたたかな波が広がった。

「あたしも同じよ。あたしとそっくりの顔をしたあの子は、いまごろどこでどうしてるだろうって、ずっと考えてた。どこかからあの子があたしを観てるかもしれないともね。あたし、あの子に試されてるような気がしてたの」

「試される？」

「せっかくもらった機会を活かせずに、あたしがまともな役者になれなかったら、あたしのほうが負けたみたいじゃない。相手が分身みたいな姿だったから、よけいに対抗意識が芽生えたのかしらね。おかげで挫《くじ》けそうになっても踏んばれたの」

「その気概を持ち続けていたのは立派なことだ」

ガイウスがめずらしくてらいのない評価を口にする。

それがこそばゆくて、ディアナはそっけなく肩をすくめた。

「根が負けず嫌いなのよ」

「一国の王女を相手にたいした度胸だ」

「だから知らなかったんだってば！」

ひそひそとやりかえし、ディアナはふとまじめな表情になった。

「でも知らなくてよかったわ。もしも教わってたら偶然が怖くなったり、なにかとんでもない裏があるんじゃないかって、疑うあまりに逃げだしてたかもしれないし」

「殿下はただ、おまえの苦境に手をさしのべずにいられなかっただけだろう」

「でもあたしに与えた施《ほどこ》しは、王女の身分を明かさなかったからできたことよね？」

「そうだろうな。王女としては軽はずみなふるまいだから、衆目を集めそうな状況であれば、同じことはなさらなかったはずだ」

「そのことを知って、あなたは彼女をたしなめたの？」

「――いや」

ガイウスはふと口許をゆるめる。

「外出先で預かった外套を、わたしが紛失したことにした。おかげで女官たちからひどい顰蹙《ひんしゅく》を買うはめになったが」

遠い過去を追う瞳には、愛《いと》おしさと苦さが漂っていた。

やがてディアナの視線に気がつき、冷ややかに問う。

「なんだ」

「なんでも。ただあなたみたいな護衛官が、彼女についていてよかったなって」

「それは嫌味か」

「とんでもない」

ディアナは含み笑いを隠しつつ、あらためて王女の寝室を見渡した。

ディアナに様式の知識はないが、天蓋《てんがい》から緞子《どんす》を垂らした寝台も、蔓《つる》文様のパネルを嵌《は》めこんだ長櫃も、いかにも時代がかった古めかしい設《しつら》えである。すでに百年か……あるいはそれ以上の歳月を、代々の王女とともに歩んできたのだろう。

なかにはこの寝台に横たわったまま、若くして亡くなった王女もいたのかもしれない。そうした王女の亡霊が、偽者のディアナを懲《こ》らしめてやろうと、夜な夜なあの世からよみがえってくるのではないか……。

そんな不吉な妄想をもてあそんでいると、ようやくアシュレイがやってきた。

「顔見知りの近侍によれば、陛下はご就寝の支度のさなかに胸の痛みを訴えられたそうです。幸い意識を失われるほどの発作には至らなかったとのことでしたが」

ひとまずは持ちなおしたとの報告に、それぞれ安堵の息をつく。

「ただこのところお加減の優れない日が続いていたようで、ご寝室で政務をとられることもしばしばだったとか。明日からしばらくは謁見《えっけん》も控えて、安静にすごされるようです」

「ならばウォレス医師も、当面はそちらにかかりきりになりそうだな」

アシュレイは同意し、ややうしろめたそうに声をひそめた。

「この状況は我々にとって、願ってもない僥倖ともいえます。宮廷人の関心も、多少なり王女から逸れることになるでしょうから」

我々とひとくくりにされて、ガイウスは一瞬不愉快そうに眉をひそめたものの、この期《ご》に及んで皮肉ることはなかった。

だがディアナの胸に、ふつりと不安の泡《あぶく》が浮かびあがる。

「もしも陛下のご病気が、このまま悪くなるばかりだったらどうなるの？」

交互に男たちをうかがうが、どちらもしばらくのあいだ黙りこくったままだった。

その沈黙の長さこそが、事態の深刻さを伝えているようで、ディアナはしだいに息苦しくなってくる。

やがてアシュレイが慎重に、吟味をかさねるように告げた。

「ひとまず政務が大幅に滞《とどこお》ることだけはないはずだ。一時的な代理としてウィラード殿下に委任されるだろうけれど、すでに陛下の右腕として、さまざまな案件にたずさわっておられるからね」

「問題は――」

ガイウスが苦い声で続けた。

「ウィラード殿下の宮廷での影響力が、この先ますます強まるだろうことだな。まだ幼い王太子殿下や、その後見で老獪《ろうかい》なバクセンデイル侯に擦り寄るよりも、若くて有能な国王の庶子にいまのうちに恩を売っておいたほうが、一族の未来は拓《ひら》ける――そう考えて彼に与《くみ》する者もでてくるだろう」

「宮廷があいつの味方だらけになるかもしれないの？」

「嚙《か》み砕けばそういうことだな」

「……なんだか気味の悪い話ね」

「宮廷ではそうめずらしくもないことだ」

ガイウスは冷めたまなざしを宙に投げた。

「耳の早い宮廷人なら、陛下の死を見越してすでに動きだしているかもしれない」

「まさかその勢いに乗じて、いきなり次の王位を狙いにかかるなんてことは……」

ディアナはみずからのひらめきにぞっとするが、

「さすがにそれはないだろう」

ガイウスはきっぱり否定してみせた。

「たとえ国王の息子であろうと、庶子が正統な王太子を追い落とすような露骨な遣り口は、血統を重視する宮廷では許されない。それを心得ておられる陛下も、内心はどうあれ王位継承を認めることはないはずだ」

「だから傍系のセラフィーナさまを、わざわざ担《かつ》ぎだしてくる必要があったわけね」

亡き王弟ケンリックの遺児であるセラフィーナは、ウィラードの尽力によってふたたび王位継承権を与えられた身だった。おそらくウィラードは、彼女を足がかりにして玉座に近づくつもりでいる。

「そのセラフィーナさまですが」

アシュレイの声音にふと懸念がにじんだ。

「どうやら近々ランドール郊外の城館から、宮廷に移られるご予定だとか」

ガイウスは息を呑み、たちまち紺青の瞳に警戒をみなぎらせる。

「陛下に謁見するだけでなく、宮廷に滞在されるのか？」

「陛下がそうお許しになられたそうです。急なご心境の変化は、死期を覚悟されてのものではないかと、近侍はひそかに不安を感じている様子でしたが……」

状況から考えて、ウィラードが巧みにそう仕向けたのかもしれない。

「さっそく布石を打ってきたか」

ガイウスが苦々しく吐き捨てた。

やはりウィラードは本気で玉座を獲《と》りにきている。ならば未来の王位継承者を産むかもしれない妹王女を、このままおとなしくローレンシアに送りだすつもりもないわけだ。

「……つまりこの宮廷は、アレクシア王女にとって世界一危険な遊戯盤かもしれないってことね」

しかけられた勝負から降りることはできず、賭《か》け金といえば命そのものだ。

アシュレイがちらと主室をふりかえり、

「今夜はぼくが隣に控えていようか?」

気遣うように申しでるが、すかさずガイウスがしりぞけた。

「それには及ばない。護衛はわたしの務めだからな」

「ではあなたが朝までディアナのそばに?」

「不満か?　護衛の勘は鈍っていないし、対象が身代わりだからといって気を抜いたりはしないが」

「いえ……そういうつもりでは」

ほんのつかのま、アシュレイは物言いたげな表情をのぞかせたが、

「あなたがディアナについていてくださるのなら、ぼくも安心です。きみもそれでいいのかな?」

アシュレイの視線を受けとめ、ディアナはうなずいた。

「あなたはグレンスター公との連絡役で、明日からなにかと忙しくなるでしょう?　だからいまのうちにできるだけ休んで」

「そうだね。そうさせてもらうよ」

アシュレイはおだやかな微笑をかえした。

「ではぼくはこれで──」

「アシュレイ」

背を向けかけたアシュレイを、ガイウスが呼びとめた。

「明日の朝にも、アンドルーズ家に遣いをだしてかまわないか？　わたしが宮廷に戻った報告と、屋敷にはしばらく顔をだせそうにない旨《むね》も伝えておきたいのだが」

「もちろんです。ただ身代わりの件については……」

「他言無用なのは先刻承知だ。そもそもこんな状況が父に知れたら、わたしこそただではすまない」

ガイウスにはめずらしく、いかにも戦々恐々《せんせんきょうきょう》としたくちぶりである。

「そんなに怖いお父さんなの？」

「父はなによりも忠義を信条とする頑固者だからな」

「つまり似た者親子ってことね」

「わたしはあのように融通の利かない石頭ではない」

不服そうなガイウスをよそに、ディアナたちはくすりと笑った。

「ディアナ。きみもなにか要望があれば遠慮なくどうぞ」

「あ！　それならアーデンの《白鳥座《はくちょう》》にも、遣いをやってもらえるかしら？　あたしが元気でいることと、状況によってはすぐに帰れないかもしれないってことを、うちの座長に早めに知らせておきたいの。ほら、あたしが復帰できるかどうかで、次の舞台の配役も変わってくるだろうし」

「……たしかにそうだね」

アシュレイはしばし考えこみ、

「そういうことなら、きみ自身の手で書簡《しょかん》をしたためたらどうかな？」

「いいの？」

「先方もそのほうが、安心してきみの帰りを待てるだろうからね。念のために文面はこちらで検めさせてもらうことになるだろうけれど、父に預ければグレンスターの者が責任をもって届けてくれるはずだよ」

「ありがとう。ぜひお願いするわ」

アシュレイを見送りながら、ディアナの心はすでにアーデンに飛んでいた。

気のいい仲間たちは、みんな元気にしているだろうか。

しばらく町を離れていたリーランドも、そろそろ一座に戻っているはずだ。

この数奇な体験を、もしもあまさず打ち明けることができたなら、彼はいったいどんな反応をみせるだろう。おもしろい戯曲の種になりそうだと目を輝かせる？　それとも荒唐《こうとう》無稽《むけい》な法螺《ほら》話だと笑い転げるだろうか？

そんな想像をするうちに、熱いものがこみあげてきた。

嗚咽《おえつ》をこらえるように深呼吸をくりかえし、ようやく顔をあげると、まだ寝室に残っていたガイウスが、無言でこちらをうかがっていた。

「な……なに？」

「故郷が恋しいのか？」

非難をこめた声色《こわいろ》ではなかった。

だがディアナは気まずさのあまり、ついぞんざいな口をきいてしまう。

「ちょっとそんな気分になっただけよ。他の誰かがいるところでへまはしないわ」

「里心がつくのは当然だ。恥じることはない」

「べつに恥じちゃいないけど……」

「だからもしも耐えられなくなりそうなときは、なんでもわたしに吐きだせ」

「え……」

「昼でも夜でもかまわない。必要なときにその呼び鈴を鳴らしてくれればいい。どんなにかすかな音でも、即座にかけつける習慣が身についている」

それだけ告げると、ガイウスは壁際から離れて、こちらに背を向けようとする。

その横顔がほんの一瞬ゆがんだのに気がつき、ディアナはとっさに声をかけていた。

「ねえ。ひょっとして背中の怪我《けが》が、痛むんじゃないの？　なんだか顔色も悪いみたいだし、長椅子で休んだりしたら、創《きず》に障《さわ》るんじゃ……」

「気にするな」

そっけなくあしらわれたとたん、ディアナはわけもない衝動にかられる。

「でもあなたの姫さまならきっと気にするわ。違う?」

追いすがるように確信を投げつけてやると、ガイウスは歩みをとめた。

そしてわずかな沈黙をおいて、

「そんなことまで無理に真似《まね》してみせなくていい」

こちらをふりむくこともないまま、寝室をあとにした。

ぱたんと閉じた扉をまえに、ディアナはむなしく独りごちる。

「……無理なんてしてないもの」

だがひとり取り残された寝室は、にわかに寒々しさが増したようだ。

枕許に伏せられた可憐《かれん》な呼び鈴は、真の主にふれられるときを待っている。

そしてガイウスが真に耳をすませているのも、遠いへだたりを越えて届くアレクシアの呼び声だけなのだ。

3

出発の朝がやってきた。

夜が明けてまもないアーデンの街路を、ふたりは並んで広場に向かう。

空は澄み、風はさわやかで、覚悟の旅の始まりにふさわしい晴れ模様だ。

ほんの短い滞在だったが、この町でのめまぐるしい経験の数々は、一生涯忘れることはないだろう。

ノアとの出会いと訣別《けつべつ》。

ディアナを愛する人々からの激励。

無惨に焼け崩れた《白鳥座》の残骸《ざんがい》。

そしてかけがえのない戦友たちとの喜びの再会……。

ただひとつだけ心残りなことがある。

「結局ノアとは会えずじまいになってしまったな」

――一座のみんなはあんたのせいで死んだんだ。あんたがおれの仲間たちを殺したんだ！

激しくアレクシアを糾弾《きゅうだん》し、走り去ったあの日から、ノアがふたたび顔をみせることはなかった。理解も和解も求めるつもりはない。ただかならずやディアナを、グレンスターの謀から救いだす。その決意だけは伝えてから、アーデンをあとにしたかった。

「しかたないさ。あいつも意地を張ってるんだろう。ノア宛《あ》ての書き置きをうちの大家に預けてあるし、もしもあいつが望むなら、しばらくおれの部屋に住まわせてやってくれるよう頼んでもおいた。住み処さえあれば、あいつも自分の食い扶持《ぶち》くらいはなんとか稼いでいけるはずだ」

　しかしたとえ路頭に迷いはしなくとも、リーランドまでが町を離れ、一座の生き残りが自分ただひとりとなったら、ノアはこれまで以上に見捨てられた心地になるのではないだろうか。

「まだあいつの恨みごとを気にしているのかい？」

　アレクシアは首を横にふり、絹の衣裳を詰めた布袋をだきしめた。

「あれは当然のことだから。だがあなたを奪い去るように王都行きにつきあわせているのも忍びないし、できれば面と向かって誓いをたてたかった。そんなものは、ノアにとっては気休めにもならないだろうけれど」

　人影のない街路をながめやり、アレクシアは吐息を洩らす。

「あの子はわたしの弟と同じ年ごろだから、どこかかさねあわせているところがあるのかもしれないな」

　とたんにリーランドが目を丸くした。

「きみの弟って……まさかエリアス王太子のことか？　いや、でもデュランダル家の王子さまと、あの小生意気な孤児《みなしご》とじゃあ、どこもかしこもかさなりようがないだろう」

　並べて語るなんて畏《おそ》れ多すぎると、リーランドは妙にたじろいでいる。

　アレクシアはつい笑ってしまいながら、

「もちろん性格や容姿はまったく違うが、エリアスとはしばしば市井に暮らすもうひとりの、、、自分の話をしていたものだから」

「つまりきみとディアナの奇跡的な邂逅《かいこう》について？」

「そう。エリアスにもこのガーランドのどこかに分身のような少年が存在していて、外の世界を自由にかけまわっているのかもしれない――そんな想像をあの子は楽しんでいたんだ。あなただから打ち明けるが、エリアスは幼いころから病がちで、寝台を離れられずに一日を終えることも、決して稀ではなかったから」

「武芸よりも学問を好まれる、おだやかなご気性との評判を耳にしたことはあるが、そこまでとは知らなかったな」

王とは国家の威信を体現する存在だ。だから強靭《きょうじん》な輝かしさと、洗練された美しさを兼ねそなえていることを期待される。にもかかわらず未来の王が病弱の身では、民を不安にさせるし、諸外国につけこまれる隙《すき》にもなる。現王エルドレッドの病が伏せられているのも、そのためだ。

「近ごろは格段に健やかさを増してきているのだが、やはり王太子の身では外廷を歩きまわることすらままならないから……」

「なるほど。遊び盛りの子どもには窮屈《きゅうくつ》な暮らしだろうね」

「それでわたしが、お忍びででかけた市井での体験などを、語り聞かせていたんだ」

「弟想いなんだな」

「……わたしにとって真に心を許せる親族は、エリアスだけのようなものだから」

「異母兄のウィラード殿下は？」

「兄上のことは尊敬しているし、憧れてもいるが……」

かねてからの恐れを吐露《とろ》しかねて、アレクシアはくちごもる。

「なにをなさるにも完璧すぎて近づきがたいというか、わたしが勝手に気おくれしているだけなのかもしれない。兄上はわたしに親切に接してくださったから」

「親切ねえ……」

いかにも他人行儀な語りように、微妙な距離感を嗅《か》ぎとったのだろう。

だがリーランドはその点については追及せずに、

「それならグレンスター家とのつきあいは？」

「宮廷での叔父上は、わたしの庇護《ひご》者とみなされるようなふるまいを、慎重に避けていらしたから」

「家族もそれに倣《なら》っていたのか？」

「亡くなられた奥方と、すでに他家に嫁がれたご息女のことはあまり記憶にない。嫡男《ちゃくなん》のアシュレイには、夜会でしばしば舞踏の相手をつとめてもらったが」

「よそよそしかった？」

「どこかわたしを扱いかねるような遠慮は感じていた。ただ従兄《いとこ》がついていれば、王女の虫除けになるという狙いなのは、おたがいに承知していたから」

「あてがわれた役目を、粛々《しゆくしゆく》とこなしていたわけか」

「そう汲んでいたが」

アレクシアは苦い現実をかみしめる。

「わたしは叔父上のことも、アシュレイのことも、結局なにひとつ理解してはいなかったのだな」

まさかグレンスター父子《おやこ》にとっての自分が、ためらいなく命を奪い、代役と取り替えてもかまわないほどの存在なのかもしれないとは、予想だにしなかった。

「親族なんて、どこも案外そんなものかもしれないけどな」

ふいにリーランドがつぶやいた。

「腹違いの兄弟が遺産をめぐっていがみあったり、下手すりゃ親子で殺しあうことだってある。こじれた縁《えん》に女々しくしがみつくから、泥沼のぬかるみに嵌まりこんで脱けだせなくなるんだ」

一般論を述べるにしては、実感のこもった声色だった。

淡々《たんたん》と突き放す口調の奥に、生々しい屈託がひりついているかのような。

「ともあれディアナの成り代わり計画が順調そうな様子からすると、幸か不幸かグレンスター一党の結束はかたそうだな」

アレクシアは神妙にうなずいた。

「ほころびが生じないうちに、なんとかできればよいのだが」

「まったくだな」

リーランドはやれやれと息をつき、紐でくくった頭陀袋《ずだぶくろ》をかつぎなおす。

ずっしりと肩に食いこむその袋には、これまでに書き溜めた戯曲の束や、どうしても手許においておきたい書物なども詰めこまれているらしい。

ほどなくたどりついた広場にもまだ人影はなく、小鳥の群れがのどかに石畳《いしだたみ》をついばんでいるばかりである。その先——町を北に抜ける街道のそばに、すでに馬たちをつないだ四輪馬車がたたずんでいた。

「あれが約束の貸馬車？」

「そのはずだが……」

長旅につきものの危険を避けるべく、王都まで箱馬車を貸しきりにする交渉を、昨日のうちにすませてくれたという。それにしては意外そうなリーランドの視線を追うと、馭者《ぎょしゃ》らしい男が馭者台に腰かけて欠伸《あくび》をしていた。その隣にもうひとり、肩を並べた少年の姿がある。

「……ノア！」

とっさにかけよろうとしたアレクシアだが、いくらもゆかぬまに地に足が縫いとめられる。いざ面と向かって言葉をかけるとなると、どうきりだしていいかわからない。

そんなアレクシアの様子を、ノアはしばらく口を結んだままうかがっていた。

だがついにじれったさに我慢しきれなくなったのか、みずから馭者台を飛び降りてずんずんと近づいてくるなり、

「なにぼんやり案山子《かかし》みたいにつったってるんだよ。おれが待ちくたびれただろ！」

ぽんぽんとまくしたてられ、アレクシアは唖然《あぜん》とする。

「案山子……」

「お、おまえって奴は、なんて口の利きかたをするんだ！」

らしくもなくリーランドがあわてふためくが、ノアはふんと鼻で笑ってのけた。

「なんだよ。おれが下手に敬《うやま》ったりして、素姓《すじよう》がばれたら困ったことになるのは、こいつのほうだろ」

「彼女をこいつ呼ばわりするんじゃない！」

もはや頬《ほお》をひきつらせたリーランドが、たまらずノアの襟《えり》首をつかみあげようとするのを、アレクシアは急いで押しとどめた。

「いいんだ。そもそもわたしには、この子に敬ってもらう資格などないのだから」

「だとしたって非礼すぎるだろう」

「それでもかまわない」

アレクシアはふたりのあいだに身を割りこませると、挑発的に顎《あご》をあげるノアと目線をあわせた。

「ノア。そなたに断りもなく、町を去ろうとしたことを許してほしい。だが決して、わたしが負うべき責から逃れようとしていたわけではないんだ」

鋭いまなざしにひるみそうになるのを、なんとか踏みとどまって続ける。

「奪われた命の償いはできないが、ディアナを宮廷から救いだすには、一刻も早くわたしが王都に出向かなければならない。そのためには彼の――リーランドの手助けが欠かせないんだ。ディアナの身の安全を確保するのにしばらくかかるかもしれないが、リーランドが彼女をともなってこの町に戻る日まで、わたしたちの真の目的は胸に秘めたまま待っていてほしい。心細い思いをさせてしまうが、辛抱《しんぼう》してもらえるだろうか？」

せめてもの謝意と決意が伝わるよう、アレクシアは心をこめて語る。

だが投げかえされたのは、いかにもぞんざいなひとことだった。

「冗談だろ」

「え……」

「おれだけアーデンでおとなしく待ってろって？　ふざけるなよな。おれにあんたの命令に従ってやる義理があるか……ってなにするんだよ、リーランド！　舌かむところだっただろ！」

頭をはたかれたノアが憤然と抗議するも、

「ならおれの言いつけを守る義理はあるはずだよな？」

リーランドはじたばたするノアの額《ひたい》を片手で押さえこみ、断固として告げた。

「おまえはこの町から動かずに、なにも知らぬ存ぜぬで暮らしていろ。それがおまえのためなんだ」

「そうやっておれを除け者にする気だな。おれはこのディアナの偽者を、そばで見張ってなきゃならないんだ。おれの顔が広くなかったら、まんまとあんたたちに出し抜かれるところだったぜ」

ノアの視線がちらと馭者をとらえる。

リーランドは弱りきったように頭をかいた。

「ちゃんとくちどめはしておいたんだけどな……」

王都行きの予定は、どうやら馭者から洩れたようだ。故意に約束を破ろうとしたのではなく、ノアなら当然承知しているものと話題に乗せてしまったのかもしれない。

「あのな。なにもおれたちは、物見遊山で王都に出向こうってわけじゃない。これから相手取らなきゃならないのは、邪魔な人間は女子どもだって容赦《ようしゃ》なく手にかけてはばからないような連中なんだ」

「だったらなおさら、味方の人数は多いほうがいいじゃないか」

「子どもには危険すぎるし、足手まといにもなる」

「そんなの理由になるかよ。そこの浮世離れしたお姫さまより、おれのほうがよっぽど役にたつに決まってるだろ」

役にたつ。そのひとことにアレクシアは胸をつかれる。

一座の火災に居あわせながらただひとり死を免れたノアは、意識のない仲間たちを置き去りにして逃げるしかなかった自分を責め、彼らを見殺しにしたせめてもの償いをしたいという衝動にかられているのではないか。

はからずも生き残ってしまった者の心持ちは、アレクシアにもいくらかは理解できるつもりだ。

「ノア。良い子だから聞きわけてくれ」

「おれは良い子じゃないから聞きわけない」

「これ以上おまえを巻きこみたくないんだって」

リーランドはいきりたつノアをなだめすかし、なんとか説得を試みようとしている。

だがノアのかたくなさは増すばかりで、折れる様子がない。

アレクシアはたまらず口を挟んだ。

「リーランド。ノアをこの町に留まらせても、安全とはいえないかもしれない。わたしとあなたが姿を消してどこに向かったのか、もしも生存者のノアにグレンスターの者が目をつけて、吐かせようとしたら？」

「それは……たしかに考えられなくもないが」

「だとしたらひとりここに残していくよりも、ともに王都に向かって身を隠したほうがむしろノアのためではないか？」

「ううむ……」

リーランドとしては、子ども連れで身軽に動けなくなるのはご免だというのが本音なのかもしれない。ただでさえ世知《せち》は子ども並み……むしろそれ以下のアレクシアが同行するのである。

しばらくの逡巡《しゅんじゅん》ののち、リーランドは観念したようにため息をついた。

「あいにくだが、おれは修行を積んだ傭兵《ようへい》でもなんでもない。護衛の役目を期待されても困るからな」

「でも剣戟《けんげき》の芝居は上手《うま》いじゃないか」

「あんなのは型の決まった踊りみたいなものだ。それにいざというときは、おまえよりも姫君の身の安全を最優先にする。そいつが不満なら――」

「は！　誰があんたなんかに守ってもらったりするかよ。むしろいるだけで危なっかしいこいつに、おれが庶民の流儀ってものを教えてやるさ」

たちまちリーランドが半眼になる。

「次に彼女をこいつ呼ばわりしたら、馬車から放りだすからな」

「やれるもんならやってみろ！」

ノアは身をひるがえし、まっさきに客車に乗りこむ。

リーランドがげっそりと肩を落とした。

「前途多難だな」

アレクシアもようやくほのかな笑みを洩らす。

どうやらにぎやかな旅になりそうだった。

4

正午を告げる鐘の音が、銀の羽衣のように秋空にたなびいている。

ディアナは羽根ペンを動かす手をとめ、しばし耳を澄ませた。

昔はごみ溜めのような路地で聴いていたあの鐘の音を、いまは丘にそびえる王宮のそのまた奥の内廷で耳にしているとは、人生とはわからないものだ。たとえ百年を生きた老人でも、こんな数奇な機会にめぐりあう者はそういないだろう。

「気が散るようなら窓を閉めようか？」

アシュレイに声をかけられ、ディアナは我にかえる。彼がそろえてくれたいかにも上等な筆記具一式で、座長宛ての便りをしたためていたところだったのだ。

ディアナの宮廷生活初日は、いまのところ順調な滑りだしである。

グレンスター家の根まわしが効いているのか、招かれざる面会人が乱入してくることもなく、王女の居室はいたって静かなものだった。エルドレッド王の容態も、どうやら現在はおちついているようである。

「気にしないで。ちょっと懐かしい気分になっただけだから」

「懐かしい？」

意外そうにくりかえしたアシュレイは、ほどなく納得の表情を浮かべる。

「そうか。きみは子ども時代に何年か、ランドールで暮らしていたのだったね」

「ええ。だいたい四年くらいかしら」

生まれ育った我が家も同然の修道院を焼けだされ、命からがら王都まで流れついたのが七歳のころ。そして王都を去るきっかけとなったアレクシア王女との出逢《であ》いが、明日にも娼館に売られようとしていた十一歳のころだった。

そうした生いたちについては、アシュレイにもすでに打ち明けていた。

「あのころは朝から晩まで空から働きぶりを監視されてるみたいな気がして、町のどこにいても鳴りだす鐘が苦手だったけど」

王都のそれぞれの教区には、たいてい鐘楼《しょうろう》を備えた聖堂がある。だからどちらに足を向けても、時を刻んで降りそそぐ鐘の音に追いたてられる心地になったものだ。

「夕暮れの鐘が鳴っても決められた稼ぎに足りないと、決まって胃がひき絞られるみたいに痛みだすの」

アシュレイがはっとしてディアナをみつめる。

「まさかそのまま塒《ねぐら》に帰ると、元締めからひどい扱いを受けたのかい？」

「そうね……手をあげられることはそんなになかったけど、代わりに次の日の稼ぎを渡すまで食事を抜かれるの。それが一番の懲らしめになるって、きっとわかってたのね。実際あれにはいつまでたっても慣れなくてまいったわ。ただでさえ満足に食べてないものだから、足から力が抜けてまっすぐ歩けなくなるのよね」

当時の情けない記憶がよみがえり、ディアナはしみじみとため息をつく。

アシュレイはいたたまれないように、淡い空色の瞳をくもらせた。

「幼い子どもたちに酷なことを……」

「でも同情する子はいなかったわ」

「そういうものなのかい？」

冷淡な反応に感じられたのだろうか、アシュレイの問いにとまどいがにじむ。

「憐《あわ》れな演技でどれだけたくさんのお恵みをせしめるかがあたしたちの勝負だから、稼ぎがないのはその子の腕が悪いってことになるの。おまけにひとりのあがりが減れば、それだけ仲間それぞれの取り分にも響くわけで、みんなの役にもたてない。だからよけいにみじめな気分になったわ」

アシュレイが言葉をなくしているのを察し、ディアナはつとめて軽い調子で続ける。

「もちろん誰にだってついてない日はあるから、寄って集《たか》って責められたりはしなかったけどね。見かねた仲間がこっそり食べものをくれることもあったし、みんなで助けあってそれなりに楽しくやってはいたのよ」

だからこそ義理と愛着で心を縛られた子どもたちは、一味からの足抜けをためらうようになる。たとえぎりぎりの暮らしでも、ここを追いだされてひとり道端で野垂れ死ぬよりはましかもしれない——そんな心理を巧みにつくのが、孤児《みなしご》たちを取りまとめる悪党どもの手なのだと理解したのは、王都を離れて何年も経ってからだ。

当時はあの《奇跡の小路》が、ディアナの世界のすべてだった。修道院を焼けだされ、一度はなくした住まいとかりそめの家族に、今度こそしがみつきたい気持ちもあったのかもしれない。

あれから六年。当時の仲間のどれだけが、いまも生き残っているだろう。

病がちな子だけでなく、なにをやらせても要領が悪くてまともな働きができない子もいた。そんな子はたとえあからさまに爪弾《つまはじ》きにされなくとも、しだいに衰弱《すいじゃく》して命を落とすことが多かった。

遠い子ども時代の呼び声は、ディアナの胸にいまでも生々しくこだましている。

高く低くかさなりあう鐘の余韻に、アシュレイが優しい声をすべりこませた。

「演劇の世界にはそのころから興味が？」

「ええ。劇場まわりには人が集まるし、雨風もしのぎやすいから、はじめのうちはそれが目当てでうろついてたの。でも芝居がはねるのを待ちがてら、出来心で舞台裏に忍びこんでみたら、あっというまに心を奪われたわ。いつか自分があんな舞台にあがるなんて、想像もしなかったけど」

「アレクシアとの出逢いが、きみの転機になったんだね」

「そうね。どこかの一座に飛びこんで、演技力を披露して雇ってもらえばいいだなんて、さすが世間知らずのお嬢さまはとんでもないことを考えつくものだって、呆れたわ」

「にもかかわらず、大胆な提案を受け容れる気持ちになったのはなぜかな。やはりその姿に心を動かされたのかい？」

「もちろんそれもあるわ。でも一番の決め手は、なによりあの子の声に嘘《うそ》やごまかしがなかったことかもしれない」

ディアナはペンの美しい羽根先をもてあそびながら、

「ぼろぼろの身なりで街角をうろついてるとね、邪険に追い払われることもあれば、憐れんでお恵みを弾んでもらえることもあったけど、本気であたしを助けようとしてくれる人は誰もいなかった。あんな境遇から脱けだせずにいたら、いずれは娼婦《しょうふ》か監獄行きでろくな一生は送れないって、わかりきってるはずなのに」

「アレクシアだけがそうではなかったんだね」

「無知って無敵なのよ」

冗談めかしたディアナは、ふとその瞳から笑みを消した。

「でもあたしの可能性を信じてくれたのは、あの子だけだった。あたしに役者をめざせばいいだなんて、仲間の誰ひとりだって言ってくれやしなかったのに。でもあの子のそんなところが、女王に向いていたのかもしれないわ」

「女王に？」

驚くアシュレイに、ディアナはひそひそと耳打ちする。

「あのね。ここだけの話だけど、アレクシア王女にはご兄弟の誰よりこの国を治める資質があるって、ガイウスは感じてたみたい。それにヴァーノン夫人も、女だからって王位についちゃならない理由はないって言ってたわ。ガイウスにはそういう軽はずみなことを口にするものじゃないって、叱られたけど。あなたはどう思う？」

続けてたずねてみると、アシュレイはしばらくのあいだ、おのれの心の声が浮かびあがるのを待つように、白紙の用箋《ようせん》に目を向けていた。

「そうだね……女王を戴くことが、かならずしも治世の乱れにつながるとは、ぼくも考えていないよ。でもアレクシアが為政者に向いているのなら、きみにもその資格があるといえるのではないかな」

「え？　あたし？」

　話の流れがおもいがけない方向に舵《かじ》をきり、ディアナはまごついた。

「市井の過酷な暮らしを身を以《もっ》て味わってきたからこそ、真に民の望みに寄り添った政ができる。そんなふうには考えられないかい？」

「でも一介の庶民が政にたずさわるなんて、ありえないことだわ」

「それはそうだけれど、仮定としてなら？」

「さあ……どうかしら。でも貴族ばかりが得をするような政を、若い女王さまがどんどん改革してくれたら、応援したくなるかも」

「きみならうまく演じられそうだ」

「舞台で？　そうね。たしかに演じるのは楽しそう。アーデンに帰ったら、あたしを主役にして、そんな新作を書いてもらおうかしら」

　ディアナはおどけてみせながら、便りの続きを綴《つづ》った。

　王女も自分も命に別状はないが、ローレンシア行きが保留になっている現在は動きがとれない。状況に進展がありしだい、また連絡するという内容だ。至れり尽くせりの扱いを受けていること、いまのうちに上流の作法を学んでおくつもりだと、滞在を楽しんでいる姿勢をみせておくのも忘れない。

確認を求めると、アシュレイは文面に目を走らせ、うなずいた。

「うん。これならさしつかえなさそうだね。父に預けて、近くアーデンまで遣いをだしてもらえるように頼んでおくよ」

ディアナはおしまいにさらさらと名を加えて、アシュレイに手紙を託した。

「ありがとう。これで一安心だわ」

「ところで王女の署名のほうは上達したかい？」

「なんとか空で書けるようにはなったけど、まだぎこちなくて全然だめ」

王都行きが決まってからというもの、ディアナはグレンスター公の命令で、王女の署名の練習にも励んでいたのである。しばらく公務は避けられるにしても、いつ重要な書類に署名を求められないともかぎらないし、逆に直筆《じきひつ》で名を綴りさえすれば、代筆された文面もそれが王女の意である証明になるからというのだ。

しかしくにゃらくにゃらと蔓の絡まりあうような装飾的な署名は、憶えるだけでもひと苦労の代物《しろもの》で、しかも指導役のガイウスがいちいち不愉快そうなのも気になって、習得はいまひとつはかどっていなかった。

ガイウスの不満を代弁するなら、高貴なアレクシアの名が無様に穢《けが》されるさまは腹だたしく、かといって上達したらしたで、女優ごときが不可侵なる王女の地位を乗っ取りつつあるようで、それこそ忌々《いまいま》しい——といったところだろう。

若き救国の英雄は、存外にわかりやすい男なのである。

そのガイウスはというと、さきほどから王太子の私室におもむいていた。エリアスが姉の様子を気にかけるあまり、見舞いを強行しようとすれば、衛兵も逆らいにくい。そんな事態を招かぬよう、気心の知れたガイウスが先手を打ちに出向いたわけである。

うまく説得できたものか、おちつかない心地で待っていると、ようやくガイウスが姿をみせた。

「おかえりなさい。ずいぶん長くかかったみたいね」

「奇襲の顚末から順を追って、容態の変化についても逐一ご説明さしあげたからな。なんとかご理解いただいたが、やましさを隠すのに骨が折れた」

「それなら怪しまれずにすんだのね？」

「どうかな。なにしろ明敏なおかただから、ご回復の傾向についてはあえて楽観的に伝えられていると、内心では案じておられるかもしれない」

「ですがそれ以上のことを疑われてまではいないのでは？」

アシュレイが代役の存在について示唆《しさ》すると、ガイウスは口の端をゆがめた。

「そうだろうな。よりにもよってこのようなひどい偽りで、わたしが殿下をたばかる日がくるとは……」

たしかに親しくもない相手を騙《だま》すよりも、心が咎《とが》めるというものだろう。

「あなたは王太子殿下にもずいぶん信頼されているの？」

ディアナが訊いてみると、ガイウスはためらいがちにうなずいた。

「近々わたしをご自分の護衛官にすることを、承諾なさる程度にはな」

「アレクシア王女がお嫁に行ったあとは、そうなる予定だったってこと？」

「公式な辞令ではないが、ローレンシア行きを控えた王女殿下がそのように頼まれたそうだ。ぜひ陛下の許可を得て、わたしを取りたててやってほしいと」

アシュレイが納得したように、

「あなたの長年の献身に酬《むく》いるために、栄達の道を用意されたわけですね」

「わたしがもう何年もそれを望んでいると、誤解しておられたからな」

「そうなの？　どうして？」

かさねてたずねるも、ガイウスは肩をすくめてはぐらかすばかり。

だが無言で窓に逃がした視線がいともせつなげで、ディアナはそれきりなにも問うことができなくなってしまった。


午後になり、陽《ひ》も暮れかかってから王女の私室をおとずれたグレンスター公は、ひどく消耗しきった様子だった。

　朝からの閣議で、こたびの失態について徹底的に追及されたらしい。

　航海の責任者であるリヴァーズ提督が、奇襲によって命を落としたため、やはりすべての責任をひとりで被るかたちになったようだ。

　グレンスターにしてみれば、ここが勝負どころである。

　しかし肝心のエルドレッド王は不在であり、代理のウィラードも政務に忙殺されているため、詳しい報告があがるのを待つという名目で、裁定は保留とされた。

　第一の関門はなんとか切り抜けたわけだが、グレンスター公の顔つきは、まだまだ安堵にはほど遠かった。

「なにか問題が生じましたか？」

　アシュレイが問うと、公は一枚の紙片をディアナに突きつけた。必死の弁明で喉を酷使したためか、すっかりかすれた声で命じる。

「さっそくだがローレンシア特使から謁見を求められた。特使を相手におまえが語るべきことを、ひととおり並べあげておいたから、明日までにすべて頭に叩きこんでおけ」

「待ってください。当面のあいだは、誰からのお見舞いも断るつもりだって——」

「彼だけは例外だ」

「そんな！」

ディアナはほとんど悲鳴をあげるが、グレンスター公は歯牙《しが》にもかけない。

「アレクシアがいまだローレンシア王太子妃としての務めを果たせる身かどうか、特使は本国に報告する義務がある。下手に遅らせれば、それだけ王女の容態が不安定だとみなされかねないのだ」

そのせいでようやくこぎつけた婚約に悪影響がでては、アレクシアのためにならない。その主張は、もちろんディアナにも理解できるが——。

するとアシュレイが考え深げに指摘した。

「ローレンシア特使というと、夜襲で賊に身柄を拘束《こうそく》されたカナレス伯ですね。その恐怖を身を以て味わわれたあのかたであれば、同じく賊の刃《やいば》にさらされて命を落としかけた王女にも、憐情の念をもって接されるのではないでしょうか」

「いかにも。だから懼《おそ》れることはない」

きっぱり断言されたところで、そんなものは懼れるに決まっている。

「そもそも特使はアレクシアに対して、同情めいたものを感じておられるふしがある」

「どうしてですか?」

「さて。なにしろ夫になるのがあの男ではな」

その夫——レアンドロス王太子がどんな男なのか、ディアナはよく知らない。

ガイウスのくちぶりから、夫として好ましい人柄ではなさそうだと察していたが、それも私情がからんでいるせいばかりではないのかもしれない。

「おまえのほうから親身な労わりの言葉をかけてやれば、尋問めいた物言いをされることもないだろう」

「それにしたって今日の明日だなんて」

いきなりすぎて心の準備が……とディアナがなおもぐずぐずしていると、グレンスター公はいらだちに眉を吊《つ》りあげた。

「台詞《せりふ》を記憶するのは慣れておるだろう。あとは相手の出方にあわせて、即興芝居の要領でやればいい。それともおまえには、その程度の能もないというのか？」

あからさまな挑発だったが、無能扱いには我慢ならない。

くちごもるディアナに、公は傲然《ごうぜん》と迫った。

「できるのか。できないのか」

「……できます」

「よかろう」

満足げなひとことを残し、グレンスター公は踵をかえした。

ディアナの視界の隅では、アシュレイが咳《せき》払いをしている。

どうやらこみあげる笑いをごまかしているようであった。

その夜。

灯《あか》りを落としてからも、ディアナはなかなか寝つけなかった。

ついに観念し、明日のおさらいをしておこうと、窓腰かけに向かう。

幸い今夜は月が昇っているので、台詞を確認するにも不便はなさそうだ。

「……このたびの災禍《さいか》が両国の友好に翳りをもたらすことのなきよう、ぜひとも閣下のお力添えを願いたく……」

片膝《ひざ》をかかえ、紙片を手に小声で諳《そら》んじる。

素では舌を咬みそうな、かしこまった言いまわしも、台詞ならなんてことはない。

「問題は即興でどこまでそれらしく演じられるかだけど」

即興芝居は、何度も稽古をかさねて息もぴったりの相手と、丁々発止《ちょうちょうはっし》のかけあいを繰り広げるからさまになるのである。特使が宮廷流の冗句《じょうく》でも披露しようものなら、焦ってすぐにぼろをだしてしまいそうだ。

いや増す緊張をやわらげようと、長い息を吐きだす。

そのときである。ディアナはかすかな物音をとらえ、かたわらの窓に目を向けた。そこにはいつのまにか、硝子《ガラス》を嵌めた窓枠をかすめるように、白い布がそよいでいる。

「……なにかしら？」

どこからか飛んできた布が、外壁の張りだしや、雨樋《あまどい》の彫像にひっかかってはためいているのかもしれない。だが次の瞬間、ぺたりと窓に貼りついたものに、ディアナは息をとめた。それは五本の指をそなえた、ちいさな手のひらだった。

「ひっ！」

ディアナは悲鳴を呑みこみ、転がるように窓辺から飛び退《の》いた。

いまや完全な姿をあらわしたそれは、寝巻き姿の金髪の子どもだった。

やはり夭逝《ようせい》した王女の亡霊が、王女の身分を騙る不届き者を呪いに、あの世からよみがえってきたのだろうか？　けれどひたとこちらをみつめる亡霊のまなざしは、なぜか喜びに満ちているようだった。

まさか……エリアス王子？

よくよく見れば、月光を浴びてきらめく金の髪は、肩に届かない長さだ。そしてこんな夜更けに内廷をうろつける少年といえば、王太子のエリアスしかいない。

つまりこういうことだろうか。最愛の姉が宮廷に帰還したというのに、見舞いすら禁じられたエリアスが、自室からはるばるここまでやってきたと。

「こんなにやんちゃな王子さまだったなんて、聞いてないわよ」

ディアナはますますうろたえるが、このまま追いかえすわけにもいかない。なかば自棄《やけ》ぎみに心を決めると、身ぶりでエリアスに注意をうながしながら、窓に手をかけた。

「――姉上！」

冷えた夜気とともに、弾んだ声が流れこんでくる。

「どうしてもお目にかかりたくて、部屋を脱けだしてきてしまいました！」

「そ……そうだったのか。でもどうやってここまで？」

ディアナはなんとかそれらしい口調で応じた。

「姉上の方法を真似したんです」

「わたしの？」

「衛兵に見咎められないよう、外壁の張りだしを伝ってわたしの部屋までお見舞いにきてくださったことがあったでしょう？　壁に沿って角をひとつ曲がるだけだから、たいして危険でもないとおっしゃって」

とはいえここは三階で、足を滑らせたら一巻の終わりだ。まったくなんという型破りなお転婆《てんば》娘だろう。そして姉が姉なら弟も弟である。

ディアナが呆気《あっけ》にとられていると、

「やはり憶えておられないのですか？」

こちらをのぞきこむエリアスの瞳は、いつしか悲しげにくもっていた。

「ご記憶をなくされているというガイウスの報告は、本当だったのですね」

「え？　あ……それは違う。そうではないんだ」

エリアスの心痛を取りのぞいてやりたい。にわかにそんな衝動が湧きあがり、ディアナはけんめいに言葉をかさねる。

「海で溺《おぼ》れかけてからというもの、ときおりぼんやりして受け答えがおぼつかないことがあるのを、ガイウスが大袈裟《おおげさ》に伝えたのだろう。記憶があいまいといっても、きっと一時的な症状にすぎないから、そう深刻に受けとめる必要はないよ」

「……よかった。じつはずっと不安でならなかったんです。姉上がわたしのことをすっかり忘れていらしたらどうしようと」

「まさか！　わたしが誰より愛《いと》しいおまえのことを忘れてしまうなんて、夜の荒海に三度《みたび》投げだされたとしてもあるはずがない」

エリアスをかわいがっていたアレクシアなら、いったいどんな言葉をかけてやるだろうかと想像しながら、ディアナは愛情深い姉を演じ続ける。

「しばらく療養していたラグレス城でも、宮廷に残したおまえがどうしているか、考えてばかりいた。王宮に戻れば、すぐにも会えるだろうと心待ちにしていたのに」

「わたしもです」

エリアスは身を乗りだし、熱をこめて語った。

「それなのにガイウスはなんだか様子がおかしいし、わたしに気を遣って隠していることがあるのかもしれないと考えたら、いてもたってもいられなくなって、こんなふうに押しかけてしまいました。許していただけますか？」

……めちゃくちゃ怪しまれてるじゃないのよ！

ディアナは内心ガイウスに苦情をまくしたてるが、いま相手にしなければならないのはこの心優しき王子さまだ。

「もちろん許すとも。とにかくそこにいては危ないから、早くこちらに」

「はい。ではお邪魔いたします」

ディアナはエリアスの腕を支えながら、慎重に室内へとうながした。

だきとめた薄い身体《からだ》は、髪の毛先まですっかり冷えきっている。

少女のようにかわいらしく、利発そうな緑の瞳は生き生きと輝いているだけに、瘦《や》せた肢体《したい》が痛々しく胸に迫る。アレクシアとはそこまで顔だちが似かよっているわけではないが、どこか脆《もろ》さを孕《はら》んだ澄んだ瞳の印象が、ふしぎにかさなりあった。

「……病がちだというのに、まったく無茶をするんだから」

ディアナはおもわず演技を忘れてこぼすと、

「ほら、わたしの寝台においで」

「でも足の裏が汚れています」

「そんなの気にしなくていいから」

エリアスの手をひき、ふたり並んで寝台にもぐりこむ。

「こうしていれば、じきにあたたかくなるから」

「ふふ。もうあたたかいです」

「そう？　わたしもだ」

嬉《うれ》しそうなエリアスに、ディアナもほほえみかえした。

こんなふうにひとつ寝床で年端もいかない子と身を寄せあっていると、修道院や《奇跡の小路》で暮らしていたころを思いだす。そういえば《白鳥座》でも、一座に加わったばかりで寝つけずにいる孤児の少年を、こうしてなだめてやったことがあった。

あの小生意気なノアですら、しばらく寝食をともにするうちに情も湧いて、かわいらしく感じられてくるのだ。こんなに賢《かしこ》くて優しげな弟から無心に慕われたら、とうてい玉座をめぐって争う気になどなれないだろう。

そのエリアスの信頼が肌から伝わってくるだけに、ディアナのいたたまれなさもなおさら募った。真の姉はいまだ行方がわからず、ディアナは姿かたちが似ているだけの偽者だと知ったら、エリアスはいったいどんな顔をするだろうか。

「艦隊が襲われたときの様子を、ガイウスが詳しく教えてくれましたが、本当にお怪我はなかったのですか？」

「ガイウスが身を楯《たて》にして守ってくれたからな。冷たい海水に浸かっていたせいか、まだ本調子とはいかないけれど」

「しばらく呼吸もとまっていらしたとか」

「そうらしい。あの晩のことは、じつはあまりよく憶えていなくて」

「それだけ恐ろしい体験をされたということですね。だから記憶ともども、ご自分の恐怖を封じてしまおうとされたのでしょうか。お気の毒です」

エリアスが思慮深げにささやいた。姉が身と心に負った傷をなんとか理解し、寄り添おうと努めているのだろう。

「そんなに気に病むことはないよ。医師の診《み》たてでは、いずれ自然に回復して、船旅にも耐えられるようになるそうだから」

「ですがそれは本当に、姉上の望まれることなのでしょうか？」

「え？」

「本当はこたびのローレンシア行きそのものを、忘れてしまわれたいのではありませんか？　レアンドロス殿下との縁談に、姉上は乗り気ではないご様子でした。いっそこのまま婚約が取りやめになれば……わたしだって姉上がそばにいてくださるほうが、どんなにか——」

切々と吐露する声が途絶え、エリアスは恥じ入るようにささやいた。

「すみません。子どものようなことを」

「そんな。だって殿……おまえはまだほんの子どもなのに」

「はい。わたしは無力な子どもでしかありません。ですがガーランドの王太子です。陛下が崩御されたら、玉座についてこの国を治めなければならないというのに、いまのわたしにはとても務まりません」

しゃくりあげるようにエリアスの呼吸が乱れる。それでも必死で涙をこらえるいじらしさに、ディアナは胸を打たれた。

もっと早く気がつくべきだった。エルドレッド王の病状の悪化に続いて、昨夜の急変を受けて、エリアスがどれだけ追いつめられた心地になっていたかを。

いくら明るく気丈にふるまっていても、迫りくる未来の予感に不安をおぼえないわけがないのだ。もしも本物のアレクシアがここにいたら、そんな弟の心境をこそまず気遣ってやったのではないか。

苦い敗北感を隠すように、ディアナは幼い王太子をだきよせた。華奢《きやしゃ》な背をくりかえしなでるうちに、その息遣いは徐々におちつき、こわばりもほどけていく。

「大丈夫。あの父上なら、病ごときにあっさり負けたりなさるはずがない」

エリアスがわずかに身じろぎする。

「……父上なら？」

「そうとも。王太子のエリアスが立派な青年に成長するまでは、たとえ寝台からでも目を光らせて、ガーランドを正しく導いてくださるに決まっている」

「……そうですね」

同意とも思案ともとれるつぶやきを洩らしたきり、エリアスは口をつぐむ。

根拠のないなぐさめで、よけいにおちこませてしまっただろうか？

ディアナが不安に感じ始めたときだった。

「姉上のおかげで気持ちが楽になりました。考えてもしかたのないことに心を悩ませるのはやめて、いまできることに意識を向けることにします」

エリアスは一転して生き生きと伝える。

「うん。その意気だ」

「では明日からは毎日欠かさず、こちらまでお見舞いにうかがいますね」

溌剌と宣言されて、ディアナはしばしぽかんとする。

「お、お見舞い？　どうして？」

仰天するあまり、おもわず素の口調で問いかえしてしまい、冷や汗をかく。

幸いエリアスがそれを気にとめたそぶりはなかったが、

「いまのわたしにできること、なすべきことといえば、姉上のご快復のために力を尽くすことにつきます。それともわたしのお相手はわずらわしいばかりですか？」

「まさか。そんなことはない」

まずい。この流れは非常にまずい。

ディアナはなんとか訪問を断るべく、その理由をあたふたと並べたてた。

「けれどシェリダン先生には安静を指示されているし、もしも船旅で悪い病に罹《かか》っていたら、それをおまえに感染《うつ》してしまう可能性もある。だからお見舞いはしばらく許してもらえないかもしれないな」

「ではまた夜が更けたころに、外壁を伝ってこっそりまいります」

にこやかにきりかえされて、ディアナはぎょっとした。

「だめだめ！　それだけはだめだから！　そんなことをさせたら、わたしがガイウスに絞め殺されてしまう」

「ガイウスが姉上を絞め殺すだなんて、天と地が逆さになってもありえませんよ」

それがそうともかぎらなくてね……。

内心ぼやきつつ、ディアナはついに降参して天をあおいだ。

やがてエリアスが眠りにつき、ディアナは枕許に伏せた呼び鈴をそっと鳴らした。

たちまちかけつけたガイウスが、ありえない光景をまのあたりにして卒倒しかけたことは言うまでもない。

第8章

1

町は生きた音楽を奏でている。

血管のような路地を吹き抜ける風。

あちこちの聖堂で轟然《ごうぜん》と打ち鳴らされる大鐘。

なによりその地に集い生きる人々の息遣いがうねりをあげ、渾然一体《こんぜんいったい》となって、その町ならではの響きを生みだすのだ。

父王の巡幸にともなわれてガーランドの諸都市をおとずれるたびに、アレクシアは興味深くその音色の違いに耳をかたむけたものだ。

王都ランドールの音楽は、古くて新しい。千年以上の歴史を誇り、いまや二十万の民を懐《ふところ》にかかえるガーランド随一《ずいいち》の大都市は、洗練された古都の趣《おもむき》と、日々流動する人々の猥雑《わいざつ》な熱気に満ちている。

その刺激的な調和《ハーモニー》が街道の先から流れてくるのを感じ、アレクシアは馬車の座席で深呼吸をくりかえした。

「もうすぐ王都だな」

ようやくここまでやってきた。王都を離れ、季節は夏の終わりから秋に移ろっただけだというのに、もう何年ものあいだ留守にしていたような気がする。

窓から顔を突きだしたノアが、興奮してアレクシアにたずねる。

「あの丘まで全部がランドールの町なのか？」

「いまはその丘を越えた裾野《すその》の先までかな。王都の市街地は年々広がりつつあるから」

「へええ！　それならフォートマスの町の何倍もあるじゃないか」

リーランドが苦笑しながら、

「あんまり乗りだすと転がり落ちるぞ」

そう注意するが、ノアは生まれて初めてまのあたりにする王都の偉容《いよう》に、すっかり夢中な様子である。

家族も同然の仲間たちと住まいをなくしたばかりのノアにとって、王都までの三人旅は気をまぎらわせる格好の機会となったようだ。空元気に感じられるときもあるが、やはりアーデンの町にひとり置き去りにするよりはよかったのかもしれない。

願わくは、ノアがこれ以上の苦難に見舞われることのないように。

はしゃぐ少年を見守りながら、アレクシアはひそかに祈った。

アーデンを発《た》って三日め。

道中は天候に恵まれ、旅につきものの厄介《やっかい》ごとに煩《わずら》わされることもなく、この調子なら陽《ひ》の高いうちに王都入りできそうである。

「王都に着いたら、まずはおれの馴染《なじ》みの宿におちつこう。旅疲れもあるだろうし、ふたりは夜までゆっくりしてるといい」

「あなたは?」

「おれはさっそく情報収集に励んでくるよ。きみの護衛官殿の安否《あんぴ》も、早いとこ確認しなきゃならないしな。彼の生家——アンドルーズ家だったか。その屋敷がどこにあるかわかるかい?」

「地図があれば指し示せるはずだが」

「充分だ。市内の地図なら宿で調達できるだろう」

「まさか直截《ちょくせつ》アンドルーズの屋敷に出向くつもりなのか?」

「もちろん真正面から乗りこんだりはしない。ちょっとばかり様子をさぐるだけさ」

「どのように?」

「そう不安がらなくても上手《うま》くやるって。お遣いにでた下働きの女の子をひとりかふたり捕まえて、お茶に誘いがてらおたがいの奉公先《ほうこう》の噂話《うわさ》に興じてみるとかね。いかにもおれ向きの芸当だろう？」

　片目をつむってみせるリーランドにつられて、アレクシアもほほえむ。

「それは頼もしいかぎりだな」

「あっさり感心するところかよ。呑気《のんき》な姫さまだな」

　ノアは呆《あき》れるが、世知《せち》に長《た》けたリーランドは貴重な助け手だ。彼がいなければ、こうして王都にたどりつくのも難しかっただろう。それでもアレクシアは念を押した。

「どうかくれぐれも無理はしないでほしい。あなたの身を危険にさらすことは、本意ではないのだから」

「わかってる。下手に深追いして、こちらの動きを気取られたら本末転倒だしな」

　グレンスター一党による王女のすり替えが、ディアナを玉座に押しあげることを目的とするなら、いまこのときもアレクシアを抹殺《まっさつ》するべく、捜索の目を光らせているかもしれないのだ。

「あとは顔を売っておいた一座にあいさつがてら、宮廷の近況についても訊《き》いてみるつもりだ。陽が沈むまでにはきりあげてくるから、そこであらためて計画を練ろう」

　するともはや我慢ならないようにノアが訴えた。

「なあなあ、リーランド。それまでおれにはすることがないんだったら、王都見物にくりだしてもいいか？」

「ひとりでか？　やめておけやめておけ。おまえみたいな田舎者丸だしの餓鬼《がき》が人混みをうろちょろしてたら、貧民窟《くつ》に連れこまれて二度と抜けだせなくなるぞ。おまえは黙ってさえいればそれなりの顔なんだから、なおさら危ない」

「むうう……」

褒めているのだか貶《けな》しているのだか、リーランドはすげなく却下してのけるが、ノアはたいそう不満げだ。

アレクシアは見かねて申しでる。

「ではわたしが同行するというのは？　ランドールは勝手知ったるわたしの故郷だ」

「いやしかし……王都は王都でも、きみが暮らしてたのは王宮だろう？」

「だが城下にはお忍びで何度もでかけているし、この格好ならわたしもただの町娘だ。顔をさらしたところで、そう怪しまれることはないだろう」

「あんまりただの町娘らしくはないけどな」

せっかくの加勢に水をさしつつ、ノアも乗り気になったようで、

「任せとけよ、リーランド。夜までおれがこいつのお守りをしてやるからさ」

「——だからおまえは！　まずその口の利きかたをなんとかしろ！」

耳をつねりあげられたノアの悲鳴が、狭い客車にこだまする。

にぎやかな一行は、ついに入京のときを迎えようとしていた。

リーランドが投宿を決めたのは、リール河畔《かはん》にほど近い旅籠《はたご》だった。商用などでしばらく逗留《とうりゅう》する中流の旅行者向けのようで、豪奢《ごうしゃ》ではないが清潔で居心地が好さそうだ。たとえ出先で迷うことがあっても、ここなら河沿いの路をたどって帰りつけるだろう。

荷を預け、ひと息ついてから、そろって宿をあとにする。

しばらく河畔を歩き、やがて目的地に向かうリーランドを見送ったところで、残るふたりはやや先の上流に架かる石橋をめざした。

「そう焦らなくとも橋は逃げないよ」

「いいから早く早く！」

人も馬も荷駄《にだ》も入り乱れてごったがえす橋のたもとでは、小柄なノアなどみるまに押し潰《つぶ》されてしまいそうだ。それでも機敏に欄干《らんかん》によじのぼった彼は、下流の遥《はる》かかなたまで大小の帆船《はんせん》がひしめきあう壮観な光景に、すっかり目を奪われている。

アレクシアもその隣に足をとめ、

「晴れた日に小夜啼《さよなき》塔から河を眺めおろすと、きらきらした水面《みなも》に白い蝶《ちょう》が群がっているかのようで、いつもその美しさに見惚《みと》れたものだ」

「小夜啼塔？」

「王宮の奥の、古い城壁に残る塔の呼び名だ。城壁の一部はすでに傷《いた》んで崩れかけているから、いまは伝令鳩《ばと》たちの鳩舎《きゅうしゃ》として使われている。用もなしに近づく者はあまりいないが、それゆえわたしには気の休まるとっておきの場所だった」

　アレクシアは王宮の方角をふりむいた。

「あの丘の隅《すみ》のほうにそびえているのがそれだ」

「あ！　いまなにか飛んでいった」

「伝令鳩を放したのだろう。あの働き者の鳩たちのおかげで、ガーランドの各地と迅速《じんそく》に連絡を取りあえるようになったんだ」

「ふうん。あの丘に並んでる城みたいなやつが、全部まとめて王宮なのか？」

「そうだ。衛兵の巡視する堅牢《けんろう》な城壁と河と森に護《まも》られていて、生半《なまなか》なやりかたでは内廷までたどりつけないだろう」

「それ護ってるんじゃなくて、なんだか檻《おり》に閉じこめてるみたいだな」

「え？」

「羊たちを食い殺す獰猛《どうもう》な狼《おおかみ》を、狩りだして鎖につなぐみたいにさ。それで近づいたら命はないぞって、おれたちに警告してるんだ」

なにげないノアの見解に、アレクシアははっとさせられる。

「……それは慧眼《けいがん》かもしれないな。昔から宮廷は魔境だとささやかれてきた。この世の掟《おきて》がまかりとおらず、みだりに踏みこめば死が待っている。浮かばれない死霊や妖魔のたぐいが、よどんだ想念を餌《えさ》にしてそこここに巣喰《すく》っているとも」

「へええ。そんなところにずっと住んでたなんて、大変そうだな」

それにしては気楽な口調に、アレクシアはおもわず苦笑を誘われる。

「そうだな。わたしもすでにこの世ならぬものになっているのかもしれない。じつはもうとっくに死んでいて、ディアナの姿を借りただけの亡霊なのかも」

「なんかそれ笑えなくないか？」

「……たしかに」

たわいないはずの軽口が、意図した以上に核心をついているようで、アレクシアはいまさらながらたじろいだ。

「なんだかなあ。姫さまにはしっかりしてもらわないと、先行きが不安になるぜ」

「かえす言葉もない」

やれやれと嘆息《たんそく》してみせるノアと連れだって、対岸まで渡りきる。そこに待ち受けていたのは、渦潮《うずしお》のような人波があちこちで逆巻く円形広場《サーカス》だった。

「うはあ。目がまわりそうだ」

「ここはランドールでもとりわけにぎやかな界隈《かいわい》だから。そういえば六年まえにディアナと出逢《であ》ったのも、この近くにあるさびれた聖堂だったな」

　ノアはたちまち好奇心に瞳をきらめかせた。

「その聖堂ならおれも興味あるな。ついでに案内してくれよ」

「しかしリーランドとの約束が」

　しぶしぶ散策を許してくれたリーランドだが、決して河岸の大路から離れないようにと条件をつけてきた。見るからに危なっかしい二人組を野放しにしたら、とんでもないことになると警戒せずにはいられなかったらしい。アレクシアとしても自覚はあるので、無視はしにくい。

「こんな人混みで、はぐれでもしたら大変だし……」

「しかたないな。だったら姫さまが迷子にならないように、おれが手をつないでいてやるよ。それでいいだろう？」

　偉そうに手をさしだすノアは、じつのところ大都会の殺気だった喧噪《けんそう》に少々怖気《おじけ》づいてもいるようだ。アレクシアは頰《ほお》がゆるみそうになるのをこらえながら、

「そうだな。河からほんの数分の距離なら、リーランドも許してくれるだろう」

「そうこなくちゃ」

　手をつないだふたりはなんとか人波を縫い、放射状に延びる街路までたどりつく。勘を

頼りにその先の横道を折れると、幸いすぐに見憶《みおぼ》えのある聖堂があらわれた。

「六年まえから一度もたずねてないのか？」

「なかなか機会がなくて。……だが実際のところは、ディアナの消息を知ることから逃げていたのかもしれない。子どもの浅知恵でよけいなことをしてしまっただろうかと、あとになってずいぶん後悔もしたから」

その後悔は、心のどこかでこんな醜怪《しゅうかい》な結末を予感していたからなのだろうか。

アレクシアの介入によって捻《ね》じ曲げられた未来は、六年の歳月を経て牙を剝《む》き、すでに数えきれないほどの命を喰らいつくしている。

懐かしの聖堂は、あいかわらずうらぶれていた。

「記憶よりも狭いな……」

当時よりも視線が高くなったためだろう。あちこちひびの走る石壁や、がたついた信徒席など、さびれきったさまがより生々しく迫ってくる。それでも打ち捨てられた霊廟《れいびょう》のような寒々しさは、脳裡《のうり》に刻まれた印象のままだった。

奥の祭壇に向かってしばらく身廊《しんろう》を進み、

「ちょうどこのあたりにディアナが横たわっていたんだ」

ふたり並んでその列に腰かけた。

「ディアナがもう死んでるものと早とちりしたんだっけ？」

「おかげで気を悪くさせてしまった」

「そりゃそうだ」

ノアはおとなびた笑いを洩《も》らし、ふと続けた。

「おれ舞台で亡霊の役を演じたことがあるよ」

「本当に？　どんな亡霊？」

「政争に巻きこまれて暗殺された王子」

「なるほど……」

おそらくは実話に材を取った歴史劇なのだろう。ガーランド国内外の歴史をひととおり学んだアレクシアには、すぐにもぴんとくる史実がいくつかある。

「でもいざ稽古《けいこ》を始めたら、どうもさまにならないってみんなに笑われた。……言っとくけど、王子にしちゃ下品すぎるからじゃないからな！」

「いやわたしはなにも……」

「そうじゃなくて、死人にしちゃ元気がよすぎるんだってさ。しかたないじゃんか、生きてるんだから」

「もっともだな」

身も蓋《ふた》もない主張につい笑みをこぼすが、

「……しかたないじゃんか、生きてるんだから」

そうくりかえす声が、かすかにふるえているのに気がつき、アレクシアは息を呑《の》む。

「死んだ奴らの気持ちなんて、わかるわけないよ」

「ノア――」

しかたない。

それは生き残ったノアの慟哭《どうこく》だ。

死者たちの声はこの世に届かず、見捨てて逃げたことを責めているのか、赦《ゆる》しているのかもわからない。

それでもしかたがない。残された者は生きていくしかない。

たとえ命を手放したいと望んでも、心の臓は勝手に鼓動《こどう》を刻み、渇きをおぼえれば雨水を啜《すす》り、餓《う》えれば土塊《つちくれ》でもむさぼらずにいられない。

あさましくも哀《あわ》れで、うしろめたくもしたたかな生者の群れは。

「でもいまになってようやく、ディアナの気持ちに近づけた気もするんだ」

「ディアナの？」

「ディアナが王都に流れついたのは、生まれてから七歳になるまでずっと暮らしてた修道院が、盗賊《とうぞく》に襲われたせいなんだ。みんなが寝静まった夜に火をかけられて、危うくディアナも斬《き》り殺されかけたところを、命からがら逃げだしてきたんだってさ。修道女も孤児たちも、自分以外はひとり残らず殺されただろうって」

「そんなひどいことが……」

あまりの壮絶さに、アレクシアはしばし絶句した。

「そういえばリーランドが、わたしを娼館《しょうかん》から助けだすときに、煙が怖いのかとたずねてきたが」

「ディアナにはそんなところがあったから。火の始末にはうるさかったり、ちょっとした小火騒《ぼや》ぎでも、怯《おび》えて足がすくんだみたいに動けなくなったり」

たとえ普段は心の奥底にしまいこんでいたとしても、きっと惨劇の記憶が消え去ることはなかったのだ。

「その盗賊は捕らえられたのだろうか」

「ディアナはなにも知らないって。でもきっと野放しのままさ。悪党が吊《つ》るし首にもならずに幅を利かせてやりたい放題なんて、べつにめずらしいことでもないだろ？」

ノアは擦れたしぐさで肩をすくめる。

肯定《こうてい》も否定もしかねて、アレクシアは顔をうつむけた。

おそらくノアの諦観《ていかん》こそが、正しくこの国の実情なのだろう。

よくある悲惨。よくある理不尽。十七年の歳月を宮廷で生きてきたアレクシアは、いまようやくその殺伐《さつばつ》とした現実を肌で体感しつつあった。

「早くディアナに会いたいな」

慣れない祈りを捧《ささ》げるように、ノアがつぶやく。

アレクシアもうなずき、切なる願いをかさねた。

「わたしもだ」

グレンスターの所業を謝罪するためだけではない。できるものなら、おたがいの来し方行く末について、いまこそ洗いざらい語りあってみたかった。

それにしても――。

ディアナの安住の家を奪った盗賊は、なにゆえその修道院を襲ったのであろうか。貴族の子女を預かるような高名な修道院ならともかく、孤児を養育する修道院に、あえて狙うほどの財産があるものだろうか。

住人を皆殺しにし、火を放つ。

その蹂躙《じゅうりん》の徹底ぶりは、こたびの《白鳥座《はくちょうざ》》の悲劇と奇妙にかさなりあう。

不穏なとまどいは、ノアにも伝えられないまま、アレクシアの胸の底にひっそりと沈みこんでいった。


「アンドルーズ家の若さまは、どうやらご存命らしいぞ」

宿の客室で落ちあうなり、リーランドにそう告げられて、アレクシアは息がとまりそうになった。狂喜か安堵《あんど》か、一瞬にして吹き荒れる激情に頭が塗りつぶされて、なにも考えられなくなる。くずおれそうになる身をなんとか持ちこたえ、

「……本当に？」

喘《あえ》ぐように問うと、リーランドは真摯《しんし》な瞳でうなずいた。

「すでに宮廷に帰還して、王女の護衛の任についているそうだ」

アレクシアは目をまたたかせた。

「王女の？」

「つまりきみに成り代わったディアナのということだな」

「そんな……しかしそれならガイウスは……」

アレクシアがアレクシアでないことに、気がついていないというのだろうか。

喜びをかみしめるまもなく、あらたな混乱が押しよせてきて、アレクシアは矢も盾もたまらず席をたった。他の誰が騙《だま》されようと、ガイウスだけは即座に成り代わりを見抜いてくれるはずだと信じていたのに。

アレクシアの疑いは、おのずと情報の信憑性《しんぴょう》に向かう。ディアナが真の王女であることを印象づけるために、グレンスターが虚偽《きょぎ》の噂を流しているとしたら、ガイウスの生存そのものが嘘《うそ》という可能性もあるのではないか。

アレクシアの疑惑を察したように、リーランドが説明を加える。

「下働きの女の子によれば、王宮からの遣いが直筆《じきひつ》の書状を届けにきたそうでね。身内なら筆跡の見極めもつくだろうから、偽造の線はまずないとみていい」

「つまり自力で手紙を書けるくらいには、そいつは元気でいるってことだな」

ノアがそう結論づけ、アレクシアも同意せざるをえなくなる。

「しばらくは内廷に詰めることになりそうだとの報告だったらしい。それでもうひとりの若さまが……たしか名まえは……」

「ルーファス？」

「そうそう。兄が自邸で休養をとらないと知って、がっかりしてるとか」

「そうだろうな。あの子は兄をいたく敬愛しているから」

納得するアレクシアに、ノアが顔を向けた。

「そいつはいま何歳なんだ？」

「十五のはずだ。ガイウスとは十歳の差だから」

ノアは鼻で笑い、

「姫さまに兄貴を取られて拗《す》ねてんのか。餓鬼だな」

「いや……あの子の憤懣《ふんまん》はもっと根の深いものなんだ」

かつて若き英雄として名をあげた兄を、ルーファスはほとんど崇拝《すうはい》するほどに敬愛している。その兄がこれといった活躍の機会を与えられることもなしに、長らく王女の護衛官ごときに甘んじている現状は、彼にとって認めがたいもののようだ。

事実そのとおりなので、反駁《はんばく》するつもりもないのだが、若さゆえかあからさまに不満を表明してくるため、さすがにいたたまれないものがある。

そんなわだかまりを嗅《か》ぎとったのか、リーランドは淡々《たんたん》と続けた。

「ちなみに連絡があったのは、王女の身柄が王都に移されてまもなくらしい。ラグレスから出航したグレンスターの艦《ふね》に、彼も同乗していたようだな」

「では彼の地から、すでに何日もディアナのそばにいるのか……」

にもかかわらず、ガイウスはなんの違和感もおぼえていないというのだろうか。

じりじりと身の裡《うち》の焦《こ》げるような動揺を持てあましていると、

「おれが察するに、きみの護衛官殿はディアナが身代わりだと承知していながら、やむをえず協力しているんじゃないか？」

「やむをえず？　だがあれは曲がったことが嫌いな性質《たち》だ。よりにもよってわたしが生死不明のままだというのに、グレンスターの謀《はかりごと》に手を貸すなんて考えられない」

「だがきみの不在を公《おおやけ》にすれば、王女の評判を貶《おとし》めることになるだろう？」

「……つまりわたしのために、あえてそうしていると？」

「彼の行動原理を考えれば、不自然でもなさそうだが」

たしかにガイウスが　あらゆる意味でアレクシアを守ることを最優先にしているとした

ら、護衛官として王女の健在を保証するという判断はありえる。

　そう納得しかけたとき、あらたな疑念が浮かびあがる。

「だがグレンスターは、このままディアナを真の王女――ひいては未来の女王として扱うつもりなのでは？」

「そうした目的については、細心の注意を払って伏せているんだろう。当然ディアナにもな。海岸で姿を消したきみを、総力を挙げて捜索していると伝えておきながら……」

「どこぞでわたしが野垂れ死んでいたり、かどわかされて苦界にでも身を沈めているなら上々というわけか」

　下界にひとり放りだされたアレクシアは、ほとんど死んだも同然だ。たとえ王女の身分を明かそうとも、頭のおかしな娘の妄想と憐《あわ》れまれるのが関の山だろう。

「そしてもしもきみが艱難《かんなん》を乗り越えて助けを求めてこようものなら、すぐに対処できるよう目を光らせてもいるんだろう」

「だったらその護衛官の家には、やっぱり見張りがついてたのか？」

　ノアが訊くと、リーランドはわずらわしい毒虫を目撃したかのように顔をしかめた。

「いたいた。それらしい風体の男が、表と裏の門にひとりずつ。さりげなく行き来しながら、人の出入りをうかがっていたよ」

　アレクシアはぞっとする。グレンスターの執念は、ついに逃れがたい現実として、その不気味な姿をあらわにしつつあった。

「屋敷の者たちはそのことを？」

「まだ知らないらしいな。このところ変わったことがないか、それとなくたずねてみたが反応はなかった。おれの勘だが、あの監視役はどうも素人《しろうと》じゃなさそうだ。監視の作法にかぎらず、さまざまな訓練を受けているだろう。尾行や、尋問や——」

アレクシアは続きをひきとった。

「暗殺も？」

「おそらくは」

アレクシアは視線を伏せた。冷え冷えとした敵意が、動揺に霞《かす》んでいたアレクシアの頭に、むしろ冴えをもたらしていく。

「グレンスターはいにしえより、国土防衛の要衝《ようしょう》——ラグレスの地を治めてきた一族だ。敵の来襲に備えるため、そうした情報収集の術《すべ》に長けていてもふしぎはない」

いまでは王都と各地をつなぐ伝令鳩の情報網も、そもそもの始まりはラグレスを基点としたやりとりだったという。鳩の訓練法に精通していたグレンスターの貢献が、その普及につながったのだ。

リーランドが腕を組みながら、

「王権がまだ不安定だった時代は、敵勢力に寝がえったりもしていたよな」

「そう。なまじ力を持つだけに、王家からも警戒されてきた一族だ。恭順を誓って百年以上は経《た》っているが、いまでもまったく不信がないとはいえないかもしれない」

「それならエルドレッド王が、グレンスター出の妃を娶《めと》られたのも……」

「グレンスターの戦力を、確実に取りこむためでもあったという」

するとノアが首をひねり、素朴《そぼく》な感慨をもらした。

「王さまって偉いわりに意外と苦労が多いんだな」

アレクシアは力なく苦笑する。

「そうだな。宮廷に集う名家にはそれぞれ因縁《いんねん》もあって、扱いには苦慮《くりょ》させられる。グレンスターがこれほど大胆不敵な謀《くわだ》を企てたのも、王家に対する反骨の家風が受け継がれてきたからなのかもしれない」

リーランドが深々と嘆息した。

「いかにも戯曲向きの因縁だが、いざ巻きこまれるとなるとおもしろがってもいられないな。もしもきみがグレンスターやアンドルーズに助けを求めようとしていたら、いまごろどうなっていたことか……」

すかさずノアがいたずらな瞳をアレクシアに向ける。

「危なかったたな。姫さまがのこのこたずねていったら、そのほっそりした首を一瞬で捻《ひね》り殺されてたんじゃないか？　ご馳走《ちそう》にする雌鶏《めんどり》をきゅっと絞めるみたいにさ」

「……そうかもしれない」

「きっとそうだって！」

「こら。むやみに脅すんじゃない」

リーランドは呆れ顔でたしなめると、

「ともかくそのグレンスターも、無尽蔵《むじんぞう》に人手があるわけじゃない。あの屋敷の界隈さえ避けていれば、当座の身の危険はないはずだ」

うなずきかけたアレクシアは、はたと動きをとめた。

たしかに市井《しせい》に身を潜めているかぎり、アレクシアは安全だ。

だが――。

「命が危ういのは、むしろガイウスのほうではないか？」

グレンスター一党にしてみれば、ガイウスはあくまで予定外の異分子だ。

しかもいずれディアナを真の王女に成り代わらせるとしたら、かならず排除しなければならない存在でもある。

リーランドのまなざしがたちまち鋭く収斂《しゅうれん》する。

「アンドルーズ邸の監視は、彼の動向を把握するためでもあるのか」

ガイウスが危険な動きをすれば、すぐにでも始末してのけるために。

固唾《かたず》を呑む三人を嘲笑《あざわら》うかのように、夕暮れの風がかたかたと鎧戸《よろいど》を鳴らしていた。

2

ガイウスは認めざるを得なかった。

ディアナは予想以上にうまくやっている。

「姉上は日に日にご快復に向かわれているようですね」

アレクシアの私室をあとにしたエリアスは、そうガイウスにささやいた。

「今日はお勧めした焼き菓子に手をつけてくださいましたし、食欲も増してこられたようでなによりです」

この数日というもの、王太子エリアスは花やら菓子やらを持参して、律儀にアレクシアの見舞いにおとずれていた。そのなごやかな席につきあい、エリアスを自室まで送り届けるのも、すでにガイウスの日課となっている。

驚くべきことだが、エリアスが偽者の姉に違和感をおぼえている様子はない。

面会は日にほんの二十分ばかりで、もっぱらエリアスのおしゃべりに相槌《あいづち》を打つだけという状況も手伝っているのだろうが、それにしても緊張をおくびにもださない胆力はたいしたものである。

これでは同席している自分のほうが、よほど神経をすり減らしているようだ。なにしろこちらは演技が本職の役者でも、腹芸が得意な外交官でもないのだ。できうるかぎりさりげなく、ふたりの会話を誘導し、ディアナを掩護《えんご》するのに精一杯である。

それにほんのときおり——エリアスをみつめるディアナの姿が、まごうかたなきアレクシアであるかのような錯覚に襲われて、そのたびに息がとまりかけるのだ。

この手をすり抜けて、どこかに消えてしまったはずのアレクシアが、いつのまにか宮廷で弟と笑いあっている。ならばあの夜襲からの耐えがたい日々こそが、悪い夢だったのではないか。

だがまやかしの面影はすぐに砕け去り、この自分が一瞬でもふたりを見誤《みあやま》ったことこそが、ひどい悪夢だと思い知らされる。

アレクシアはディアナとは違う。

決定的に違うのだ。

「違うのですか?」

突如かたわらから声をかけられ、ガイウスはぎくりとする。

ふりむけば、廻廊《かいろう》で足をとめたエリアスが、不安そうにこちらをうかがっていた。

「姉上のご様子についてです。ご快復が順調のようにお見受けするのは、わたしの楽観にすぎないのでしょうか?」

ああ……そういうことか。

どうやら心の声がだだ洩れていたわけではないとわかり、胸をなでおろす。

「なぜそのようにお考えに？」

そう問いながら、廊《ろう》の先にうながす。

「あなたがなんだか浮かない顔をされているので」

「いえそれは……背の創《きず》が少々痛んだものですから」

急いでとりつくろうと、エリアスは気遣わしげに眉をひそめた。

「そんなにお悪いのなら、わざわざ見送りなんてしていただかなくても」

「どうかおかまいなく。頑丈さが取り得ですし、治りかけの傷は疼《うず》くものですから、じきになんともなくなりますよ」

「けれど創痕は残るとか」

ガイウスはちいさく笑った。

「後遺症さえなければ気になりません」

「身のこなしに不自由があれば、わたしの護衛官は務まらないからですか？」

「え？」

「そうではありませんよね」

たじろぐガイウスを、緑の瞳がひたとみつめる。

「姉上のお考えでは、あなたはかねてからわたしの近侍になることを望んでいるそうでしたが、あなたはもとより姉上の去られたあとの宮廷に留まるつもりなどなかったのではありませんか？」

ガイウスはついに観念して目を伏せる。

「……お気づきでしたか」

「姉上はなぜあのような誤解を？」

理解に苦しむようにエリアスが問う。

ガイウスは長い吐息でためらいを押し流すと、

「二年ほどまえのことになりますか、わたしが一度ひそかに転属を願いでていたのは事実なのです。それをのちに人伝《ひとづて》に耳にされ、王女の護衛の務めはわたしにとって役不足なのだと受けとめられたようで」

アレクシアにそれを告げたのは、ガイウスの弟ルーファスだという。

ルーファスはかねてより、兄が王女の護衛ごときにかまけていることを、才能の浪費とみなしている。そんな弟に転属の望みについて洩らしたことが、そもそも自分の落ち度だという自覚はある。だがそれをよりにもよってアレクシア本人に話してしまうとは、当時まだ十三歳という年齢を考慮しても浅はかにすぎた。

おそらくルーファスは、兄がやりがいのない務めに不満を持っていると解釈し、それをアレクシアにさりげなく——あるいはあからさまに匂わせたのだろう。

ガイウスがそうした経緯を知ったのは、すでにローレンシア行きが迫った時期のことであった。もはや過ぎたことと弟には問いたださずにいるが、結局アレクシアの誤解は解けず仕舞いなのが苦い心残りだ。

「なにかよんどころない事情でも？」

「わたしがおそばにいては、姫さまの御為《おんため》にならないと悟ったためです。姫さまの未来の夫君――レアンドロス殿下がしばらくこちらに滞在されたおりのことでしたが、わたしが常に姫さまのおそばに控えている様子が、おもいがけない邪推を呼びまして」

「邪推？」

「つまりその、わたしと姫さまが……」

その先を伝えあぐね、ガイウスはくちごもった。

ほどなくエリアスの双眸《そうぼう》に、明敏なひらめきがよぎる。

「ああ！　つまりおたがいに想いあう仲だと？」

「……畏《おそ》れ多いことですが」

ガイウスはぎこちなく首肯する。

レアンドロスはそうした了見違いの妄想を、下劣な嘲笑《ちょうしょう》とともに並べたて、露骨にアレクシアを貶めてみせた。その結果があの刃傷沙汰《にんじょうざた》である。

「なるほど。図星をさされたわけですね」

ガイウスはぎょっとして立ちどまる。

「まさか！　滅相もありません」

「違うのですか？　姉上はあのようなご性格ですからともかくとして、あなたのほうは昔から姉上を恋《こ》い慕われていたでしょう？」

率直すぎる問いを投げかけられて、ガイウスは絶句する。

「姉上はたいへんお美しくて魅力的なかたです。長くおそばにいれば、惹《ひ》かれるのは当然のことですよ」

「………………」

無邪気なほほえみに逃げ道をふさがれて、これ以上あがいても無意味だと、ガイウスは覚悟を決めた。

「……どうかお許しを」

「なにをです？」

からかうように片眉をあげ、エリアスは歩きだす。

「身分違いなどと、野暮《やぼ》な非難をするつもりはありませんよ。誰であろうと心で想うのは自由なのですから」

そう――心で想うだけならば自由だ。

まだほんの子どもだったはずの王女が、日に日にあどけなさを脱ぎ捨て、代わりに研《と》ぎ澄《す》まされた才智と憂《うれ》いが、その美貌《びぼう》に息を呑むような凄《すご》みをまとわせてゆくさまに、自分以上に気づいていた者はいないだろう。

護衛としてアレクシアの身辺に目を光らせるのではなく、いつしか彼女の表情ばかりを目で追いかけている自分に気がついたとき、ガイウスはぞっとした。

このままではいずれ隠しきれなくなる。

そんな危機感を募らせていたさなかにレアンドロスの妄言を浴び、一瞬にして頭に血がのぼった。おのれのうしろめたさを刺激されたうえ、アレクシアの夫がこのような下種《げす》で酷薄な男であることに、たちまち憤激の炎が燃えあがったのだ。

だがそのせいでアレクシアに怪我《けが》を負わせ、しかもそれがとっさに自分をかばうためであったことに、うしろ暗い喜びをおぼえてすらいるとは、もはや救いがたい。

「ともかく――わたしは一刻も早く護衛の任から外れるべきだと思ったのです」

「それでもあなたは、姉上とのつながりを断ちきれずに、わたしを利用しようとなさったのですよね。わたしの護衛官になれば、内廷でつかず離れず姉上を見守り続けることができますから」

「殿下……」

ガイウスはあまりのいたたまれなさに立ちつくす。

エリアスの近侍の地位を望んだのが、王太子に対する敬愛の念からでも、宮廷での栄達を欲したからですらなく、アレクシアへの未練というよこしまな理由であったことを看破されていたのだ。

するとエリアスがくるりとふりむき、

「ごめんなさい。姉上が羨《うらや》ましくて、つい意地悪なまねをしてしまいました」

「羨ましい？」

「そこまでしてわたしを気にかけてくれる者は、わたしにはいませんから」

「そんなことは……。命に代えても殿下をお守りしようという気概のある者なら、いくらでもおりましょう」

「わたしが王太子ではなくなっても？」

そうささやき、エリアスがかすかに笑んでみせる。

痛々しすぎる達観に、ガイウスは打ちのめされる心地になる。アレクシアがいまここにいれば、全霊をこめてこのいたいけな少年をだきしめてやっただろうに。

「……そのような仮定に意味はありませんが、殿下のご身分がどうであろうと、姫さまはいつどこにいらしても、ただひとりの弟君を案じておられますよ」

「いつどこにいらしても——ですか？」

うなずきかけたガイウスは、はたと動きをとめる。

利発な王太子は、いつしか笑みを消してこちらをみつめていた。

祈りをこめるように。そしてこれ以上のごまかしを許さないように。

あえてくりかえされた問いがほのめかすものを察し、ガイウスは唾《つば》を呑みこんだ。

エリアスは知りたがっている。ただひとりの姉が、すでにこの世のどこにもいないのかどうかを。

ガイウスは深呼吸をひとつした。

「——もちろんです。いかなるときも、いまこのときも、殿下とガーランドの安寧《あんねい》を第一に考えておられます」

エリアスの瞳に安堵と納得と、あらたな思慕と不安が浮かびあがる。せめぎあうそれをすべて呑みくだすように、

「そうですね。わたしもそう信じています」

エリアスは凛《りん》としたまなざしで告げた。

「いざというときには、宮廷のことはわたしにお任せください。わたしはここで姉上をお守りいたしますから」

「……すでに見抜いていらしたか」

エリアスを自室まで送り届けたガイウスは、来た道をひきかえしながら嘆息した。

素顔の姉に長らく慣れ親しんできたエリアスにしてみれば、やはり微細な違和感は拭《ぬぐ》えなかったのだろう。

「まあ……当然といえば当然だな」

姉とよく似た少女が存在することについて、当のアレクシアから伝え聞いていたとしたら、それが状況を悟る助けになったとも考えられる。

いずれにしろガイウスまでもが代役を容認しているからには、なんらかの事情でいまはアレクシアを宮廷に帰還させられないのかもしれないと推察し、騒ぎたてずに話をあわせることにしたのだろう。

誰がどこまで信用できるかわからない現状をふまえれば、最善の判断である。

「ルーファスの奴に、殿下の爪《つめ》の垢《あか》を煎《せん》じて飲ませてやりたいくらいだな」

とはいえ不肖の弟をかわいがっていないわけではない。

義心に燃えるまっすぐな性格は好ましいし、仔犬《こいぬ》のように慕われては愛《いと》おしくもある。

本来なら帰京してすぐにも屋敷に顔をだすところだが、いまはディアナのそばを離れられない。それに危険な謀に加担している自分からは、できるだけ一族の者たちを遠ざけておきたかった。

もしも王女の不在が露見すれば、なにもかも終わりである。

ガイウスとしてはいまのうちに、あの奇襲の真相に迫りたいところだ。

随行団《ずいこう》の編成や航路について、敵に子細が洩れていたらしい事実からしても、ウィラードがアレクシア暗殺の陰謀に加担していた可能性は高い。そのウィラードとつながり、密な連絡を取りあう有力者が宮廷にいるのかどうか。さぐりをいれて洗いだしたいが、めだつ動きのとれない現状では難しい。

「やはりグレンスターのあげた報告書を精察するところからか」

襲撃の全貌を冷静につかみなおすことで、敵の手がかりを得られるかもしれない。ついでに持参品の目録も借りだして、散逸した品々の詳細も把握しておきたい。

そうと決めると、ガイウスはさっそく内廷から外廷に足を向けた。

枢密院《すうみついん》顧問官の執務室が並ぶ区画にやってくると、ちょうど目的の部屋から痩身《そうしん》の男が姿をみせた。このところよく顔をあわせる、グレンスター公の秘書官のひとりだ。

三十がらみで、名家の出というわけではなさそうだが、目端の利く男のようでなにかと重用されているらしい。たしか名はタウンゼントだったか。癖のない黒髪からのぞくまなざしは賢《さか》しげで、どことなく身ごなしの軽い黒狐《くろぎつね》のような印象の男である。

書類の束をかかえた彼は、ガイウスの姿に足をとめた。

会釈《えしやく》をかわしつつ、ガイウスは問う。

「公はご在室ですか？」

「いえ。ですがすぐに戻られるかと」

「では待たせてもらっても？」

「かまいませんよ。どうぞ」

ガイウスをうながすと、彼は足早に立ち去った。

ひとり残されたガイウスは椅子《いす》には座らず、壁に飾られた肖像画と向かいあう。

描かれているのはグレンスター公爵家のメリルローズ。

アレクシアの母にして、グレンスター公の姉である。

ガーランド宮廷の《黄金の薔薇《ばら》》と讃《たた》えられたその美貌は、なるほど咲き誇る大輪の花のように華やかで魅惑的だが、気位の高そうな表情がいまひとつ好みではない。

「姫さまの勝ちだな」

そうひとりごち、さすがにいたたまれない気分になって、視線をさまよわせる。

すると暖炉《だんろ》のそばに、焼け焦げた紙片が落ちていることに気がついた。

どうやら熱気にあおられて、燃えきらずに飛ばされたものらしい。

その紙屑《かみくず》にあえて手をのばしたのは親切心か、それともすでに焼け焦げ以上のきな臭さを嗅ぎとっていたからか。拾いあげた紙片に残る手書きの文字には、見憶えがあった。

「この筆跡は……ディアナのものか？」

たしか先日ディアナが、所属する一座に宛《あ》てて、近況を知らせる書簡《しょかん》をしたためていたはずだ。かろうじて読み取れる文面からして、やはりその手紙の切れ端のようである。

だがあれはグレンスター公が預かり、近くアーデンに届けられる予定ではなかったか。どこか公の意に副《そ》わない記述でもあり、破棄しての書きなおしを指示したのだろうか。

「それとも……」

もとよりグレンスターは、ディアナの書簡をアーデンに届けるつもりなどなかったのではあるまいか。

いくら詳細をぼかしたとしても、謀の証拠を残すことに危険が伴うのはたしかだ。だが当初の依頼に変更が生じたいまとなっては、ディアナがみずからの意志で留まっていると伝えておいたほうが、むしろ得策のはずである。

不穏な違和感がじわりと押しよせ、ガイウスはとっさに身をひるがえす。

いまグレンスター公と顔をあわせても、平静でいられる気がしなかった。

胸騒ぎをもてあましながら廻廊を歩いていると、よりにもよって先刻の秘書官に追いつきそうになり、ガイウスはとっさに円柱に身を隠した。するとタウンゼントは奇妙なことに、廊の左右に人影がないのをうかがうようなそぶりをしてから、とある部屋にすばやく身をすべりこませた。

「あの部屋はたしか……」

ウィラードの執務室のはずだ。もしやグレンスター公の指示で、ひそかにウィラードの身辺をさぐろうとしているのだろうか。

　ガイウスはいてもたってもいられなくなり、足音をひそめて扉に近づいた。

　耳をそばだてると、かすかな声が洩れ聴こえてくる。内容まではわからないが、たしかにタウンゼントとウィラードのやりとりのようだった。

　政務を執るウィラードに、枢密院顧問官の秘書官が接触するのは不自然なことではないが、それにしては妙にひとめをはばかるような態度がひっかかる。

　ガイウスは逃げるようにあとずさり、どこに向かうともなく歩きだした。

　まさかタウンゼントがウィラードに買収されて、グレンスター陣営の情報を流していたのか？　いや……それなら代役の秘密がとっくに表沙汰になっているはずだ。燃やされたディアナの手紙の件といい、考えすぎだろうか……。

　だがかたちになりきらない疑念は刻々とたちこめ、喉《のど》を絞めつけるように不気味な根を張りつつあった。

　あてもなく足を動かしながら、まとまらない考えをもてあそんでいると、

「兄上！」

　ふいに横あいから声をかけられ、ガイウスは立ちどまった。ふりむけば、ちょうど気にかけていた弟が、こちらにかけつけてくるところである。

「ルーファスか。久しぶりだな。元気にしていたか」

「はい！　兄上は賊に応戦して大怪我を負われたとか。このように動きまわられて平気な

のですか？　念のために我が家の侍医にも診《み》ていただいては？」

いつもの調子でたたみかけられ、ガイウスは苦笑する。

「もうなんともないから気にするな。そもそもたいした怪我ではなかったのだし、わたしは頑丈さが取り得だ」

「母上ともども呑気なことを」

ルーファスがため息に呆れと嘆きを含ませる。

母とて息子の身を案じていないわけではないのだろうが、武門のアンドルーズ家に嫁いで長いだけあり、生半なことでは動じないのはさすがである。

ガイウスはつとめて気楽なしぐさで、両腕を広げてみせた。

「気を揉《も》ませてすまなかったが、ともかくわたしはこのとおりだ」

「ですがお顔の色が優れないようにお見受けします」

「まだなにかとおちつかなくてな」

ガイウスはそうごまかして、

「ところでなぜおまえが宮廷に？」

貴族の子弟とはいえ、用もなくうろついてよいところではない。

「それがどうしても兄上にご相談したいことがあり、罷《まか》り越しました」

「父上にではなく、わたしにか？」

「はい」

執務室に詰めているだろう父親をこれからたずね、内廷のガイウスになんとか取り次いでもらうつもりだったという。

「じつは屋敷に若い男がたずねてきて、兄上に会わせろと騒ぎたてていまして」

ガイウスは眉をひそめ、ルーファスを廻廊の隅にうながした。

「何者だ」

「名は名乗りませんでした。会えばわかるとの一点張りで」

「わたしの知人ということか」

「向こうはそのつもりのようですが」

「用件は」

「なんでも妹のことで話があるとか。怪しいので追いかえそうとしたら、短剣を抜いて暴れだしたので、すかさずわたしが取り押さえました」

ルーファスは得意げに報告する。

「短剣を？　それは穏やかではないな」

「しかも奴がふりまわしていたのが――」

ルーファスは懐をさぐり、見憶えのある短剣をさしだした。

アンドルーズ家の狼の紋章が刻まれたその短剣は、つい先日までガイウスが身につけていたものである。そう認識したとたん、不可解な訪問者の謎が解けた。

「ティナの兄貴がたずねてきたのか」

ウィンドロー近郊の海岸に流れついたガイウスは、ティナとその祖父のおかげで命拾いをした。短剣は介抱を受けた礼として渡したものである。

なにか困ったことなどがあれば、いつでも王都のアンドルーズ家を頼るよう伝えておいたが、もしもティナの兄が代理ではるばるやってきたのだとしたら、ルーファスの武勇伝はどうやらかなり脚色されているようである。

「ティナとは誰です？」

「え？　ああ……彼女はしばらくまえに、なりゆきで世話になった娘だ」

詳しい経緯を明かすわけにもいかず、ガイウスはあいまいにはぐらかす。

「なりゆきですか」

「そんなところだ」

「兄上。まさかその行きずりの娘とのっぴきならない仲になって、身内の男が殴りこみにきたのでは……」

「ば──馬鹿《ばか》なことを！　そんなわけがあるものか！」

「兄上も男ですから、ついうっかりということもあるかとお察しします」

神妙な顔でお察しされて、ガイウスはめまいをおぼえた。

「おかしな気をまわすな。とんでもない誤解だ」

「ならばよいのですが」

ガイウスは頭痛をこらえながら、

「その男はいまどこに？」

「叩きだして屋敷まわりをうろつかれても外聞が悪いかと、ひとまず空いた小部屋に押しこめてあります」

「よくやった。最善の選択だ」

そう告げて弟の頭をなでてやると、

「よ、よしてください。わたしは子どもではありません」

ルーファスは抗議しつつも、くすぐったそうに首をすくめた。

そんなところはまだまだ子どもらしいものの、まっさきに兄の色恋沙汰を勘繰《かんぐ》ってくるとは、弟の成長ぶりがうかがえるようでなにやら感慨深くもある。

「ではあやつの処遇はいかがしますか？」

「いますぐわたしが出向いて検分しよう」

用件は不明だが、ウィンドローからの知らせなら、その近郊で姿を消したアレクシアについても、有力な手がかりを得られるかもしれない。

逸《はや》る心のままに、ガイウスは踵《きびす》をかえした。

アンドルーズ邸に軟禁されていたのは、予想どおりの相手だった。

「しばらくだな。名はロイだったたか、ラリーだったか……」

「ロニーだよ！」

おちつかなげに部屋を歩きまわっていた青年は、ガイウスの姿を認めるなりいらだちを爆発させた。

「どうせおれは印象が薄い男だからな！」

すかさず咬《か》みついてくるだけの気力はあるようだが、目の縁の黒ずんだ憔悴《しょうすい》ぶりは尋常ではない。これはからかっている余裕もなさそうだと、ガイウスはすぐさま本題をきりだした。

「ティナのことで火急の用があるそうだな」

妹の名を口にのせるやいなや、ロニーは悲鳴のようにまくしたてた。

「ティナが……ティナが攫《さら》われたんだ。うちの近くの海岸で、悪党どもの船に連れ去られたんだよ！」

ガイウスは目をみはり、ロニーの胸倉をつかんだ。アレクシアの足跡もまた、あの海岸で途絶えていたはずだ。

「それはかどわかされるティナの姿を、実際に目撃した者がいるということか？　おちついて、順を追って説明してみろ」

異変に気がついたのは、ちょうど漁にでていた祖父だという。件《くだん》の入り江から、見慣れぬ商船が沖をめざすのに不審をおぼえて様子をうかがっていると、遠ざかる船の甲板《かんぱん》から少女の叫び声があがった。

「なにをわめいてるのか、はっきり聞き取れはしなかったけど、あれはたしかにティナの声だったっていうんだ。うちのじいさん、耳はまだ遠くなってないからさ」

「抵抗を試みた彼女が、必死に助けを求めていたのか」

「たぶんな。それきりあいつは消えちまったんだから」

アレクシアもまた、乱暴にひきたてられたのかもしれない。主《あるじ》の窮地《きゆうち》がまなうらに浮かび、ガイウスは身の裡が焼け焦げるような悔恨と焦燥《しようそう》に襲われる。

「だからじいさんは漁を放りだして、その商船を追いかけていったんだ」

「あの小舟で、ひとりきりでか？」

「うちのじいさんは波と風を読む達人なんだよ。快速艇《てい》ならともかく、荷を積んだ商船くらいなら、追って追えないことはないのさ」

「それは只者《ただもの》ではないな」

「死んだ親父《おやじ》がいうには、じいさんは半漁人の末裔《まつえい》なんだってさ」

「代々その血は薄くなっているというわけか」

「悪かったな！　おれは生まれつきのもやしだから、海の男には向かないんだよ！」

「一般論を述べたまでだ。それで？」

唸《うな》るロニーをいなして、ガイウスは続きをうながす。

「奴らは西に向かって、陽が暮れるまでしばらく沖に停泊してたらしい」

「生きた積み荷をひそかに下船させて、町に連れこむためか」

「だろうな。で、さすがのじいさんもそこで船影を見失ったんだけど、移動したおおよその距離からして、めざした港はフォートマスあたりじゃないかって。南岸のあの地域では一番にぎやかな町だから」

「フォートマスか……ありえるな」

集めた娘たちを売りさばくなら、大都市を経由するつもりだろう。

「彼が追跡できたのはそこまでか？」

「ああ。これ以上はひとりで動いてもどうにもならないだろうからって、すぐにひきかえしておれの仕事先をたずねてきたんだ」

ロニーはウィンドローの港で、貿易会社の倉庫係として働いていたはずだ。

「あんたがティナにやった短剣のことは、じいさんも承知してたからさ。いますぐ王都にのぼってあんたに助けを求めろって、おれにあの剣と旅費を押しつけてきたんだよ。なにか困ったことがあればいつでも力になるって、ティナに約束してただろ？」

「そのとおりだ」

まさかこれほど早くその機会が来ようとは、予想だにしなかったが。

「そんなもの口からでまかせに決まってるのに、あんたは約束は守る男だってじいさんが譲らないからさ」

「では御老に感謝しなければな」

「なんだよ。さすがじいさんは人を見る目があるって？」

「なにも言っていないだろう。いずれにしろよく知らせてくれた」

「じゃあ、ティナを捜しだして、取りかえすのに、力を貸してくれるのか？」

「当然だ」

力強く応じてみせながら、ガイウスは考えをめぐらせる。

これはアレクシアの足跡を追うための、唯一にして最大の手がかりだ。フォートマスに出向き、ティナの足取りをたどれば、アレクシアの所在もつかめるかもしれない。

そのためにグレンスターの手勢を借りるべきだろうか？

だがグレンスターはどうにも信用しきれないところがある。

焼き捨てられたディアナの手紙に加え、秘書官タウンゼントの不可解なふるまいのこともあった。もしもあの男からウィラードに情報が洩れたら、アレクシアを救出せんとするこちらの動きに乗じて、なにを企《たくら》んでくるかわからない。

「危険は冒《おか》せないな……」

ここはひとりで動くのが得策だろう。

いま優先すべきは、悪党どもの一斉検挙ではない。ティナと——なによりアレクシアの身の安全を確保することである。ならば単独でもなんとかできるはずだ。

ディアナを宮廷に残していくのは気がかりだが、幸いなことにエリアスが誰より心強い味方だとあきらかになったばかりである。いざというときは、かならずやディアナの助けになってくれるだろう。

「ロニー。ときにきみは王都までどうやって？」

「おれの勤め先——《メルヴィル商会》の各地の支店をつなぐ連絡馬車を、ウィンドローから乗り継いできたんだ。おかげで四日はかかるところが三日ですんだ」

「支店はフォートマスの町にも？」

「もちろんあるさ。特例で通行証をだしてもらったから、おれの連れってことにすればあんたも乗せてもらえるはずだけど」

「だが早馬なら二日だな。きみは馬には乗れるか？」

「乗れないことはないけど……」

「ならばこちらで俊足の馬を用意する。きみはわたしのあとを追ってくればいい」

「ええっ⁉　だってあんたみたいな将校なら、馬の扱いはお手のものだろ？　そんなのについてくなんて無理だって！」

「つべこべ言わずに、いまのうちに身体《からだ》を休めておけ。腹ごしらえをしたら、陽が暮れるまえに発つぞ。嫌ならば置いていく」

「わ、わかったよ」

あまりの気迫に圧《お》されたように、ロニーはかくかくとうなずく。

だがさっそく支度にかかるべく、ガイウスが身をひるがえすと、

「なあ。ティナはさ、あれからもずっとあんたのことを気にしてたんだ」

とっさに呼びとめて訴えた。

「だからあんたとはぐれたっていう女の子が、あんたを捜しに戻ってくるかもしれないからって、毎日あの海岸をうろついてたらしいんだよ。だけどおれにはわかる。ほんとはあいつ、浜にいればあんたとまた逢えるんじゃないかって期待してたんだ。そんなわけないのに、あいつ馬鹿だからさ」

悲愴《ひそう》なロニーの声が、動きをとめたガイウスの背を刺しつらぬく。

ガイウスは拳《こぶし》を握りしめ、押しよせる後悔の波に耐えた。

「……馬鹿はわたしだ」

さびれた海辺の集落で、両親もたて続けに亡くし、輝くような若さをもてあましている

ような娘にとって、相手が誰であろうと降って湧いたような出会いがどれほど心惹かれるものであったか、もっと親身になって考えるべきだった。

それに人攫いの噂を把握していながら、なぜティナの身の安全を第一に気にかけてやらなかったのか。浜には近づくなとひとこと忠告しておけば、このような事態は招かずにすんだかもしれないのに。

だがその結果として、自分はアレクシアの消息につながりそうな手がかりをつかむことになった。

ガイウスはロニーに背を向けたまま、扉に手をかけた。

「腹ごしらえなどあとまわしだ。いますぐ発つぞ」

「でもおれ、朝から飲まず食わずなんだけど」

「馬上ですませろ」

「そんな無茶な！」

「嫌ならば――」

「わかったって！」

ロニーは嘆きながらも、自棄《やけ》になったようについてくる。

軟弱そうな男だが、妹を案じる気持ちに嘘はないのだろう。

ティナと同様にアレクシアが拉致《らち》され、港町の娼館にでも連れこまれていたら、すでに時間が経ちすぎている。

もはや一秒たりとも無駄にはできなかった。

3

なんとか今日もつつがなく終えることができそうだ。

暮れなずむ空をながめながら、あとは食べて寝るだけだとディアナがひと息ついていると、アシュレイがおもいがけない知らせをもたらした。

「アンドルーズ邸からの遣いが、これをきみに渡してほしいと」

「あたしに？」

ディアナは首をかしげながら、蠟《ろう》で封印をほどこされた書簡を受け取る。

やや乱れたアレクシアの綴《つづ》りは、見慣れた筆跡《て》によるものだった。

「ガイウスからじゃない」

するとこの便りは、ディアナに宛てたものとみなしてよさそうだ。

そういえばエリアスの見舞いのあとは、ガイウスの姿を目にしていない。貴人の警護を担《にな》う者としてあれこれ雑務もあるようなので、特に気にとめていなかったが、知らぬまに王宮を抜けだしていたのだろうか。

さっそく封を破り、ほんの数行の文面に目を走らせる。

「あら……ご家族になにかあって、急な呼びだしを受けたみたい。しばらく宮廷には戻れないかもしれないから、代わりにあなたについていてもらえって」

「ぼくも読んでかまわないかな？」

あえて隠す必要もないので、ディアナはためらいなく書簡を手渡した。

もとより第三者の目にふれる可能性を考慮しているのだろう、かしこまった文面は王女に宛てた至急の知らせとして、不自然ではないものだった。

「……詳しい事情までは説明がないようだね」

「なんだか動揺してるみたいだし、悪いご病気かなにかかしら」

「かもしれないね」

ひどく手短な――言葉を費やすだけの余裕がないともとれる報告に、アシュレイも深刻なまなざしを注いでいる。

たしかガイウスの両親は健在で、齢《とし》の離れた弟もいるとか。ディアナは護衛官としてのガイウスの顔しか知らないが、彼も家に帰ればひとりの息子であり兄なのだ。

もしも――とディアナは意味のない仮定にとらわれる。

ここにいるのがアレクシアなら、彼は家族とどちらを優先しただろうか。

「彼がいなくて心細いかい？」

我にかえったとたん、アシュレイとまともに視線がぶつかり、どきりとする。

「そんな顔をしているようだったから」

「とんでもない！　あたしがなにをしても、素敵な姫さまと比べて文句をつけてくるような奴なのよ？　しばらく留守にしてくれるなら、むしろ晴々した気分だわ」

「そう？」

妙に強がった口調になるディアナを、アシュレイはおかしそうにうかがう。

そして澄んだ空色の瞳に、ふと真摯な光を宿らせた。

「彼がいなくても、きみにはぼくがついているよ。だから安心して」

「アシュレイ」

「護衛としてはいささか頼りないかもしれないけれどね」

「そんなことないわ」

ディアナは勢いよく首を横にふる。

「あなたにはいつも本当に感謝してるの。あたしがここですごしやすいように、誰よりも気にかけてくれてるでしょう？」

「それだけ？」

「え？」

アシュレイはわずかに身をかがめ、ディアナの顔をのぞきこむ。

「きみがぼくに感じているのは、感謝だけなのかな？」

「ええと……」

謝意の伝えかたに不満があったのだろうか。

ディアナがとまどっていると、その片手をさりげなくアシュレイが取った。ほんのりと握りしめた指先を口許《もと》まで誘い、ささやくように告げる。

「ぼくはこのままずっと、きみのそばにいられたらと願わずにいられないけれど」

やがてその意味が指から胸までたどりつき、たちまち鼓動が跳ねあがる。

「ま——待って！　あなたとんでもない勘違いをしてるわ」

捕らわれた指先をとっさにひき抜き、ディアナはどぎまぎと訴えた。

「あたしはアレクシア王女じゃないのよ」

「アレクシア？」

アシュレイが小首をかしげる。

「なぜアレクシアがでてくるんだい？」

「だってあたしは彼女と顔かたちがそっくりだから、あなたはそのせいであたしにもなにかその……親しみを感じるような気がしてるだけだもの」

そう指摘すると、アシュレイはほほえましげに口許をゆるめた。

「きみこそ勘違いをしているよ。いくら従兄妹《いとこ》同士とはいっても、ぼくとアレクシアにはこれまで親しいつきあいなんてなかったのだから」

「ならどうして」

「もちろんきみに惹かれているからさ」

熱をこめた声音《こわね》からは、軽薄な嘘の響きが嗅ぎとれない。

それがなおさらディアナの胸をざわつかせる。

我知らず一歩あとずさりながら、

「……これはなにかのお芝居？」

「まさか。ぼくは本気だよ」

「そんなの信じられないわ。だってあなたは大貴族の御曹司《おんぞうし》で、あたしはただのしがない舞台役者だっていうのに」

「身分なんてなんの障壁にもならないよ。誰かの魅力にとらわれて、情熱に身を任せるのに——」

「やめて！　いくらあたしが女優だからって、退屈しのぎの火遊びの相手になんてされたくないわ」

夢中で啖呵《たんか》をきったとたん、我ながらその生々しさにぎくりとして、ディアナはとっさに顔をそむける。怒りやら恥じらいやら、目が眩《くら》むように頬が熱くなり、相手にぶつけたはずの非難に、まるで自分のほうが傷つけられたような気がした。

「ディアナ。気分を害したのなら謝るよ。決してそんなつもりではなかったんだ」

うろたえた様子のアシュレイが、けんめいに言葉をかさねる。

「でもこれだけは知っていてほしい。ぼくは彼とは違う。きみがアレクシアの身代わりだからではなく、ほかならぬきみだからこそ、きみのそばできみを守りたいと望まずにいられないんだ」

アシュレイが誰との差を訴えているのかは、たずねるまでもなく明白だった。

「どうして急にそんなこと……」

「急ではないよ。ローレンシア行きの艦に乗っているときから、きみはぼくの心を釘《くぎ》づけにしてやまなかったのだから。自分でも驚くくらいにね。ずっと黙っているつもりだったけれど、きみが不安げな顔をしているものだから、つい妬《や》けてしまった」

アシュレイがひそやかな苦笑とともに告白する。

そのさまがひどくさみしげで、ディアナはいたたまれずに目を伏せる。

「でもきみを困らせてしまったのなら、ぼくとしても不本意だ。どうかいまの話は忘れてほしい」

「……そうね。そうするわ」

アシュレイを直視できないまま、ディアナはうなずく。

やがてぎこちない沈黙をもてあましたように、アシュレイがきりだした。

「そうだ。彼から連絡があったことを、父に伝えてきてもいいかな？　彼がしばらく留守にするなら、きみの警護をどうするかについても相談しておきたいから」

「もちろん。どうぞそうして」

「戻ったら夕食にしよう」

「……待ってるわ」

アシュレイが部屋を去ると、ディアナはよろめくように窓にもたれた。

「忘れるなんてできっこないじゃないの」

これからどんな顔で、アシュレイとつきあえばいいのか。

火照《ほて》る額《ひたい》をこつりと窓硝子《ガラス》に押しつけ、吐息をつく。

「こういうお芝居は苦手だわ……」

4

フォートマスに到着したのは、夕暮れどきのことだった。

港町らしい活気が、猥雑なにぎわいに移ろいゆく時分である。

「治安はそう悪くないようだな」

ガイウスは馬を曳《ひ》きながらつぶやく。道行く人々をうかがうかぎり、いかにも無法地帯めいた荒《すさ》んだ土地柄ではなさそうだ。

「町の安全については、どこの商会も気にかけてるよ。商港の信用が落ちれば、自分たちの商売にも響くかもしれないからね」

そう語るロニーは、すっかり疲労困憊《ひろうこんぱい》してふらついている。

だが本番はこれからだ。彼にはもうひと踏んばりしてもらわねばならない。

「ではこの町で娘たちが売りさばかれている証拠を挙げたら、後始末を任せられるか？」

アレクシアの居所がつかめるまでは、できるだけ大事にはしたくない。

だが悪党どもを一時的にこらしめ、捕らわれていた娘たちを解放したところで、あらたな犠牲者が狩り集められてくるだけだろう。

「事情を知ればきっと動いてくれる。他所《よそ》から攫われてきた女の子たちが、この港を拠点に売り飛ばされてるんだとしたら、商会としても捨てておけないはずだよ」

ふたりは通行人に道をたずね、さっそく《メルヴィル商会》の支店に向かう。

ガイウスが店先で馬を預かり、ロニーは急ぎ取り次ぎを求めた責任者と、しばらく勘定台越しに話しこんでいた。

「怪しい娼館があるにはあるってさ」

足早にひきかえしてきたロニーが、ひそひそと報告する。

「この町では一番格が高くて、庶民にはとても手がでない店らしい。金はがっつり取る代わりに至れり尽くせりって評判だけど、ルサージュ伯爵夫人とかいう女将《おかみ》がかなりの遣り手で、身売りする女の子を他の楼主や得意客なんかにも斡旋《あっせん》してるらしいんだと」

「つまり安く買いつけたか、無料《ただ》で調達してきた娘たちの値を吊りあげて、差額をすべて懐に収めるわけか。あくどいな」

ガイウスは忌々《いまいま》しく吐き捨てる。

対してロニーは気がかりもあらわに、

「でも商会としては、かどわかしの疑いがあるってだけで動くのは難しいみたいだ。向こうには上客もついてるだけに、敵にまわすとなにかと厄介だからって。どうする？」

「問題ない。ティナたちを保護できれば、生きた証拠になるだろう。いまからその娼館に乗りこむぞ」

ガイウスはひらりと馬にまたがる。

「え？　おれたちだけで？」

「なにか不満でも？」

そ知らぬふりでかえしてやると、ロニーはたじろぎながらも訴えた。

「いやいや、だってその手の店といえば、たいてい腕のたつ用心棒を雇ってるものじゃないか。危ない商売に手を染めてるんならなおさら用心してるだろうに、こっちはいざってときの加勢もなしだなんて、どう考えても無謀すぎるだろ」

「そうでもない。相手の腕がどうであろうと、いまのわたしには手加減をしてやれるほどの余裕はないからな」

「ええと……それってつまり……」

意図を察したロニーが怖気づくが、こちらはなかば本気だった。

相手がその気なら、死人をださずにいられるか。保証はなかった。

刻々と暗さを増す街路には、いつしか潮の香りがたちこめている。

赤い角灯のかかげられた娼館までは、駈歩《かけあし》でものの五分の距離だった。

石敷きの内庭を数層の廻廊でかこんだ造りは、さすがに高級を謳《うた》うだけあって、場末の売春宿めいたうらぶれた風情ではない。だからといって、娘たちが襤褸雑巾《ぼろぞうきん》のような扱いを受けていないとはかぎらないが、客筋が悪くなさそうなのは幸いである。こうした店では、なにより派手な揉めごとは敬遠される。その弱みを利用してやらない手はない。

馬丁に手綱《たづな》を預けたロニーが、こそこそとガイウスに耳打ちした。

「なにか作戦はあるのか？」

「女将に直談判《じかだんぱん》する」

「まさかそれだけ？」

「人数で劣《おと》るときは、敵の指揮官を押さえるのが常道だ」

「……ようするに人質に取るってことだよな」

あたふたとついてくるロニーは、もはや破れかぶれな面持《おもも》ちだ。

正面の扉を抜けると、ちょうど上階から降りてきたところらしい、しどけない姿の娘に迎えられた。やや齢はいっているが、煙《けぶ》る金の巻き毛に縁どられたかんばせからは、とろける色気が匂いたつようである。

「ようこそ《黒百合《くろゆり》の館》においでくださいました。素敵なお客さまがたは、どなたかのご紹介でこちらに？」

馴染みの客ではないと見て取ったのだろう、にこやかに問いながら、流れるように外套《がいとう》を脱がせにかかるのを押しとどめ、

「ルサージュ伯爵夫人に取り次ぎを願いたい。この楼では個人的な商談にも応じていると聞いてきたのだが」

「あら……」

媚《こび》を含んだほほえみに、わずかな不信と警戒がにじんだ。

「たしかにうちでは、そうしたお求めにお応《こた》えすることもありますわ。ですが一見《いちげん》のお客さまには、まずわたくしたちのおもてなしをご存分に楽しんでいただいて、じっくりお好みをうかがってから――」

「いや。娘を所望しているのはわたしではない。とある貴紳《きしん》だ」

他者を従わせることに慣れた者に特有の傲慢《ごうまん》さを、あえて口調にまとわせる。

「故《ゆえ》あって名は明かせないが、便宜《べんぎ》を図ってもらえるならば、それだけの礼を上乗せしよう。融通をつけるのは難しいというならすぐにも他をあたるが、どうする？」

娘の瞳にとっさの計算がよぎる。そしてものの数瞬で艶《あで》やかな笑みを咲かせると、

「そういうことでしたら、伯爵夫人もぜひお役にたちたいと望まれるかと」

しなだれかかるように腕をからめ、ガイウスを階段にいざなった。

貴人に伝手《つて》のありそうな若い男に、ついでに自分も売りこんでおこうという腹かもしれない。あとに続くロニーにも婀娜《あだ》な流し目をくれながら、

「ところでそちらのかわいらしいお連れさまは？」

「わたしの従者だ。上客にはならないだろうからおかまいなく」

目を白黒させるロニーに、娘は嫣然《えんぜん》とほほえみかける。

「またいつの日かお越しのさいは、このリリアーヌをぜひご贔屓《ひいき》に」

上階に並ぶ扉は、妓女《ぎじょ》たちが客をもてなすための大小の個室のようだ。

ガイウスとてこうした店にまったく縁《えん》がないわけではないが、今夜ばかりはあちこちの壁から洩れ聴こえるくぐもった嬌声《きょうせい》が、耳をふさぎたくなるほどに耐えがたい。

凝《こ》った内装の廻廊を進み、しばし扉の外で待たされる。リリアーヌの呼びかけに応じた

しわがれ声の中年女が、どうやら女将のルサージュ伯爵夫人らしい。

ガイウスは我知らず剣の柄に手をかけていた。

隣のロニーがひくりと頬をひきつらせる。

「いきなり斬りかかったりしないよな」

「もちろん適切な時機は見計らう」

理性を保っていられるかぎりだが。

「おまえこそ、いざというときはあの娘の動きを封じられるだろうな」

「封じるって、な、なんで？」

「悲鳴でもあげて騒がれたら、面倒なことになる。羽交い絞めにして口をふさぐなりなんなり、傷つけないやりかたはいくらでもあるだろう」

「……それくらいならなんとか」

物騒なやりとりをかわしているうちに、当のリリアーヌが顔をだした。

「どうぞ。伯爵夫人がお会いになるそうですわ」

意を決して応接室に踏みこむと、待ちかまえていたのは肥《こ》えた蛇のような女だった。

奥には用心のためか、陽に焼けた船乗りふうの、若い男がひとり控えている。喧嘩《けんか》慣れはしていそうだが、ガイウスにとってはものの数ではないだろう。

「ご事情はすでにうかがいました。急なご用命にさぞかし難儀されていることでしょう。

わたくしどもでしたら、かならずやお客さまのご期待に副えるものと存じますわ」

いかにも親身な声音でありながら、肉に埋もれた瞳は、舌なめずりをするような喜色にぬらついている。女将は接客用の長椅子にガイウスをうながしながら、

「お望みは純潔の娘でございますか？」

「当然だ。齢のころは十七、八がよいだろう。髪はできれば栗《くり》色か金。細身でおとなびた風情の娘がお好みとのことだが、あてはまる者はいるか」

我ながら虫唾《むしず》の走る物言いだが、ガイウスはあえて尊大に条件を並べたてる。もちろんそれらは、ティナとアレクシアがそなえた特徴だ。

これでめぼしい反応があるかどうかが別れ道だ。

「そうですわね……幸いご条件にかないそうな娘がひとりおりますわ」

「ひとり？　髪色は？」

「明るい栗色ですわ。潮風にさらされてやや褪《あ》せておりますが、手をかければじきに見違えるような輝きで殿方を魅了すること請けあいです」

それはまさしく――。

「ティナだ！」

我を忘れて叫んだのはロニーだった。

「……馬鹿が」

　ガイウスは内心で天をあおぐ。敷地のどこかに監禁されているだろう少女たちを、検分の名目でここまで連れてこさせるという計画がだいなしだ。

「おやおや。これはいったいどうしたことでございましょう」

　女将のくちびるは、いまもって愛想の好い笑みを刻んでいる。だがその双眸はすでに氷のごとく冷えきっていた。

「どうやらうちの娘を買いつけるためにいらしたわけではなさそうですわね」

　これからおとずれるひと波乱を覚悟し、ガイウスは身がまえた。

「察しのとおりだ。我々はあなたの指示で狩り集められた娘を捜しにきた」

「これは異なことを。そのような境遇の娘など、この館にはひとりもおりませんわ」

「しらばっくれるな！」

　ロニーが我慢ならずに割りこんだ。

「うちのティナを、あんたの手先が連れ去ったのはわかってるんだぞ！」

「なんて無礼な。謂《いわ》れのない罪で罵《のの》しられては、こちらも黙ってはいられませんね」

「ふ、ふざけたことを――」

　いまにもつかみかかりそうなロニーを制し、ガイウスは女将を睨《ね》めつける。

「かどわかした娘たちを、おとなしく渡す気はないということか」

「大切な養い娘を手放すわけにはまいりませんから」

「では力ずくで奪いかえすよりないようだな」

それでも女将は動じず、用心棒に顎《あご》をしゃくってみせる。

「ふたりまとめて放りだしておやり。遠慮はいらないよ」

「そいつを待ってたぜ」

男はにやにやと歩みでて、これみよがしに指の関節を鳴らした。

どうやら痩身のガイウスに力負けするはずがないと、みくびっているようだ。それでも剣を抜かせては分が悪いとみたのか、さっそく狙いを定めて殴りかかってくる。

用心棒をつとめるだけあって、そのがたいにしては俊敏だ。

だが派手にふりかぶった動きには、いかんせん隙《すき》がありすぎた。

ガイウスは身をかわしざまに男の腕をつかむと、つんのめってがら空きになった相手の懐に、膝《ひざ》蹴りをくれてやった。

「ぐはっ――」

予期せぬ衝撃を受けた男は、目を剝いて息を詰まらせた。その硬直したうなじにすかさず肘《ひじ》打ちを叩きこんでやると、相手はずるりと膝から崩れ落ちたきり、ぴくりとも動かなくなった。ざっとこんなものだろう。

できれば血は流したくないと抜刀はためらったが、用心棒さえかたづけてしまえばもう遠慮はいらない。ガイウスはついに長剣を抜き放ち、ふりむきざまにつかんだルサージュ伯爵夫人の喉首に、鋭い切先を突きつけた。

目にもとまらぬ早業《はやわざ》に呑まれ、さすがの女将もリリアーヌも、悲鳴すらあげるまもなく凍りついている。

「そろそろこちらの本気をご理解いただけたか？」

慇懃《いんぎん》に問うてやると、女将はわなわなとくちびるをふるわせた。

「な、なにが望みだい。ティナって田舎娘が欲しいんなら、くれてやるよ。とっとと連れておいき」

「望みの娘はもうひとりいる。金の髪に緑の瞳をそなえた、清廉《せいれん》な美貌の娘だ。ウィンドロー近郊の海岸で捕らえた、いかにも高貴な生まれ育ちの娘がいるだろう」

「あいにくと、そんな上玉にはとんとお目にかかってないね」

ふてぶてしい態度に、ガイウスは憤怒《ふんぬ》をほとばしらせた。

「正直に白状しろ！　その首を飛ばされたいか！」

「ひっ！」

肥えた喉に刃《やいば》がめりこみ、女将が無様にうめく。

すると壁際で身をすくませていたリリアーヌが、おずおずと声をあげた。

「ねえ。それって……ひょっとしてアレクシアのこと？」

ガイウスは外套をひるがえす勢いでふりかえる。

「その娘はアレクシアというのか」

「そう名乗ってたわ。家名までは頑《がん》として明かさなかったけど」

まちがいない。アレクシアだ。王女の身分を秘匿《ひとく》するなら、名までをも偽《いつわ》る必要はないと判断したのだろう。

リリアーヌがびくつきながらたずねる。

「あなた、あの子の好《い》い人かなにか？」

「……そんなものではない」

「でもあの子を捜しにわざわざここまできたのよね？　だったら悪いけど無駄足よ。あの子ならもううちにはいないわ」

「なんだと？」

まさかすでに上客に売り払ったとでもいうのか。

「ならばどこにいる？」

「そんなの知らないわよ」

「知らないわけがあるか！」

ガイウスはたまらず声を荒らげる。

すると女将が歯軋《はぎし》りしながら罵った。

「逃げられたんだよ。あの忌々しい小娘ときたら、このルサージュ伯爵夫人を出し抜いてみせやがったのさ」

「逃げられた……だと？」

リリアーヌがぎこちなく肩をすくめて、

「それもたて続けに二度もね。一度めは他の子たちを逃がしてやって、二度めは客の男とふたりきりになったほんの数分のあいだに小火騒ぎをおこして、まんまと姿を消したってわけ」

「まったく、あの疫病神《やくびょうがみ》のおかげで、とんだ大損をさせられたよ」

女将の身勝手なわめき声は、すでにガイウスの耳まで届いていなかった。

「は……はは……そうか。そうだったのか」

なんということだろう。王宮の外では右も左もわからないはずの王女が、まさか我が身のみならず、同じ境遇の娘たちをも自力で娼館から救いだしていたとは。

虚脱した身の裡に、熱泉のような愛おしさがひたひたと満ちあふれ、ガイウスは嗚咽《おえつ》に似た笑いをこぼした。

ありきたりな予想も、身を裂かれるような煩悶《はんもん》も、いともたやすく裏切ってくれる。

それでこそデュランダル王家のアレクシア——わたしの姫さまだ。

解放を望む少女たちは、すべて自由の身となった。

その保護や、娼館の処遇についても、商会の手に委ねることで話はついた。

どうやら長らく女将と組んできた港の検閲官《けんえつ》がいるようで、そちらの取り締まりを強化するための詳しい情報提供を条件に、今後の営業も認めるという落としどころになりそうである。町で一番の娼館を取り潰し、無責任に妓女たちの居場所を奪うよりも、おたがいの利をとることにしたらしい。

ガイウスとしても異存はなかった。アレクシアが受けた仕打ちを考えれば、怒りはとうてい収まるものではないが、いざとなればどのような報復もできよう。

連絡役としてかけまわったロニーの尽力もあり、粗末な屋根裏部屋から助けだした数人の娘は、ひとまず支店の宿泊部屋で休ませることに決まったようだ。

ガイウスは自分の馬を曳き、門の外にたたずむティナのほうに歩を進めた。

「ティナ」

声をかけると、ティナはそろりと顔をあげた。兄の外套を羽織って壁にもたれるその姿は、痛々しいほどに幼く感じられた。

「きみをこんな目に遭わせてすまなかった」

「……どうしてあなたが謝るの」

「人攫いの噂を知りながら、充分に用心するよう、きみに念を押すことを怠《おこた》った。わたしの責任のようなものだ」

「注意されたところで、変わらなかったんじゃないかしら」

ティナは力なく笑い、ささやくように吐露《とろ》した。

「あたしね、無理やりここに閉じこめられてみてわかったの。あなたをみつけたあの砂浜で、裸足《はだし》を波に浸しながら気ままに歩きまわるのが、本当に好きだったんだなって。あたしにとってあの海は、まるで命の源《みなもと》みたいなものだったんだなって」

「命の源……か」

ガイウスはぽつりとくりかえす。考えをめぐらせるまでもなく、まなうらに浮かぶ姿に息をつまらせていると、いつしかティナがこちらに気遣わしげな目を向けていた。

「さっき兄さんから聞いたわ。女将を問いつめたあなたが、アレクシアとかいう女の子のことを気にしてたって。ひょっとして彼女が、あなたと海岸ではぐれたっていう？」

いまさらはぐらかせることでもなかろうと、ガイウスは認めた。

「ああ。結局あれからも所在がわからずに捜し続けている。どうやら一時はこの館に監禁されていたようだが」

「そう……まだみつかってないの」

ティナは目を伏せ、いまさらながら身綺麗《みぎれい》とはいえない姿を恥じるように、外套をかきあわせた。

「だからわざわざ王都からかけつけてきたのね。その子があたしみたいに攫われて、この町にいるかもしれなかったから」

「そうでなくとも、ロニーからきみの窮状を知らされたからには、馬を飛ばさずにいられなかった。困ったときはいつでも力になると、約束しただろう」

ティナは泣き笑いのように目許をゆがませた。

「義理堅いのね」

「きみは命の恩人も同然だからな」

「いまとなってはおたがいさまね。だからこれで貸し借りはなしってことで、あなたから預かった短剣はもうかえすわ」

「だがあれはなにも、一度きりの約束手形のつもりで渡したわけでは……」

「いいの。あんな貴重なものをそばにおいてたら、むしろ気になってなにかあるたびにあなたを頼りたくなりそうだし、あなただってつまらない約束に流されてばかりいたら、いざというときに後悔することになるかもしれないわ。あなたには本当に助けなきゃならない相手がいるんだから。そうでしょ？」

うつむいたまま、ティナは早口でまくしたてる。けんめいに築いた言葉の壁で、浮ついた未練を押しとどめようとするかのように。

「そうだな。こちらこそ面倒なものを押しつけて悪かった」

「そんなことない」

ティナは首を横にふり、その勢いに乗じるように、ガイウスの胸に額を押しつけた。

「……助けにきてくれてありがとう。嬉《うれ》しかった」

「礼には及ばない。手遅れにならずにすんでよかった」

本心からそう伝え、ガイウスはティナの背に腕をまわした。

やがて吹っ切れたように身を離したティナは、

「それにしても、そのアレクシアお嬢さんって何者なの？　ものの数分でお客の男を手玉にとった魔性の女だって、語り草になってるけど」

真顔で問われ、ガイウスはたじろいだ。

「さ……さあ。わたしにもどういうことだかさっぱり」

ともあれその客があえて脱走を助けたというのなら、アレクシアの意を汲《く》んですでに王宮をめざしているかもしれない。男にどのような下心があるにしろ──あるに決まっているが──一刻も早くアレクシアを保護するべく、王都にひきかえさなければ。

それに帰路ではアーデンの町にも寄り、ディアナの属する《白鳥座》の状況も確かめておきたい。ちょうど手の空いたらしいロニーがこちらにかけよってきたので、ガイウスは潮時とばかりに話をきりあげた。

「ではわたしはそろそろ失礼する。ふたりとも達者で」

「え、もう行っちゃうの？　今夜はこの町に泊まるんだとばかり」

「あまり長く留守にはできない事情があってな」

「そう……」

ガイウスの意志がかたいことを見て取ったのか、ティナは口を結んでひきさがる。

だが背を向けかけたガイウスを、とっさにロニーが呼びとめた。

「なあ。王都のあんたの屋敷をたずねたときから、ずっと気になってたんだけどさ。若くして王女殿下の護衛官に取りたてられた、あのアンドルーズ家のガイウスって、やっぱりあんたのことなのか？」

できれば気取られずにすませたかったが、ガイウスは観念してうなずいた。

「そうだ。だがわたしの素姓《すじよう》については内密に願いたい」

目を丸くするティナの隣で、ロニーは怯えたように蒼《あお》ざめる。

「でも、それならあんたが捜してるアレクシアって娘は、まさか——」

「それ以上は知らないほうがいい」

ガイウスは鋭く断ち切った。

「それがきみたちのためだ」

息を呑んだロニーが、こわばる手で妹の肩をだきよせたときだった。

馬蹄《ばてい》の音が耳を打ち、ガイウスは肩越しに街路をふりむいた。

いつしか数騎の男たちが、大路に抜ける道をふさいでいる。商会が寄越した応援だろうか。だがその隙のないたたずまいと装束に目をとめ、ガイウスはすぐさま悟った。

「グレンスターの私兵か」

こちらの不審な動きを察知するやいなや、王都からつかず離れず追跡をかけてきたわけか。気が逸るあまり、その警戒を怠ったのは迂闊《うかつ》だった。

ガイウスはとっさに馬に飛び乗り、ふいをついて馬群を突破した。これ以上ティナたちを巻きこむわけにはいかない。

しばらく裏道を駆け、ひとけが絶えたのを見計らって常歩《なみあし》におとしたところで、すかさず取りかこまれた。進路をさえぎられ、手綱をひいたガイウスの正面に、小隊の長とおぼしき男がまわりこむ。

「アンドルーズ卿に相違ありませんね」

「いかにも。このような遠地までご苦労なことだな」

「ご同行を願えますか」

「そう早まらずとも、疾《やま》しいことはなにもしていない」

だがこの町までかけつけた経緯について、どこから釈明したものか躊躇《ちゅうちょ》していると、長は慇懃な口調にあざけりを含ませた。

「どうやら貴公にかけられている嫌疑をご存じないようですね」

「嫌疑？」

「貴公が王都を出奔《しゅっぽん》されたのちに、内廷の貴公の居室からアレクシア王女殿下の持参品の一部が発見されたのですよ」

ガイウスは耳を疑った。

「なん……だと？」

「厳重な封印をほどこされ、櫃《ひつ》ごと賊に奪われたはずの宝物を、なぜ貴公が所持しているのか。貴公が賊と通じていたからに他なりません。かつては救国の英雄と讃えられた貴公が、まさか大逆罪に手を染めるほどにまで堕《お》ちられるとは――」

「貴様！　わたしを愚弄《ぐろう》する気か！」

あまりの屈辱《くつじょく》に、気がつけば剣を抜いていた。

たちまち四方の暗がりで、剣を鞘《さや》走らせる音が鳴る。

そしてガイウスは理解した。

理解するなり、血の煮え滾《たぎ》るような憤激に襲われて、激しく息が乱れた。

「……そうか。そのようなくだらぬ小細工でわたしに罪を着せ、貶めたうえで葬《ほうむ》り去るのがグレンスターの望みというわけだな」

相手は否定をしなかった。しばしの沈黙を挟み、非情な選択を迫る。

「ここで我々に切り刻まれて海の藻屑《もくず》となるか、処刑台でその首を落とされるか、どちらをお望みですか？」

怒りにゆがむ視界には、殺気を漂わせた手練れの兵たちが控えている。

抵抗すれば命はない。それはただの脅しではないだろう。

命が惜しいわけではない。だがここで死ぬわけにはいかない。どれほど無様な姿を晒《さら》そうと、ふたたび生きてあいまみえるまでは、この世を去ることなどできない。

どうかお許しを。

どこにいるとも知れぬ主に許しを請う。

そしてついにガイウスは剣を投げだした。

「――連れていけ」

つづく

集英社オレンジ文庫をお買い上げいただき、ありがとうございます。
ご意見・ご感想をお待ちしております。

● あて先
〒101-8050　東京都千代田区一ツ橋2-5-10
集英社オレンジ文庫編集部 気付
久賀理世先生

王女の遺言　2

ガーランド王国秘話

集英社
オレンジ文庫

2021年5月25日　第1刷発行

著　者　久賀理世
発行者　北畠輝幸
発行所　株式会社集英社
〒101-8050東京都千代田区一ツ橋2-5-10
電話【編集部】03-3230-6352
【読者係】03-3230-6080
【販売部】03-3230-6393（書店専用）
印刷所　株式会社美松堂／中央精版印刷株式会社

ISBN 978-4-08-680383-0 C0193